古典文獻研究輯刊

三十編

第 **13** 冊

姚鼐《惜抱軒尺牘》文學研究（上）

林治明 著

國家圖書館出版品預行編目資料

姚鼐《惜抱軒尺牘》文學研究（上）／林治明　著 -- 初版 --
新北市：花木蘭文化事業有限公司，2024〔民 113〕
目 4+168 面；19×26 公分
（古典文學研究輯刊　三十編；第 13 冊）
ISBN 978-626-344-912-1（精裝）
1.CST：（清）姚鼐 2.CST：惜抱軒尺牘 3.CST：書信
4.CST：文學評論
820.8　　　　　　　　　　　　　　　　113009667

ISBN-978-626-344-912-1

古典文學研究輯刊
三十編　第十三冊　　　　　　ISBN：978-626-344-912-1

姚鼐《惜抱軒尺牘》文學研究（上）

作　　者　林治明
總 編 輯　杜潔祥
副總編輯　楊嘉樂
編輯主任　許郁翎
編　　輯　潘玟靜、蔡正宣　美術編輯　陳逸婷
出　　版　花木蘭文化事業有限公司
發 行 人　高小娟
聯絡地址　235 新北市中和區中安街七二號十三樓
　　　　　電話：02-2923-1455／傳真：02-2923-1452
網　　址　http://www.huamulan.tw 信箱 service@huamulans.com
印　　刷　普羅文化出版廣告事業
初　　版　2024 年 9 月
定　　價　三十編 20 冊（精裝）新台幣 50,000 元　　版權所有・請勿翻印

姚鼐《惜抱軒尺牘》文學研究（上）

林治明　著

作者簡介

林治明，臺南人，＿＿＿ 年代生，左撇子，＿＿＿ 座，還沒有貓，討厭咖啡，不用蘋果手機，筆電只用 Windows，不擅創作，只會一點文學批評的皮毛。不相信抒情傳統，很多書買來只是放著。喜歡詞大於詩，喜歡小說大於文。在縱谷讀完書後又在縱谷誤人子弟。妄想有一天可以看完《紅樓夢》。非常會流汗，希望冬天趕快來。

提　　要

　　《惜抱軒尺牘》為清代姚鼐中晚年的書信集，內容蘊含文學理論、經學思想與生活瑣事等多層面，其敘述方式與觀點均是姚鼐的詩文集中難以見得的，故為姚鼐研究不可或缺的一大重點。但一般研究者多將此書視為詩文集的補充資料，只擷取部分內容，較少涉及整體的探討。因此本文以《惜抱軒尺牘》本身的內容出發，從通信人物、生活題材、經學思想、文學理論、文章藝術五個面向來探究其中的精奧。

　　本文依所列舉的五個面向，分為七章：首章說明研究動機與目的、回顧研究文獻、確立研究範圍與版本、擬定研究方法與步驟、規劃研究架構；第二章「《惜抱軒尺牘》的重要交流對象與其關係」，將對象主要分為師長、親戚同族、同輩友人、姚門四傑與學生四類，檢視其中的關係與情感，作為瞭解《惜抱軒尺牘》的第一步；第三章「《惜抱軒尺牘》的生活書寫與題材」，歸納為個人生活、家國關懷、經驗傳承以及風水營葬四種書寫，從中探究生活中的面向與情感；第四章「《惜抱軒尺牘》中的學術觀點與取向」，分析書中表述的經學立場、學術態度的建立以及讀書方法；第五章「《惜抱軒尺牘》中的文學觀點與取向」，依文學總論、創作論與批評論三種取向來探究書中的文學觀點；第六章「《惜抱軒尺牘》的寫作藝術」，呈現《惜抱軒尺牘》的寫作風格、篇章藝術以及常用的修辭手法；第七章「《惜抱軒尺牘》的價值與影響」，則是由內在擴及至外緣，彰顯《惜抱軒尺牘》本身具有的主題研究與補充詩文集之缺的價值，以及兼具學者與文人尺牘的獨特面向，另從影響層面探討如何深化姚門弟子的學養與浸染後期桐城派；第八章為結論。

　　本文依序由外延而至內在，再由內在擴至影響的路徑，期能從中完整呈現《尺牘》的面貌，進而對姚鼐與桐城派研究有更深一層的掌握。

目

次

第一章　緒　論

第一節　研究動機與目的

　　《惜抱軒尺牘》（為免冗長，以下正文中皆簡稱《尺牘》）為清代桐城派作家姚鼐的尺牘文集。收錄時間自姚鼐於四庫全書館辭官起，至鍾山書院任教期間病逝，共經四十年的人生後半歲月與書院教學生涯。收錄對象為姚鼐的師長前輩、同事學友、鄉里親戚與後輩學子。主要內容為生活書寫、經學與清代學術思考以及文學理論三大類，皆有補全姚鼐研究，獨立深論的價值。是以本書為研究姚鼐不可或缺的關鍵著作。

　　《尺牘》既細微體現姚鼐中年以後的生活境況，又因其率意自然的文體特性，情感真摯且能放膽論述，不僅風格與嚴肅的《惜抱軒文集》迥然不同，其中更能見得文集中較少出現的文學與學術觀點。

　　例如姚鼐時常於《尺牘》中批判當時漢學家「偏執」的研究成果，認為有著「搜殘舉碎」〔註1〕、「以該博自喜」〔註2〕、「迂謬紛糺，不能自解」〔註3〕的缺陷。進而強調從事學術應該持「擇善而從」〔註4〕的態度，勸戒從自己問學的後輩應以「守一家之言則狹，專執己見則陋」〔註5〕的律則反省自身。又

〔註1〕〔清〕姚鼐著，盧坡點校：〈與陳碩士〉第五十四篇，《惜抱軒尺牘》（合肥：安徽大學出版社，2014年3月），頁101。為減少繁冗的註解，以下凡正文或註解中引自此書，皆會以簡註呈現。
〔註2〕〔清〕姚鼐：〈題鹿源地圖〉第五篇，《惜抱軒尺牘》，頁119。
〔註3〕〔清〕姚鼐：〈題鹿源地圖〉第五篇，《惜抱軒尺牘》，頁119。
〔註4〕〔清〕姚鼐：〈與胡雒君〉，《惜抱軒尺牘》，頁39。
〔註5〕〔清〕姚鼐：〈與吳子方〉，《惜抱軒尺牘》，頁48。

如姚鼐雖然與袁枚關係友好，但兩人於文學意見上的分歧，使得姚鼐在與學生鮑桂星的尺牘中嚴厲批評袁枚的詩作風格，將其與清代詩人厲鶚一同評為「詩家之惡派」〔註6〕。

這些直言不諱的批評，正是少見於文人的文集，卻又常見於尺牘這樣的私人書信中的「竊竊私語」。正如周作人所言：

> 尺牘即此所謂信，原是不擬發表的私書，文章也只是寥寥數句，或通情愫，或敘事實，而片言只語中反有足以窺見性情之處，此其特色也。〔註7〕

依上所述與例子來看，《尺牘》確實因「不擬發表」而能「大放厥詞」，反而呈現出一清代文宗鮮為人知的活潑風貌，表露不同於文學史中正襟危坐的文人形象：有「批評家」與「教師」的姚鼐：對時學、政事苛刻不留情面的批判、對後輩學子溫婉含蓄的勸學勉勵；有「作家」的姚鼐：對詩文技法清晰扼要的解說；有「父親」與「長輩」的姚鼐：對收到來信與知曉對方安好的喜悅、對生活經濟困頓的感嘆、對身體勞累精神欠佳的牢騷與無人陪伴的斂怨等。這些多元面向正是瞭解一位作家的性情與風格最為便捷的途徑，從而能形成一名實俱符、輪廓清晰，不同於刻板的文學史印象的姚鼐。

《尺牘》具有相當豐富的研究價值，對於姚鼐辭官後的生平行事、為人交際、學術思想、文章藝術，乃至於影響桐城派的傳衍過程，均為不可或缺的重要文獻，為文人尺牘樹立了一經典的模範。是以本文欲以《尺牘》為研究對象，建構出《尺牘》中的姚鼐主題研究，為本文的研究動機之一。

其次，考察現當代姚鼐與桐城派研究的學術成果，如王達敏於《姚鼐與乾嘉學派》一書所提及：

> 道光三年，陳用光經過二十餘年辛勤訪求，卒成《惜抱先生尺牘》八卷，屬山西門人郭汝驄付梓。此書是研究姚鼐生平思想與交遊的重要材料，學術價值極高。〔註8〕

以及盧坡《桐城派尺牘研究》有云：

> 《惜抱軒尺牘》是姚鼐與親友、弟子等書信的集結，是研究桐城派

〔註6〕〔清〕姚鼐：〈與鮑雙五〉，《惜抱軒尺牘》，頁59。

〔註7〕周作人著，止庵校訂：〈序信〉，《周作人書信》（北京：北京十月文藝出版社，2011年3月），頁1～2。

〔註8〕王達敏：《姚鼐與乾嘉學派》（北京：學苑出版社，2007年11月），第八章，頁218。

的重要資料，對於考察姚鼐的生平及學術、文藝思想，具有重要的
參考價值。〔註9〕

皆可見現代學者們對於《尺牘》的內容有一定程度的認識，並肯定此書對於
姚鼐研究發展的必要性。但是，筆者檢閱現當代桐城派研究與姚鼐研究的成
果，迄今為止（西元 2021 年 7 月 1 日），對於《尺牘》仍少見深廣兼備、體
系周詳的學術專論。反倒是多以期刊論文的方式，擷取《尺牘》的部分內容，
作為研究姚鼐某一主題的「補充資料」，較缺乏全面且有深度的探討，甚為
可惜。因此筆者遂興研究之興趣，期望能填補此一研究空缺，是為研究動機
之二。

　　最後，筆者於研究所修讀期間，對文學史與批評史中時常提及姚鼐「集桐
城派之大成」的評價頗感好奇，在翻閱姚鼐的著作與相關文獻時，無意間閱讀
到《尺牘》，因而與姚鼐結下不解之緣。筆者深感此書的內容筆調之親切真實，
文辭章法之簡鍊含蓄，論學論文之深刻精確，遂懷有研析之念。其體悟如郭汝
驄於跋中所言：

　　　夫子（筆者按：陳用光）復以先生（筆者按：姚鼐）尺牘見示，謂汝
　　　驄曰：「此雖隨手簡牘，而其中論學論文語，開發學者神智，視歸震
　　　川尺牘有過之無不及也。學者苟能由是而悟於學，則不啻親炙先生
　　　之謦欬矣。」汝驄受而讀之，日夕不能釋手……。〔註10〕

是以出於個人學術的喜好，在機緣下欲探究此書的內涵，是為研究動機之三。

　　有鑒於此，本文將以《尺牘》一書為研究對象，希望拋開尺牘為「邊緣文
學」、「人物的補充資料」之固有成見，重新審視《尺牘》的學術意義，並參酌
各家研究之說，深入探討《尺牘》的內涵，將其中有關姚鼐的人際交遊、生活
情境、論文論學與辭章藝術予以劃分歸納，一一評述與詮釋，並討論《尺牘》
的價值以及所發揮的影響，期能為姚鼐文學研究略盡棉薄之力。

第二節　研究文獻回顧

　　《尺牘》為姚鼐所作的尺牘彙編，因此可依此作者、文體與作品劃分為三

〔註9〕盧坡：《桐城派尺牘研究——以姚鼐與弟子交往為中心》（蕪湖：安徽師範大學
　　　文學院博士學位論文，2015 年 4 月），第三章，頁 61。
〔註10〕〔清〕郭汝驄：〈惜抱軒尺牘跋〉，《惜抱軒尺牘》，頁 145。

大類方向來進行文獻綜理，分別為「尺牘文體與文學的研究」、「姚鼐與桐城派的研究」以及「《惜抱軒尺牘》的研究」。

以下將從這三類方向的研究成果，以及筆者所掌握的相關與次要著作，來回顧與梳理《尺牘》的研究近況。

一、尺牘的流變與近代尺牘研究回顧

清代文人尹會一的門生楊錫紱曾為其《健餘先生尺牘》一書有作序，就針對尺牘的內涵云：

> 歐陽詢效晉王羲之書，險勁過人，尺牘所傳，人以為法，皆以善書云爾，非必其言之有當也。知道者無取焉。至於蘇黃尺牘，則贍於文詞矣。而東坡集十二卷，尤多篤論，耿禪鋒謔語，雜出其中，君子惜之。〔註11〕

從此段內容可以得知，尺牘研究有兩種常見的路線，一是尺牘的書法，二是從文學與文體的角度探討尺牘的內涵。而尺牘的書法並非本論文的焦點，因此本節針對尺牘研究近況的探討，主要專注於文體與文學內涵的層面。

尺牘是為書信類的應用文體。最早的書信已不可考，且皆統稱為「書」，而別稱「以寫作材料的不同，它派生出簡、札、牒等；以通信對象的不同，又分化出箋、啟、狀、教、移、表等等」〔註12〕。最初的用途，主要為國家政事的交流。如《文心雕龍》的〈書記〉所言：「三代政暇，文翰頗疏。春秋聘繁，書介彌盛。」〔註13〕以及姚鼐的〈古文辭類纂序〉：「書說類者，昔周公之告召公，有《君奭》之篇。」〔註14〕而在魏晉之前，已有如樂毅的〈報燕惠王書〉與司馬遷的〈報任安書〉等名篇，雖然這些作者無意公開發表，但其用意精深，體製宏大，後世多視為散文。

至魏晉南北朝，文人開始意識到書信的文體意義並著手分析。最初討論書信始於曹丕《典論·論文》中「書論宜理」、「琳、瑀之章表書記，今之雋

〔註11〕〔清〕楊錫紱：〈健餘先生尺牘序〉，詳見〔清〕尹會一：《健餘先生尺牘》（北京：中華書局，1985年），頁1。

〔註12〕趙樹功：《中國尺牘文學史》（石家莊：河北人民出版社，1999年11月），第一章，頁5。

〔註13〕〔南朝梁〕劉勰著；王更生注譯：《文心雕龍讀本·書記》（上冊）（臺北：文史哲出版社，2004年10月），頁462。

〔註14〕〔清〕姚鼐輯；王文濡評註：〈古文辭類纂序〉，《大字本評註古文辭類纂》（上冊）（臺北：華正書局，2000年8月），頁11。

也」〔註15〕以及〈與吳質書〉中的「元瑜書記翩翩，致足樂也」〔註16〕。曹丕所言的「書」與「書記」的文體內涵均是廣義的書信，包含公文書牘與私人尺牘，同時認為它們的文體表現應以「理」為主，但依作者的才性，可以使「理」指涉擴大，並表現為「翩翩」之「雋文」。

直至劉勰的《文心雕龍·書記》是第一篇完整且詳細探討書信文體的專論。其認為書信的立意在於「舒布其言，陳之簡牘」、「本在盡言」〔註17〕，風格方面則有「散鬱陶，託風采，故宜條暢以任氣，優柔以懌懷；文明從容，亦心聲之獻酬」的展現。且劉勰所言「書記」，包含種類較曹丕更為廣泛，除了書牘、牋記之外，還提到了二十四種「雜筆」。這些文體雖然「事本相通」，皆是傳達情意或事項，故稱「有司之實務」、「政事之先務也」，但內容上還是因作者的「全任質素」，或是「雜用文綺」而「文意各異」。在劉勰看來，「書」雖然是「藝文之末品」，但並不妨害作者發揮才性的空間。

魏晉至唐代，是書信名篇輩出的時期。尤其韓愈、柳宗元二人推行的古文運動，除了以自身的散文創作樹立文章的楷模外，更有賴於與其他文人的書信往來推播古文運動，如韓愈〈答張籍書〉、〈答李翊書〉等等名作，以體製輕薄的書信承載用意宏大的講章傳道、論述文學之內容，而筆勢與情感亦介於散文的莊重嚴肅與書信的親暱率意之間，擴大書信的文體內涵，可謂自成一格。然這時的書信皆附屬在總集之中，非獨立為冊。

直至宋代，方才出現第一本以尺牘命名的尺牘集：《范文正公尺牘》或《山谷刀筆二十卷》〔註18〕。至此「書」的概念開始分流，「尺牘」具有獨立的文

〔註15〕〔三國〕曹丕：〈典論·論文〉，引自〔三國〕曹操著、曹丕著、曹植著：《三曹集》（長沙：嶽麓書社，1997年1月），頁178。

〔註16〕〔三國〕曹丕：〈與吳質書〉，引自〔三國〕曹操著、曹丕著、曹植著：《三曹集》（長沙：嶽麓書社，1997年1月），頁162。

〔註17〕〔南朝梁〕劉勰著；王更生注譯：《文心雕龍讀本·書記》（上冊）（臺北：文史哲出版社，2004年10月），頁463。

〔註18〕趙樹功《中國尺牘文學史》：「尺牘專集開始行世的大致時間，只能依現存的尺牘專集推定。依《四庫全書總目》，最早的關於尺牘的書有兩種，一是《范文正公尺牘三卷》，一是黃山谷《山谷刀筆二十卷》。《宋史·藝文志》中，關於尺牘的書排在最前面的也是這兩種，只是卷數不一，范仲淹的尺牘是二卷；黃山谷的尺牘名為《黃山谷尺牘》，為十五卷……考叢書集成本《范文正公文集》，前有蘇軾的序言，落款是『元祐四年四月二十一日，龍圖閣學士朝奉郎新知杭州軍州事蘇軾序』。范文正卒於皇祐四年（公元1052年），蘇軾知杭州的元祐四年是公元1089年，可見，范去世37年後才有文集行世，若其子孫所編《范

體意義。二者指涉的外延意義雖然互有含括，但內涵仍有區別。就用意來說，「書」是願意公開，「尺牘」則是不欲為外人所知；對出版而言，「書」收入於作家全集之中，「尺牘」則別出刊刻，「不入文集」〔註19〕；於體製來說，「書」的篇幅較大，接近古文、散文，風格則莊重含蓄，「尺牘」的結構較小，寥寥數句、短簡筆札，風格則隨心所欲；就內容來說，「書」為講章傳道、論文敘筆，「尺牘」則是生活百態，無所不談，毫無禁忌。

以與本文最相關的姚鼐為例，《尺牘》中的〈與翁覃谿〉和《詩文集》中的〈答翁學士書〉雖同為寄予翁方綱的書信，但其中的用詞之情緒、內容之精略與重點之層次截然不同。首先以兩篇各自的開頭為例：

> 鼐再拜，謹上覃谿先生几下：昨相見，承教勉以為文之法。早起又得手書，勸披益至，非相愛深，欲增進所不逮。曷為若此？鼐誠感荷不敢忘！〔註20〕

> 自於歙縣東門外瞻接後，幾相隔十年。啓候疏闊，殊抱恧媿。惟於北來相識者，詢悉體中佳勝如昔，以為深慰而已。（〈與翁覃谿〉，頁26）

可以發現，用詞的感受就存有明顯的不同。〈答翁學士書〉為回答對方的提問，因此「再拜」、「謹上」顯得莊重而相敬如賓。而〈與翁覃谿〉為慰問對方，故其中的「相隔十年」、「深慰」表露出深情而哀戚難以相見之懷。另外，〈答翁學士書〉有一明確的主題，主要為「意與氣而時變者也，安得有定法哉」、「技之精者必近道」的作詩文之定法的討論，最後歸結出「見諸才賢之作不同，夫亦各有所善也」〔註21〕的論點。但在〈與翁覃谿〉中卻非單一的心得討論，而是主要分享：「見宋、元人所注經，卷帙甚大」、「意以為何須為是繁邪」，遂呈自著的《三傳補注》向對方討教；「用光古文，已入門逕」的推薦門生後進；「故人死亡略盡，在京獨閣下為靈光碩果」〔註22〕的感嘆生老病死。這三件事

文正公尺牘》即另此文集而傳的話，那麼，我們大致可以推論，這個尺牘專集，應出現於北宋元祐年前後。」詳見趙樹功：《中國尺牘文學史》（石家莊：河北人民出版社，1999年11月），第一章，頁66～67。

〔註19〕〔清〕桂馥：《晚學集·顏氏先友尺牘跋》（北京：中華書局，1985年第一版），頁83。

〔註20〕〔清〕姚鼐：〈答翁學士書〉，《惜抱軒詩文集》（上海：上海古籍出版社，2008年4月第二版），頁84。為減少繁冗的註解，以下凡引自此書，皆會以簡註呈現。

〔註21〕以上三句出自〔清〕姚鼐：〈答翁學士書〉，《惜抱軒詩文集》，頁84～85。

〔註22〕以上四句出自〔清〕姚鼐：〈與翁覃谿〉，《惜抱軒尺牘》，頁26～27。

為作者意與對方共享「生活的瑣碎片段」，而非一論點的詳說。既無主要的核心，事件之間亦無絕對且緊密的關連。從這比較即可知曉尺牘與書之間細微的分別。

至晚明後，性靈派作家的尺牘在實際溝通之外，文字風格與書寫內容趨近於小品文，直抒胸臆，表現個性。一時之間蔚為流行，專集、選本大量出版，例如王世貞的尺牘選本《尺牘清裁》、袁宏道《袁中郎尺牘》等。

也是此時，有別於散文的「經國之大業，不朽之盛事」〔註23〕或古典詩的「在心為志，發言為詩」，尺牘正式成為「文章小道」、雕蟲小技的代表，與散文的界線更為清晰而難登大雅之堂。如明末周亮工選編的〈尺牘新鈔序〉有云：

> 尺牘為一時揮翰之文，非關著作……文人制作，以詩古文為大業。
>
> 尺牘家言，既非吟詠之音，又異縱橫之筆。然綢繆雁羽，多屬風人；
>
> 寄託瑤函，類稱爾雅。〔註24〕

認為尺牘創作是與收信者「獨來獨往」的詞藻表現，本意與詩、古文的道統「大業」相對，而是自己把玩戲謔的小物。又如梅曾亮曾引姚鼐對尺牘的理解來作序：

> 姬傳先生嘗語學者：「為文不可有注疏、語錄及尺牘氣。」蓋尺牘之體，固有別於文矣。〔註25〕

姚鼐認為文章應講求「命意立格，行氣遣詞，理充於中，聲振於外。數者一有不足，則文病矣」〔註26〕，而不能有注疏、語錄與尺牘氣。雖然姚鼐並未申論尺牘氣的內涵，但也可從中得知，文人恪守「散文」與「尺牘」之間的界線，不容許有些微踰矩，「嚴古文尺牘之大防」，「把典雅、規矩給了古文」，「所有的自由都給了尺牘」〔註27〕。而最能識別尺牘與散文的區別，並把握文體內涵，要屬清人洪錫豫於〈小倉山房尺牘序〉引袁枚語：

> 尺牘者，古文之唾餘。今之人或以尺牘為古文，誤也。蓋古文體最

〔註23〕〔三國〕曹丕：〈典論・論文〉，引自〔三國〕曹操著、曹丕著、曹植著：《三曹集》（長沙：嶽麓書社，1997年1月），頁178。

〔註24〕〔清〕周亮工著，米田點校：《尺牘新鈔》（湖南：嶽麓書社，2016年1月），頁334～335。

〔註25〕〔清〕梅曾亮著；彭國忠、胡曉明校點：〈姚姬傳先生尺牘序〉，《柏梘山房詩文集》（上海：上海古籍出版社，2005年12月），頁379。

〔註26〕〔清〕姚鼐：〈與陳碩士〉第八十七篇，《惜抱軒尺牘》，頁115。

〔註27〕趙樹功：《中國尺牘文學史》（石家莊：河北人民出版社，1999年11月），第一章，頁25。

> 嚴潔，一切綺語、諧語、排偶語、詞賦語、理學語、佛老語、考據、
> 注疏、寒暄酬應，俱不可一字犯其筆端。若尺牘，則信手任心，謔
> 浪笑傲，無所不可。〔註28〕

袁枚看出尺牘的特點不同於散文的莊重嚴謹，並融入晚明性靈派的風格而稱：
「信手任心，謔浪笑傲，無所不可」，此切當掌握宋代至晚明尺牘的發展精髓。
至此，尺牘的文體內涵可謂確立，成為一獨立的文體。

但是，自從《文心雕龍》之後，就鮮少出現對尺牘的專論，輒以摘句混雜
散亂分布在尺牘專集的序文當中。例如明代陳繼儒為沈佳胤的《翰海》作序言：

> 世上一種現成文字，如霞之散綺、波之湧翠、花草之芊葱，其供人吞
> 吐無盡，何事再以枯管佐之，復宕為尺牘，牘中又幻作瀾漪，如人於
> 眉目上，強加粧點，恐遠山梅花，終非本色。雖然東里有辭，馬不生
> 郊，雁羽遠披，千里若面，於是尺牘一途，幾為天下重。〔註29〕

或是如清代王韜〈弢園尺牘序〉：

> 古人曾言尺牘以長為貴，而近時袁隨園亦云：尺牘者，古文之緒餘，
> 雖不足存，而或可聊備一格。蓋以尺牘雖小品，而如漢之陳遵與人
> 尺牘，主皆藏去以為榮。陳琳、阮瑀擒藻揚華，翩翩以記事稱。唐
> 代文人，其相推譽，必曰雅善尺牘。然則尺牘亦甚重矣。況乎人違
> 兩地，書抵萬金，往來遺問間，即尺牘而性情見焉。〔註30〕

這樣的情況一直延續到民國之後也未止，如 1923 年出版的《花影尺牘》（上
海：上海進德圖書局，1923 年 1 月），以及 1935 年出版的《名儒尺牘》（上海：
大達圖書供應社，1935 年 5 月），編者皆在序言陳述對尺牘的理解。

五四之後，學術研究的路徑明顯變寬闊，對於如小品文、書信、尺牘這樣
的「邊緣文學」不再將其視為雕蟲小技。有些學者開始將眼光專注於介紹尺牘。
例如鄭逸梅於 1940 年的 2 月至 12 月間在《自修》雜誌上介紹尺牘的緣由、敬
語、信封、郵票、尺牘範本、流行的名人信札、名家尺牘的裝框收藏等等，對

〔註28〕〔清〕洪錫豫著：〈小倉山房尺牘序〉，引自〔清〕袁枚著；王英志主編：《袁
　　　枚全集》（第五冊）（南京：江蘇古籍出版社，1993 年），頁 1。

〔註29〕〔明〕陳繼儒：〈古今尺牘翰海序〉，收自〔明〕沈佳胤：《古今尺牘翰海》，詳
　　　見四庫禁燬書叢刊編纂委員會編：《四庫禁燬書叢刊‧集部》（第二十冊）（北
　　　京：北京出版社，2000 年），頁 127。

〔註30〕〔清〕王韜著，汪北林、劉林編校：《弢園尺牘》（上海：中華書局，1959 年
　　　12 月），頁 4。

於文體的外在意義十分考究。這些文章後來集結編成《尺牘叢話》（北京：當代中國出版社，2018 年 1 月），是研究尺牘流變與應用情形相當重要的參考文獻。

但近代文體學家對於「書」與晚明以降所稱「尺牘」之間的細微分界仍然沒有清楚的意識與劃分。通行的文體學論著，如褚斌杰《中國古代文體概論》（北京：北京大學出版社，1984 年 6 月）以及陳必祥《古代散文文體概論》（鄭州：河南人民出版社，1986 年 1 月）等所稱的「書牘文」，仍是廣義的書信。雖然書中曾經提到「尺牘」，但對其討論的僅僅是以書寫載具的劃分而已，作為書牘文體的一個別稱。

而第一本意識到「書」與「尺牘」的細微分別要屬趙樹功《中國尺牘文學史》（石家莊：河北人民出版社，1999 年 11 月）。其特點是仿擬傳統文學史的編寫方式，將每一朝代的經典書信獨立出來，仔細鑑賞並給予評價。不過，雖然該書有意識到分界的問題，但趙樹功所稱的「尺牘」，在周代至宋代之間反倒是廣義的書信，而非指稱具有晚明書寫性靈、簡短筆札風格的「尺牘」。這與平常習慣的概念相反。而在宋元到清代的「尺牘」討論，才真正專注在簡短筆札的尺牘。因此雖然該書的用意使「尺牘」從邊緣獲得學界關注，但也易混淆書中周代至宋代的書信名稱。

最後，在學位論文方面，國內對於尺牘的專門研究有兩篇，分別是陳鴻麒的《晚明尺牘文學與尺牘小品》〔註 31〕與孫淑芳的《世變與風雅——周亮工《尺牘新鈔》編選之研究》〔註 32〕。前者以王世貞的《尺牘清裁》至晚明小品文選為主要的研究對象，從《尺牘清裁》為出發點討論尺牘小品的雛形，其後論述尺牘如何發展、茁壯，經由文人的巧手將尺牘與小品兩個概念混融貫通，演變至晚明而臻至成熟為「尺牘小品」，歸類為小品文的一支，最後從社會經濟學的角度，論及晚明的商業發展與印刷工業如何推動尺牘小品的出版，成為助長尺牘小品之風興起的推手。後者關注周亮工編選《尺牘新鈔》的用意，認為作者身處朝代交替之際，藉由試圖樹立一尺牘選本的模範，超脫晚明尺牘的性靈小品之風氣，表達自己面對新王朝的「不臣」的「風雅」。此兩篇皆可見得尺牘於晚明與清代有一定程度的影響力，既可宣傳自己的文學思想，也能成

〔註 31〕陳鴻麒：《晚明尺牘文學與尺牘小品》（南投：國立暨南國際大學中國文學系碩士學位論文，2005 年）。

〔註 32〕孫淑芳：《世變與風雅——周亮工《尺牘新鈔》編選之研究》（嘉義：國立中正大學中國文學系博士學位論文，2008 年）。

就一時代風氣，而不因體裁短小而為人排斥與遺忘。

二、姚鼐與桐城派的研究回顧

（一）桐城派的研究回顧

桐城派研究是清代文學研究中的顯學，橫跨古文、詩歌以及學術思想等領域，其流衍時間之長，傳播範圍之廣，影響人數之眾〔註33〕，是中國文學史上少有的盛況。故其相關研究著作，可謂汗牛充棟，難以詳述，因此筆者只能試圖從中披沙揀金。

桐城派研究始於五四新文化運動時期。受西學新進的時代風氣影響，桐城派被視為舊思想、舊文章。錢玄同、陳獨秀，以及多數「文學革命家」不理性的批評，一竿子打翻古典文學的傳承與價值，以至於「桐城謬種」、「選學妖孽」〔註34〕是為五四時期對桐城派最反射性的「評語」。但這些文學革命家並非依據嚴密的理論證據敘述批評的過程，反而是充斥著主觀意識與個人喜好。雖然仍有如胡適、傅斯年等人立於較客觀的角度來批評桐城派，但仍難以一改時風對舊學的歧視與排擠。

隨著研究時間的演進，五四之後的研究者已能以客觀中性的立場看待桐城派的價值與影響。例如郭紹虞《中國文學批評史》論及桐城派時詳分六節：〈桐城文派與文論〉、〈方苞古文義法〉、〈劉大櫆義法說之具體化〉、〈姚鼐義法說之抽象化〉、〈姚門諸人之闡說桐城之學〉與〈各家對於桐城文之批評〉〔註35〕。這樣的分類意圖掌握桐城派的精華所在，同時能夠清晰的瞭解桐城文人立派的脈絡與三祖之間傳授繼承之關係的釐清，並顧及桐城派對於後代文家的影響，將桐城派的發展過程進行全面梳理。

除了文學史、文學批評史的著作之外，亦有學者出版桐城派研究的學術論著：如王鎮遠《桐城派》（臺北：萬卷樓圖書股份有限公司，1991 年 12 月）、吳孟復《桐城文派述論》（合肥：安徽教育出版社，1992 年 2 月）、王獻永《桐

〔註33〕據劉聲木《桐城文學淵源考、撰述考》的記載，桐城派上溯至歸有光、唐順之，下延至近代的章士釗、于省吾，同時旁收陽湖派與湘鄉派。《淵源考》收 649 人，《淵源考補遺》收 999 人，其中《補遺》重複 425 人，但內容有增有減。

〔註34〕沈永寶編：《錢玄同五四時期言論集》（上海：東方出版中心，1998 年 10 月），頁 31～37。

〔註35〕郭紹虞：《中國文學批評史》（上海：新文藝出版社，1955 年 8 月第一版），頁 545～587。

城文派》（北京：中華書局，1992 年 2 月）、關愛和《古典主義的終結——桐
城派與五四新文學》（上海：上海文戲出版社，1992 年 12 月）、周中明《桐城
派研究》（瀋陽：遼寧大學出版社，1999 年）等等。又或是針對某一位桐城派
作家進行單獨而深刻的學術挖掘：例如姚翠萍《方望溪文學研究》（臺北：文
史哲出版社，1988 年）、何冠彪《戴名世研究》（新北：稻鄉出版社，1988 年）、
周中明《姚鼐研究》（合肥：安徽大學出版社，2013 年 5 月）等等。

　　又如近年來大陸興起的地域文學研究，由安徽大學集結安徽地區相關研
究成果，出版《徽學與地域文化叢書》，內含《桐城派文體學研究》（合肥：安
徽大學出版社，2012 年 9 月）、《方東樹詩學研究》（合肥：安徽大學出版社，
2013 年 8 月）與《桐城派與五四新文學》（合肥：安徽大學出版社，2015 年 1
月）等桐城派相關著作，立意新穎，題材豐富，為現代桐城派研究者提供豐碩
的研究與參考資料。

　　在期刊論文方面，數量並不甚多，較重要者有二：一是王基倫的〈《春秋》
筆法與桐城三祖方苞、劉大櫆、姚鼐的古文創作〉〔註36〕探討《春秋》建構的
文章筆法，以及融入的儒家觀念，如何由桐城三祖所繼承並轉化為「義法」的
過程。另一篇為徐國能的〈桐城詩派杜詩學析探——以姚鼐、方東樹為中心〉
〔註37〕，探討桐城詩派自創立初期至姚鼐與方東樹之間，如何將對杜詩的分析
與批評，融入於自身的詩論當中，有別於神韻說與肌理說，成為清代與桐城後
期重要的詩學觀念。

　　在學位論文方面，對於桐城派研究的重要方向皆有觸及。例如研究桐城文
派的有陳桂雲《清代桐城派古文之研究》〔註38〕，作者同時述及古文的演變、
桐城派繼承傳統古文思想的脈絡、桐城立派的背景、桐城派的古文理論、旁觸
陽湖派與湘鄉派的重要作家，是包羅桐城古文的全面論述；研究桐城詩派的有
金華珍《桐城派詩論研究》〔註39〕，其特點是不以作家的理論分別論述，而是
分別將桐城派作家的理論抽出，建構出一套嚴謹而專屬於桐城詩派的詩歌理

〔註36〕王基倫：〈《春秋》筆法與桐城三祖方苞、劉大櫆、姚鼐的古文創作〉，《國文學
　　　　報》第五十一期（2016 年 6 月），頁 203～222。
〔註37〕徐國能：〈桐城詩派杜詩學析探——以姚鼐、方東樹為中心〉，《中國學術年刊
　　　　（春季號）》第三十期（2008 年 3 月），頁 199～226。
〔註38〕陳桂雲：《清代桐城派古文之研究》（臺北：中國文化大學中國文學系博士學位
　　　　論文，2009 年）。
〔註39〕金華珍：《桐城派詩論研究》（臺北：國立臺灣師範大學國文系博士學位論文，
　　　　2006 年）。

論，作者期待能從研究中重新討論桐城詩派的歷史評價；邱詩雯的《清代桐城派《史記》學研究》〔註40〕，作者指出方苞的「義法」提煉自《春秋》與史家筆法，建構出行文的方法與規範，而為劉大櫆與姚鼐所繼承，形成桐城派的內涵，這其中又與《史記》息息相關，遂於其中闡述之。

至於桐城派的學術思想方面，堅持宋學的立場與漢學之爭、五四時期與白話文學的論戰等等的討論尚待深入開發。

（二）姚鼐的研究回顧

姚鼐為桐城三祖之一，同時又集桐城派之大成，甚至曾有學者以為姚鼐有意識創立桐城派〔註41〕，因此往往成為桐城派研究的關注重心。研究姚鼐的著作與論文也是萬籤插架。針對姚鼐的學術研究主要分成三類：一是姚鼐的生平事蹟、考證與麻溪姚氏的源流整理；二為姚鼐的經學研究；三為姚鼐的文學研究。

目前對姚鼐生平的瞭解，主要依鄭福照的《姚惜抱先生年譜》〔註42〕，由桐城姚濬昌於同治七年（1868 年）所刻。但因其中多有所省筆，甚至標明「詳見《尺牘》」、「詳見《文集》」之語，因此必須與《尺牘》、《文集》互相參照。惟近年大陸方面多對姚鼐的生平有所研究，可填補此一空缺。如周中明於著作《姚鼐研究》中對其出生、家世背景、成長經歷、科舉歷程、仕途的浮沉、辭官隱退、書院任教至辭世的過程有非常詳盡的紀錄，同時配合文集、年譜、尺牘的校對，將其獨立為一章〈姚鼐年譜〉。對於今日研究姚鼐的生平有相當重要的貢獻，可謂為研究與工具書性質兼具的著作。另外，汪孔豐《麻溪姚氏與桐城派的演進》（合肥：安徽大學出版社，2017 年 12 月）考證麻溪姚氏世族的背景、歷代姚氏的仕宦、家族姻親的發展以及親族文人集團的形成，將麻溪姚氏縱向的歷史發展與橫向的結縭關係梳理透徹，能更瞭解《尺牘》中與親戚交流的尺牘內容與指涉對象，亦是研究桐城派姚氏的流

〔註40〕邱詩雯：《清代桐城派《史記》學研究》（臺南：國立成功大學中國文學系博士學位論文，2014 年）。

〔註41〕陳平原〈文派、文選與講學——姚鼐的為人與為文〉云：「一篇很容易落入俗套，也很容易濫情的壽序，居然能寫得如此搖曳多姿，這是本事，為老師祝壽，刻意提升其文學史地位，這確實是絕佳禮品；可背後隱含的，卻是自家的文學理想——建構桐城文派。」詳見陳平原：〈文派、文選與講學——姚鼐的為人與為文〉，《學術界》第 102 期（2003 年 5 月），頁 233。

〔註42〕〔清〕鄭福照：《姚惜抱先生年譜》，詳見北圖社古籍影印編輯室輯：《乾嘉名儒年譜》（第七冊）（北京：北京圖書館出版社，2006 年 6 月），頁 504～583。

源之一大利器。而孟醒仁有《桐城派三祖年譜》（合肥：安徽大學出版社，2003年5月），將方苞、劉大櫆與姚鼐共同編入一本年譜之中，是為便於互相參閱桐城三祖的生平。

其二是姚鼐的學術思想。姚鼐被認為「學行繼程、朱之後」，自身的思考與經學立場上多依傍宋學家，卻處於時代崇尚漢學之的風氣中，自然對於當時的學術環境有所不滿。故在文集與尺牘中，時常見得姚鼐對於漢學家的批判，如在〈復蔣松如書〉中，姚鼐認為的漢學，「大小之不分，精粗之弗別」〔註43〕，鑽研太深，考據瑣屑，無助於「深盡文章之奧秘」〔註44〕，終究只是學術的旁門左道。這方面的研究，以王達敏《姚鼐與乾嘉學派》（北京：學苑出版社，2007年11月）為重要論著，其書將姚鼐的學術態度依時間斷代分析，同時對於每一階段重要的態度轉折有所考證，以求其完整清晰的學術生涯脈絡。此書考證詳析，對研究姚鼐的學術而言有莫大的幫助。惜惟缺點是部分有待更多證據來證明的論述多屬臆測，而顯得其中用字的情緒激烈。

蔡長林的《文章自可觀風色：文人說經與清代學術》一書中，有篇〈理論的實踐場域——《春秋三傳補注》所見姚鼐的經學理念〉〔註45〕為研究姚鼐經學的專論。作者發現，歷來對姚鼐的研究多專注在文章與詩學，或置於桐城派的脈絡中，唯獨經學的討論寥寥可數，或只是為漢宋之爭的背景，而缺乏文本的挖掘。是以此篇專注於姚鼐的經學著作《春秋三傳補注》，並探討姚鼐如何實踐以「義理、辭章、考據」三者並融的方式解經。在浩瀚的姚鼐研究之中，此篇的主題是為難能可貴而重要。另外，作者另一篇〈乾嘉之際的非原教主義論述——姚鼐《易說》的經學見解〉〔註46〕，亦是以同樣的視角來觀察姚鼐的《易說》，從而檢視何以表現出與漢學家截然不同的考證和書寫方式。是為近年研究姚鼐經學之重要文章。

其三是姚鼐的文學研究，包括姚鼐的文學理論以及作品藝術。而如同其學術思想，姚鼐的文論與詩論皆散在文集中的序文、贈序、書信、題跋以及尺牘

〔註43〕〔清〕姚鼐：〈復蔣松如書〉，《惜抱軒詩文集》，頁95～96。
〔註44〕〔清〕姚鼐：〈復蔣松如書〉，《惜抱軒詩文集》，頁105。
〔註45〕蔡長林：〈理論的實踐場域——《春秋三傳補注》所見姚鼐的經學理念〉，《文章自可觀風色：文人說經與清代學術》（臺北：國立臺灣大學出版中心，2019年12月），第三章，頁97～154。
〔註46〕蔡長林：〈乾嘉之際的非原教主義論述——姚鼐《易說》的經學見解〉，《中國文化研究所學報》第72期（2021年1月），頁115～146。

中，並非有一本完整架構體系的理論著作。

在學位論文方面，張春榮於《姚惜抱及其文學研究》〔註47〕對其文學理論有完整的架構論述，可謂開臺灣姚鼐研究的先鋒。第六章〈姚惜抱之文論〉依風格、文體與創作三種方向分別論述之，風格論及「陽剛」、「陰柔」之分，文體論即根據〈古文辭類纂序〉所分類並論述的「十三類」的文體內涵以審視姚鼐理想中的文體創作標準，創作論則強調「取法的對象」、「嚴謹的創作」與「為文八要」；第七章〈姚惜抱之詩論〉以作詩為出發點，將作詩的源頭劃分為三個階段，即「創作取徑」、「創作技巧」與「論詩宗旨」，分別為作詩時模仿、學習的對象、作詩的字斟句酌與詩作批評。吳慧貞《姚鼐古文義法及文章寫作學》〔註48〕則是專注於「古文」、「義法」、「寫作理論」與各式文體寫作法的分析。此篇對姚鼐的古文理論與作品內容詳細明晰，可與張春榮的文論部分相互參照。郝蔚倫《姚鼐墓誌銘作品研究》〔註49〕，是為探討姚鼐的墓誌銘作品。其研究既能揭示姚鼐的文學理論應用之結果，另一方面，墓誌銘亦是瞭解姚鼐的人際關係的一大利器。謝嘉文《「穿戴腳鐐」與「掙脫腳鐐」的舞者之舞——姚鼐《古文辭類纂》與曾國藩《經史百家雜鈔》選文研究》〔註50〕立意新穎而論述深刻，透過選本研究與兩相比較，更能彰顯姚鼐選編《古文辭類纂》的用意、歷史地位與特色。

（三）《惜抱軒尺牘》的研究回顧

經筆者的搜羅，至本文完成為止，在海峽兩岸的學位論文當中，與本文的題目最有相關者，要屬盧坡《桐城派尺牘研究——以姚鼐與弟子交往為中心》〔註51〕。作者從姚鼐的尺牘出發，與其弟子陳用光、姚瑩、梅曾亮、管同、方東樹與劉開的尺牘之間建構出人際關係網絡，試圖藉此解釋桐城派的興起與

〔註47〕 張春榮：《姚惜抱及其文學研究》（臺北：國立臺灣師範大學國文學系博士學位論文，1987 年）。

〔註48〕 吳慧貞：《姚鼐古文義法及文章寫作學》（彰化：國立彰化師範大學國文學系碩士學位論文，1999 年）。

〔註49〕 郝蔚倫：《姚鼐墓誌銘作品研究》（桃園：國立中央大學中國文學系碩士學位論文，2009 年）。

〔註50〕 謝嘉文：《「穿戴腳鐐」與「掙脫腳鐐」的舞者之舞——姚鼐《古文辭類纂》與曾國藩《經史百家雜鈔》選文研究》（新竹：國立清華大學中國文學系博士學位論文，2010 年）。

〔註51〕 盧坡：《桐城派尺牘研究——以姚鼐與弟子交往為中心》（蕪湖：安徽師範大學文學院博士學位論文，2015 年）。

傳衍。並將論文分為三個部分：上編為「源流論」，中編的「個體論」與下編的「比較論」。

上編又分為兩個部分。第一部分將《尺牘》的交流對象依照關係分為師友者、論辯者與受教者三類，研究姚鼐對於這三種不同類型的對象所述說的尺牘內容與書寫態度之分別。第二部分研究姚鼐去世之後「後姚鼐時期」的弟子們之間尺牘往來，以陳用光和姚瑩為研究論述的主要對象，分析他們二位如何透過尺牘繼續維持姚鼐先前所建立的弟子們之間的人際網絡。

中編分為三個部分。第一部分為姚鼐《尺牘》的專論。考證其中的交流對象之姓名與簡歷，指出《尺牘》中的價值與特點，並揭示其中少見於其他文人尺牘的葬事文化。第二部分為陳用光與姚瑩的尺牘。分別溯源這二位文人的尺牘，並指出他們如何深化姚鼐對後期桐城派的影響。第三部分為姚門四傑的尺牘的內容與文學風格。

下編將姚鼐的《尺牘》分別與三位文人的尺牘比較，分別是姚鼐的「前輩」學習對象歸有光、同時代「同輩」相知相惜的學友袁枚以及桐城派「後輩」最後的大師吳汝綸。並從這三位文人的尺牘比較分析中，來看歸有光對姚鼐的啟發、對袁枚的批評，以及吳汝綸對姚鼐的繼承。形成以《尺牘》為中心，論及上層、平行與下層的傳承與影響之探討。

作者認為，「就研究資料的價值和可靠性而言，傳記不如年譜，年譜不如日記、尺牘等第一手文獻資料」〔註52〕，故分析、詮釋這些「明顯帶有私人語境的文獻資料」〔註53〕，比研究年譜與傳記更有價值：

> 姚鼐與子弟尺牘往還，注重引導，有意加強門人親友間相互瞭解、相互幫扶。以尺牘為媒介，姚鼐居於中心，姚門弟子相互闡發應和，桐城派得到進一步的發展。從這個角度來考察桐城派的發展演變無疑有著十分獨特的意義。〔註54〕

因此透過《尺牘》，既能夠瞭解姚鼐傳予弟子的學術內容，例如漢宋學之爭的立場、詩文理論、詩文技巧等等，又能從中認識姚鼐與弟子的互動，如幫助某一方度過生活困境，互相扶持。尤以後者為文集中難以見得的內容。再加上蒐羅垂直與水平的交際：垂直為向上溯源到歸有光之比較，向下追尋至吳汝綸；

〔註52〕盧坡：《桐城派尺牘研究──以姚鼐與弟子交往為中心》，頁1。
〔註53〕盧坡：《桐城派尺牘研究──以姚鼐與弟子交往為中心》，頁7。
〔註54〕盧坡：《桐城派尺牘研究──以姚鼐與弟子交往為中心》，頁7。

水平為同時代的友人與弟子之尺牘,即可形成以姚鼐為中心,以尺牘為媒介所構成的桐城派人物之支脈關係。是為此篇論文的目的與價值。

此篇論文的立意新奇,結構特殊,分類清晰,以比較為基礎,能使讀者一目了然。其中固然有不夠深入之憾,如個體論中,針對個人尺牘的研究稍欠深度。但於關注文體研究的細微處(尺牘文體的研究與關注在數量上少於散文、古文),以及對日後的研究者若有意更深入的研究《尺牘》或是其他姚鼐弟子的尺牘集而言,仍具有重要的啟發意義。

另外,此篇作者於 2020 年將此文擴寫與重編,出版《姚鼐詩文及交游研究》(合肥:安徽大學出版社,2020 年 6 月)一書。此書分成三個部分,第一、二部分分別為為姚鼐的詩學與散文研究,第三部分則是以《尺牘》為出發點的交游研究。尤其第三部分,相較於作者的學位論文,多增〈姚鼐與師友門人交游考略〉一章,將姚鼐生平中重要的交友依地緣關係分類,並從《文集》與《尺牘》中探討他們與姚鼐的關係和感情,為本文的研究提供一巧妙的新意。

第三節　研究範圍與版本

一部專書的研究涉及的層面廣泛。而《尺牘》可供研究的內容亦是,其中如文學理論、經學觀點,以及外延的姚鼐書院史、人際交流史等等。為能焦距《尺牘》其中的精華,關注於對姚鼐與桐城派研究有直接貢獻之內容,本文以「姚鼐《惜抱軒尺牘》文學研究」為題,論述核心為《尺牘》中的經學學術思想、文學觀點與寫作藝術。期能以書中最為重要與關鍵的概念,體現《尺牘》全書的成就。

為此《尺牘》的流傳版本應先予以釐清。首先,姚鼐至今通行的書信大致有四種材料,分別為詩文集所收的書信、《惜抱軒尺牘》、《惜抱軒尺牘補編》以及 2019 年所出版新發現的〈姚鼐尺牘輯補〉。除了第一種書信之外,其餘三種的體製皆為晚明以來所稱的「尺牘」,因此為本文所討論的範圍。以下將概述這三種尺牘的版本與流傳情形。

《惜抱軒尺牘》,或稱《惜抱先生尺牘》。道光三年(1823 年)出版,編者為陳用光,由陳用光的弟子郭汝聰刊刻。書前有梅曾亮與陳用光分別撰其序,以及郭汝聰撰其跋。全書所收之尺牘,皆為姚鼐辭官後任教書院至過世之間所作,唯獨書中的第一篇〈與劉海峰先生〉例外,陳用光在其後有筆記:

> 用光所錄先生尺牘皆歸田後札也，惟此為京師時書。其手蹟存伯昂
> （筆者案：姚瑩）編修處，用光以〈墨池堂帖〉一部易之。並褾入
> 吾十卷中。茲取以冠篇首云。〔註55〕

所收篇數若算上第一篇〈與劉海峰先生〉，以及書末的〈惜翁遺囑〉與〈寄衡兒〉，合計為二百九十九篇尺牘。而全書若算上〈與人書〉四首當中未記名但由陳用光猜測的受信者，且不計〈惜翁遺囑〉，共有六十四人。

《惜抱軒尺牘》的出版過程，陳用光在〈惜抱軒尺牘序〉有清楚的交代：

> 余編輯惜抱先生尺牘凡八卷，既屬山西門人郭汝驄付之梓，迺為之
> 序曰……然先生自定其文極嚴，尋常應酬之作，雖他文皆棄去，其
> 尺牘無自存焉者。用光自侍函丈以來，二十餘年中，凡與用光者，
> 皆藏弆而潢治之為十冊。因更訪求與先生有交游之誼者，寫錄成
> 帙。而先生幼子雉及門人管同復各有錄本。余皆咨得之，乃成此八
> 卷。〔註56〕

這裡可知《惜抱軒尺牘》是由陳用光向姚鼐的眾多門人收集並整理而來的，後交由郭汝驄刊刻出版。而郭汝驄於《惜抱軒尺牘》書後的跋亦有說明刊刻的經過：

> 汝驄己卯應京兆試，試卷為陳石士夫子所薦。因謁夫子，得讀先生
> 集。嘗自媿譾劣，未能涉其涯涘也。夫子復以先生尺牘見示，謂汝
> 驄曰：「此雖隨手簡牘，而其中論學論文語，開發學者神智，視歸震
> 川尺牘有過之無不及也。學者苟能由是而悟於學，則不啻親炙先生
> 之謦欬矣。」汝驄受而讀之，日夕不能釋手，遂請於夫子，付諸剞
> 劂，俾得公於斯世之同好者。刻既竣，夫子命跋其後，因敬述其原
> 委，以誌私淑之意。時道光二年歲次壬午八月朔日也。〔註57〕

由於郭汝驄刊刻的時間於道光二年（1822年），因此最早的版本即以此命名為「郭本」或「道光本」。

在郭本之後的三十三年，清中葉著名的藏書家楊以增根據其員工高徵士的寫本重刊《惜抱軒尺牘》。楊以增（1787～1856），字益之，號至堂，為著名

〔註55〕〔清〕姚鼐：〈與劉海峰先生〉，《惜抱軒尺牘》，頁6。
〔註56〕〔清〕陳用光原作；許雋超、王曉暉點校；蔡長林校訂：〈惜抱軒尺牘序〉，《陳用光詩文集》（上）（臺北：中央研究院中國文哲研究所，2019年5月），頁146。
〔註57〕〔清〕郭汝驄：〈惜抱軒尺牘跋〉，《惜抱軒尺牘》，頁145。

的山東聊城楊氏。高徵士，字伯平，其餘不詳。楊以增於道光二十年興建藏書樓，命名為「海源閣」，出版的《惜抱軒尺牘》內頁提有印章字體的「咸豐五年（1855年）九月刊成」。因此楊氏本又稱「海源閣本」或「咸豐本」。而楊以增邀梅曾亮為《惜抱軒尺牘》作序，梅曾亮在序中記錄刊刻過程：

> 同年楊至堂侍郎深企慕乎先生之為人，以為其超俗者，非獨文與詩也。即尺牘，亦德人之雅音。因以新城陳氏刊本，延高君伯平重為校刊。伯平遂悉手寫之以上版，字體渾穆，使此書益可欽玩……咸豐五年九月，上元梅曾亮撰〔註58〕

這也使得《惜抱軒尺牘》有陳用光序與梅曾亮序二篇。

在郭本與海源閣本之外，還有一本長沙本。桐城作家徐宗亮（1828～1904）為《惜抱軒尺牘補編》所作的跋就表示：

> 宗亮校其目曰：先是新城陳氏編先生尺牘八卷，刊於道光癸未，海內學者家有其書矣。聊城楊氏續用高徵士寫本重雕，尤精雅可貴，以私家所藏，傳印甚稀。今長沙坊市復有通行之本。顧皆依用陳編，別無增輯。〔註59〕

在長沙坊間有通行的「長沙本」，但刊者不詳。但不論是郭本、海源閣本或長沙本，「皆依用陳編，別無增輯」，內容無缺漏。顯現保存狀況良好。

光緒三十四年（1908年），書籍的刊印開始漸通，上海的廣智書局刊印《惜抱軒尺牘》，有陳用光序，而無梅曾亮序與郭汝聰跋，不收《補編》。宣統元年（1909年），廉泉（1868～1931）與妻吳芝瑛（1868～1934）將「海源閣本」重新刊印，由於廉泉自號小萬柳居士，此版稱為「廉氏小萬柳堂本」。宣統二年（1910年），上海的國學扶輪社出版《惜抱軒尺牘》。一九二一年七月，上海的文明書局刊行《惜抱軒尺牘》，無陳用光序及郭汝聰跋，無標點，並於一九二三年十月再版。一九二七年，上海的新文化書社印行《姚惜抱尺牘》，有梅曾亮序，無陳用光序及郭汝聰跋，採用新式標點。一九三五年，上海的新文化書社再次重刊《姚惜抱尺牘》，由龔復初點校，一樣僅收梅曾亮序，無陳用光序以及郭汝聰跋，內容有所刪減，少〈與汪稼門〉三篇、〈與張小令〉一篇、〈與楊春圃〉一篇、〈與胡雒君〉四篇、〈復馬雨畊〉一篇、〈與何季甄〉一篇，

〔註58〕〔清〕梅曾亮著；彭國忠、胡曉明校點：〈姚姬傳先生尺牘序〉，《柏梘山房詩文集》（上海：上海古籍出版社，2005年12月），頁379。

〔註59〕〔清〕徐宗亮：〈惜抱軒尺牘補編跋〉，《惜抱軒尺牘》，頁194。

〈與周希甫〉二篇、〈與陳蓮舫〉一篇、〈與陳碩士〉五篇、〈與伯昂從姪孫〉三篇。一九八九年，臺灣廣文書局編有《尺牘彙編》，其中第七冊《明清名人尺牘》中收有《姚惜抱尺牘》。一九九零年，江蘇廣陵古籍刻印社據海源閣本影印出版的《惜抱軒尺牘》。一九九二年，北京市的中國書店出版《惜抱軒尺牘》，是據小萬柳堂本的重模刊本的影印本。一九九四年十二月，臺灣的廣文書局將《惜抱軒尺牘》與《吳摯甫尺牘》合刊，題名為《尺牘新編．姚惜抱尺牘吳摯甫尺牘》，其中姚鼐尺牘的部分僅有梅曾亮的序。

　　而另一本《惜抱軒尺牘補編》，或稱《惜抱先生尺牘補編》。《惜抱軒尺牘補編》由徐宗亮於光緒五年（1879 年）刊刻出版，並與姚鼐的《莊子章義》、《惜抱軒書錄》一同收錄於《惜抱軒遺書三種》之中。全書共二卷，共一百一十三篇尺牘，並計受信者四十八人。

　　《惜抱軒尺牘補編》的出版過程分別在序跋中有略述。李鴻章在《惜抱軒遺書三種》中有序言：

> 予開府江南，首刊《古文辭類纂》、《五七言今體詩鈔》，而經說、詩文、雜著，號稱十種者，予伯兄續刊於湖廣節署。嗣是《老子章義》刊於揚州，《尺牘》刊於長沙，世所傳先生書大略備矣。先生既以文詔天下，其鄉里承學之士，代殫不窮，以予夙知，若方存之大令、徐椒岑主政、吳摯甫刺史，皆卓然有名稱。日者，摯甫語先生遺書有《莊子章義》、《書錄》二種，舊未盛行，而《尺牘》又有補編。予心嚮之不置。今椒岑乃倡議集刊，甚盛事也。〔註60〕

而徐宗亮在《惜抱軒尺牘補編》中有跋言：

> 往吾鄉張星宗上舍煒為先生彌甥收弃遺墨，頗多尺牘一種，裒然成冊，皆出陳編之外。後舉以歸馬慎甫同守起升，因並所自藏入錄，旋皆燼於兵燹。輾轉鈔撮，稍還舊觀。而年月字句不淆亂失序，末學憒昧，未敢妄為舉正，謹考鄉貫異同，釐為《補編》二卷。其年輩後先，亦就卷略加詮次，以付剞劂，並貽海內學者云。光緒己卯春三月邑後學徐宗亮記略。〔註61〕

能見得《惜抱軒尺牘補編》的內容皆出於《惜抱軒尺牘》之外，是為全新的發現，因此稱為徐本。惟其經戰亂火焚而有缺字殘句。

〔註60〕〔清〕李鴻章：〈惜抱軒尺牘補編序〉，《惜抱軒尺牘》，頁 146。
〔註61〕〔清〕徐宗亮：〈惜抱軒尺牘補編跋〉，《惜抱軒尺牘》，頁 194。

　　相較於《惜抱軒尺牘》，《惜抱軒尺牘補編》的通行有限。此書在徐宗亮以收入《惜抱軒遺書》之中的形式出版，之後主要有兩本鈔本，師石山房鈔本與金陵孫氏鈔本。師石山房抄本由姚振宗（1842～1906）所抄，而孫氏不詳。前者現存南京圖書館，後者存於北京國家圖書館。

　　《惜抱軒尺牘補編》經筆者的搜查，至今尚未發現有單行本印行，但是在東京大學東洋文化研究所的線上圖書資訊庫「東洋文化研究所所藏漢籍善本全文影像資料庫」能夠尋得全書的電子檔。另一方面，現行能查找的《惜抱軒尺牘補編》主要是與《惜抱軒尺牘》合刊出版。二〇一四年由安徽大學出版社與盧坡點校，出版《惜抱軒尺牘》。此書收錄《惜抱軒尺牘》與《惜抱軒尺牘補編》，《惜抱軒尺牘》的部分有梅曾亮序、陳用光序，書末有郭汝驄跋，《惜抱軒尺牘補編》的部分有李鴻章序與徐宗亮跋，而《惜抱軒尺牘補編》內有部分缺字。以及二〇一七年由大陸的國家圖書館出版，于浩編《清代名人尺牘選萃》的第五冊收錄《惜抱軒尺牘》與《惜抱軒尺牘補編》，分別是宣統元年（1909年）的刻本與光緒七年（1881）鈔本。

　　第三種〈姚鼐尺牘輯補〉為安徽大學文學院盧坡先生於「整理姚鼐尺牘時，從《惜抱軒手札》、《惜抱軒尺牘補遺》兩部手稿輯得姚鼐尺牘十通，又從姚氏書法作品中輯得尺牘一封，總計約三千字，其中〈與陳松〉一封，〈與吳定〉九封，〈與袁樹〉一封。」〔註62〕合計十一篇尺牘。是為最新的收錄。也可見姚鼐的尺牘多有散亂，而不僅只有《惜抱軒尺牘》與《惜抱軒尺牘補編》，尚有待未來研究者整理。

　　另外，安徽大學出版社與盧坡先生於二〇二一年六月出版《姚鼐信札輯存編年校釋》，收錄《惜抱軒尺牘》、《惜抱軒尺牘補編》、《惜抱軒尺牘補遺》、《姚惜抱先生家書》與《惜抱軒尺牘續補》，增現代標點符號並按時間先後排列。惜惟本文完成的當下，僅發布新聞稿，而未見其出版與完整書訊。

　　最後，筆者搜尋國家圖書館、臺灣各大學的圖書館以及文庫，訪求現有的《惜抱軒尺牘》，統計目前臺灣所藏共有七種實體書版本：

　　第一種為一八五五年的海源閣刊本，一套四冊，線裝。國家圖書館有館藏。

　　第二種為一九二一年的上海文明書局刊本。佛光大學的王雲五圖書室有館藏。

〔註62〕盧坡：〈姚鼐尺牘輯補〉，《古籍整理研究學刊》第 2 期（2019 年 3 月），頁 28
　　　　～30。

　　第三種為一九八九年的臺北廣文書局出版的《尺牘彙編》,《明清名人尺牘》的第七冊收有《姚惜抱尺牘》。國立臺灣師範大學圖書館有館藏。

　　第四種為一九九〇年江蘇廣陵古籍刻印社的影印本。中央研究院的文哲所圖書館線裝書室有館藏。

　　第五種為一九九二北京市的中國書店出版據上海小萬柳堂的重刊本影印出版。國家圖書館、國立臺灣大學總圖書館、國立清華大學圖書館、中央研究院的傅斯年圖書館皆有館藏。

　　第六種為一九九四年臺灣廣文書局出版與《吳摯甫尺牘》合刊的版本。國家圖書館、國立東華大學圖書館、國立臺北大學圖書館、國立陽明交通大學的交大校區圖書總館以及佛光大學圖書館皆有館藏。

　　第七種為二〇一四年安徽大學出版社延請盧坡點校的版本。中央研究院的近代史研究所郭廷以圖書館、傅斯年圖書館、國立臺灣師範大學圖書館皆有館藏。各大網路書店平台皆有販售。

第四節　研究方法與步驟

一、研究方法

　　本文以《尺牘》為研究對象,以文學研究為主要研究內容。故首先應廣泛蒐集姚鼐的著作與文獻資料,認識姚鼐的時代背景、生平事跡、行事作風、人際關係,以及所持的詩文理論與學術觀點,藉以「聽其言,視其行,知其人」,從而瞭解《尺牘》的形成以及背景。其次,詳閱現當代姚鼐、桐城派、文體與尺牘文體的研究成果,瞭解學界的研究過程與現況,鑑往知來,並從中擷取與本文題目有相關性的論述作為本文的研究資料。最後針對《尺牘》的內容進行分類、文本分析與文學批評。是故本文將運用歷史研究法、文獻研究法、文本分析法與文學批評法對《尺牘》作詳細全面的詮釋。

1. 歷史研究法

　　除了姚鼐身處之學術背景外,由於尺牘是私人信函,信函中的人名、事件名不一定明確,有時以字行,有時以號行。故本文勢必對研究範圍內的《尺牘》中的往來對象進行生平事跡的考察,以瞭解姚鼐與尺牘中的往來對象之關係、交流情況以及生活私事。

2. 文獻研究法

將桐城派、姚鼐與尺牘文體的相關研究進行文獻分析,透過資料與文獻之歸納整理、分析鑒別,建構成嚴謹的理論體系,可以得出姚鼐所處的時代背景、文學理論、學術觀點與創作技巧,藉以成為研究《尺牘》的參考資料。

3. 文本分析法

文本分析著重二個面向,分別為「分析」與「詮釋」。故將《尺牘》呈現的內容分為:生活書寫題材、論文論學以及學術觀點,分析這三類內容,再予以歸納與細分,並進行尺牘文章內容的詮釋,以掌握《尺牘》的意旨。

4. 文學批評法

「文學批評的工作是對一『客觀存在』或一些『客觀存在』的作品做價值判斷。是發掘這些作品對於人們所具有的意義,而一個作品之所以能夠對於人們發生意義,莫不來自於他們具有的性質,而這些性質都是客觀的事實。」〔註63〕本文借此說,運用文學批評法對《尺牘》中的尺牘作品進行「價值判斷」,從而瞭解這些作品與讀者之間的意義,並以修辭藝術、風格表現與章法結構為判斷其價值的主要形式,呈現姚鼐的作文風格與文學創作的標準。

二、研究步驟

本文的研究步驟,可分為三個階段:

1. 考察文獻,形成研究問題

以往學者雖肯定《尺牘》的學術價值,然對其書整體詳盡的研究卻頗為鮮見。尤其學者多將此書視為姚鼐研究的「補充資料」而忽略本身的文學性,以至於姚鼐研究仍有不完整之處。故以《尺牘》為研究的出發點,期能彌補姚鼐文學研究之不足。

2. 梳理文獻,確立研究內容

決定方向之後,必須對於《尺牘》的相關文獻、研究資料與著作進行梳理。由於此書研究的性質同時涉及姚鼐、桐城派與尺牘文體,內容相當龐雜,是故依照《惜抱軒尺牘》的文學研究範圍與方向進行開展,從中取精用弘,刪蕪就簡,期能使此書的價值更為明確。

〔註63〕柯慶明:〈文學批評的一種觀點〉,《境界的再生》(臺北:幼獅文化事業出版社,1977 年),頁 49。

3. 建立研究架構

經過研究文獻的梳理與文本的細讀之後，本論文嘗試建立的研究架構主要循以下三項重點：一是《尺牘》的基礎與外圍層面，論及尺牘的往來對象與書寫題材；二是《尺牘》的核心層面，討論此書的內涵，包括論詩文、論學術與辭章藝術；三是《尺牘》的延伸層面，探討此書的價值與影響。

故本文的研究步驟，如下圖所列：

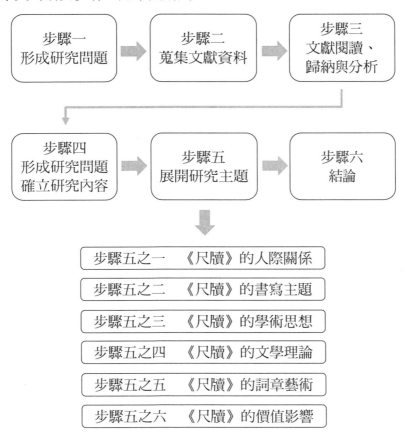

步驟一 形成研究問題	步驟二 蒐集文獻資料	步驟三 文獻閱讀、歸納與分析
步驟四 形成研究問題 確立研究內容	步驟五 展開研究主題	步驟六 結論

步驟五之一　《尺牘》的人際關係

步驟五之二　《尺牘》的書寫主題

步驟五之三　《尺牘》的學術思想

步驟五之四　《尺牘》的文學理論

步驟五之五　《尺牘》的詞章藝術

步驟五之六　《尺牘》的價值影響

第五節　研究架構與預期成果

本論文擬針對《尺牘》作全面的文學分析，章節的安排始於《尺牘》的「外圍」層面的文獻資料，並步步朝向內容的核心，進行實質內涵的探索。全篇共分為八章，除首章為緒論，第八章為結論之外，第二章以《尺牘》交流的對象著手。由於《尺牘》往來交流的人數眾多，其中討論到的人名更是不勝枚舉，故本文將書中相對重要的對象歸納為四種類型：師長、親戚同族、同輩友人、

姚門四傑與學生，檢視其中的關係與情感，作為瞭解《尺牘》的第一步。第三章歸納《尺牘》中的生活書寫與題材，分為四種類型：個人生活、家國關懷、經驗傳承以及風水營葬。透過此四類的歸納，既能瞭解姚鼐中晚年的日常生活，也能從中參與姚鼐的心境。第四章至第六章為本論文的核心內容，分別探討《尺牘》中的經學與學術思想、文學理論與觀點以及《尺牘》的寫作藝術。這三個面向亦是《尺牘》全書最為重要的價值所在，反映出姚鼐身為作家、儒者與教師的三個身分。第七章為《尺牘》的價值與影響，探討《尺牘》的平行影響與垂直繼承。根據各章的研究與分析的成果，闡述《尺牘》可作為學人尺牘之代表、姚鼐的文學、經學與思想內容之反映、考察姚鼐中晚年生活的最佳寫照。而這些價值，就成為影響當時的姚門弟子與桐城後學的關鍵，並緊密地藉由《尺牘》聯繫再一起，成為桐城派壯大的原因之一。第八章為結論，統整本文研究論述的結果。這樣依序由外延而至內在，再由內在擴至影響的路徑，期能從中完整呈現《尺牘》的面貌。

最後，透過研究方法與層層嚴密的論文架構來包羅《尺牘》，本文預期得到下列研究成果：

1. 透過《尺牘》中的內容來分析姚鼐與受信者的情感，能得到比起詩文集的贈序問答更具姚鼐真實而不掩飾的想法，遂破除刻板的文人印象。進而對姚鼐的為人有更深一層的認識。

2. 《尺牘》有著瑣碎卻細膩的生活細節，在與多數文人魚雁往返中，傳達許多心情體悟，透過整理，能瞭解姚鼐的中晚年時期的生活風貌，並展現姚鼐「全人」的一面。

3. 《尺牘》的學術與文學觀點豐富且多元，透過重新組織、歸納、整理及分析，建構成較為完整之探討體系，呈現《尺牘》的系統性；並期能與詩文集中的論述互證，促進姚鼐整體文學研究的完整性。

4. 尺牘文體的風格隨興灑脫，又是用於溝通交流的應用文體，故其中所表現的文學性，更體現作者的寫作造詣。故分析《尺牘》的辭章藝術，除了能彰顯其中細微精緻的文學技巧，更能反映出姚鼐對待尺牘文體的謹慎態度。

5. 透過各章研究主題與內容的分析，呈現《尺牘》的價值與影響。

第二章 《惜抱軒尺牘》的重要交流 對象與其關係

　　人際關係能反映個人面對社會群體時所表現出來的人格操守、行事風格，甚至是深層的心靈面貌。故藉由觀察一個人的人際關係，從中細究對象對待他人的態度、習慣以及言語用詞，並蒐集與歸納這些溝通細節，就能拼湊出對象的社會交流歷程與生命經驗。如古諺有云：「欲知其人，先觀其友」。

　　而尺牘這一應用文體看重交流雙方的關係。因此，本章將從《惜抱軒尺牘》（為免冗長，以下正文中皆簡稱《尺牘》）的交流對象出發，藉由歸納與分析收信的對象，以及姚鼐回信或寄信的內容，來瞭解姚鼐在《尺牘》中的人際關係。

　　據筆者的統計，陳用光所編的《惜抱先生尺牘》中的交流對象若不計〈惜翁遺囑〉有六十四人，而徐宗亮編《惜抱先生尺牘補編》除去陳用光編的重複對象則有三十四人，兩本尺牘合計共九十八人。

　　由於這群對象包含弟子、親人與同事朋友，身分多樣且複雜，為求去粗取精，筆者參照姚鼐的年譜與詩文集，來揀選相對重要的對象。依「人際關係的類型」、「尺牘數量的多寡」與「其存在對姚鼐的生平與學術發展而言相當重要」這三種條件進行分類，依序為：一、師長，二、親人、親戚與同族，三、江西新城陳家與魯家，四、同輩與友人，五、姚門四傑與其他學生共五種關係類型，並一一辨識這些對象在《尺牘》中的交流情況。

　　另外，在這五種關係類型中，有少數對象的身分重疊，以及尺牘數量較少的情況。例如姚瑩兼具「學生」與「親族」，陳用光兼有「江西新城陳家」與「學生」。而如劉大櫆雖然影響姚鼐的生平與學術非常深遠，但所存的尺牘卻

僅有一篇，與姚範的尺牘甚至不存（也可能從來沒有寫過）。但這些狀況反而代表其具有特殊的地位，而更深具研究的價值。

第一節　師長

　　姚鼐曾自敘幼年成長歷程中受教的經過：「鼐之幼也，嘗侍先生，奇其狀貌言笑，退輒仿效以為戲。及長，受經學於伯父編修君，學文於先生」〔註1〕、「鼐少聞古文法於伯父姜塢先生及同鄉劉耕南先生，少究其義，未之深學也。其後游宦數十年，益不得暇，獨以幼所聞者，置之胸臆而已」〔註2〕。從這敘述可知，劉大櫆與姚範可謂直接影響姚鼐最深的二位師長。他們形塑姚鼐的文學、思想與學術根柢，傳授古文的精神和傳統，間接形成桐城派的師承體系，更成為姚鼐心目中的文人「典範」。是以此節將從這二位師長出發，探討他們在《尺牘》中與姚鼐的關係與感情。

一、劉大櫆

　　劉大櫆，字才甫、耕南，號海峰。安徽省安慶府桐城縣（今安徽省銅陵市樅陽縣）人。生於康熙三十七年（西元 1698 年），卒於乾隆四十四年（西元 1779 年），年八十二歲〔註3〕。

　　劉大櫆出身平凡，自幼生活清苦。幼從父親劉柱學文，少年時已能作時文。二十九歲入京謁見方苞，方苞大驚其才，向旁人稱讚曰：「如苞何足言邪！吾同里劉大櫆乃今世韓、歐才也」〔註4〕、「劉生大櫆不但精於時文，即古文辭，

〔註1〕〔清〕姚鼐著，劉季高標校：〈劉海峰先生八十壽序〉，《惜抱軒詩文集》（上海：上海古籍出版社，2008 年），頁115。為減少繁冗的註解，以下凡引自此書，皆會以簡註呈現。

〔註2〕〔清〕姚鼐輯；王文濡評註：〈古文辭類纂序〉，《大字本評註古文辭類纂》（上冊）（臺北：華正書局，2000 年 8 月），頁3。

〔註3〕關於劉大櫆的歲數，姚鼐與吳定之說不同。姚鼐〈劉海峰先生傳〉：「又數年，去官歸樅陽，不復出，卒年八十三。」吳定〈海峰先生墓誌銘〉稱：「其卒也以乾隆四十四年十月初八日，年八十有二。」劉大櫆於〈祭張閑中文〉：「嗚呼，昔在康熙之辛丑，初托子以交契。愧學業之未成，年甫臻於廿四。」康熙辛丑年為1721 年，這時的劉大櫆年二十四歲，而逝世於1779 年，歲數應為八十二歲。故推算可知姚鼐之說有誤。詳見王達敏：《姚鼐與乾嘉學派》（北京：學苑出版社，2007 年），第五章，頁127，註5。以及周中明：《姚鼐研究》（合肥：安徽大學出版社，2013 年），第四章，頁147。

〔註4〕〔清〕姚鼐：〈劉海峰先生傳〉，《惜抱軒詩文集》，頁308。

眼中罕見其匹」〔註5〕並收入門下，名噪一時。但終生未能入仕，康熙至乾隆數十年間僅兩中副榜。後方苞舉其為博學鴻詞，但應試時遭大學士張廷玉為避同鄉之嫌所黜〔註6〕，貢生以終。其後遊歷山水，以授徒為業，晚年任職黟縣教諭，不久即去官歸鄉，在樅陽終老。

　　在文學方面，劉大櫆為桐城三祖之一，上承方苞、戴名世的義法觀，下開集桐城派大成的姚鼐，宛如桐城派的「中繼站」。提出「神氣說」，強調文章以「神氣」、「音節」與「字句」組成，三者層層相依，又各有精粗之分，認為「行文之道，神為主，氣輔之」〔註7〕。有著「能包括古人之異體，熔以成其體，雄豪奧秘，揮斥出之」〔註8〕的作文風格，能兼先秦散文之美與唐宋八家之雄。著有《海峰文集》、《海峰詩集》、《論文偶記》等。

　　在《尺牘》中，姚鼐寄予劉大櫆的尺牘僅存一篇。編者陳用光在篇末有註記說明此篇尺牘的來由：

> 用光所錄先生尺牘皆歸田後札，惟此為官京師時書。其手蹟存伯昂編修處，用光以《墨池堂帖》一部易之。並裱入吾十卷中。茲取以冠篇首云。（〈與劉海峰先生〉，頁5）〔註9〕

由這段敘述可知，此篇尺牘是全書中唯一一篇姚鼐尚在任職而未辭官〔註10〕時的作品。陳用光將篇名題為〈與劉海峰先生〉，也是全書中唯一以稱謂命名篇目的尺牘，同時又將其置於全書之首，可見陳用光從姚鼐那繼承的對劉大櫆

〔註5〕〔清〕方苞著；劉季高校點：〈與雙學使〉，《方苞集》（下冊）（上海：上海古籍出版社，1983年5月），頁801。

〔註6〕〔清〕吳定〈海峰先生墓誌銘〉：「會舉博學鴻詞，方侍郎以先生薦，及試，為大學士張文和所黜，而文和後大悔。」詳見〔清〕吳定：〈海峰先生墓誌銘〉，《紫石泉山房文集》，詳見清代詩文集彙編編纂委員會編輯：《清代詩文集彙編》（第四百零八冊）（上海：上海古籍出版社，2010年），頁374。

〔註7〕〔清〕劉大櫆著；舒蕪點校：《論文偶記》（北京：人民文學出版社，1998年5月），頁3。

〔註8〕〔清〕劉聲木撰、徐天祥校點：《桐城文學淵源考撰述考》（合肥：黃山書社，2011年12月），卷三，頁137。

〔註9〕〔清〕姚鼐著，盧坡點校：《惜抱軒尺牘》（合肥：安徽大學出版社，2014年3月），頁6。為減少繁冗的註解，以下凡在正文或註解中引自此書，皆會以簡註呈現。

〔註10〕據周中明的考證，〈與劉海峰先生〉寫於乾隆三十七年（西元1772年），此時姚鼐四十二歲，在京師任職刑部廣東司郎中，隔年乾隆即詔開四庫全書館，姚鼐即任纂修官。而劉大櫆此時七十四歲，已辭官回到故鄉樅陽教書數年。詳見周中明：《姚鼐研究》（合肥：安徽大學出版社，2013年5月），第四章，頁118。

的師生情誼，使得此篇尺牘在《尺牘》中具有相當程度的重要性與指標作用。

在〈與劉海峰先生〉中，姚鼐於開頭首先關心劉大櫆在辭官歸鄉後的起居生活：

> 久未啓候，昨得舍弟信來，云三老伯自歸家後，起居甚好，但不喜入城耳。城中誠無佳處，然樅陽亦頗塵囂，三老伯居之，果能適意邪？朝夕何以自給？聞在徽州時有足疾，今已癒未？鄉間亦復有可與共語者不？（〈與劉海峰先生〉，頁5）

由於姚鼐在京師任職，無法時常回返桐城或樅陽，僅能依靠親友的口耳相傳或信件往來才能得知老師的近況。而這時的劉大櫆已七十四歲，身體狀況不復從前。因此姚鼐時常擔憂之。接著，姚鼐提起與劉大櫆睽隔已久，無法相見於京城，只能獨自面對江湖與官場的險惡，遂欲得老師的肯定：

> 鼐於老伯忽忽不見，遂二十年。偶一念及，令人心驚。自少至今，懷沒世無稱之懼，朝暮自力，未甘廢棄。然不見老伯，孰與證其是非者？（〈與劉海峰先生〉，頁5）

對姚鼐而言，致力於加官進祿或成就一本禪世雕龍之作這些次要目標、身外之物，遠遠不及師長劉大櫆的一句肯認，或能注目於自己的進步。這使得姚鼐反省自身能力的不足並回憶劉大櫆的教學指導：

> 鼐於文藝，天資學問，本皆不能逾人。所賴者，聞見親切，師法差真。然其較一心自得，不假門徑，邈然獨造者，淺深固相去遠矣。猶欲謹守家法，拒庢謬妄。（〈與劉海峰先生〉，頁5）

姚鼐於二十一歲入京展開科舉生涯，至三十三歲中第，再到四十四歲辭官歸鄉的這段期間，是姚鼐收穫最多最廣的時期。在京師結識錢大昕、紀昀、翁方綱、戴震等一群赫赫有名的學者，並與程晉芳、謝蘊山、朱孝純等文人成為莫逆之交。與這群學者文人的交流過程中，姚鼐體認到自己的不足，雖同為進士科舉出身，但在才能上「皆不能逾人」，唯一可以掌握的只有自己的努力，故言「所賴者，聞見親切，師法差真」。因此，與其羨慕「不假門徑」而能「邈然獨造者」，不如遵循早年在劉大櫆與姚範的教導：「謹守家法」；並依照老師講授的內容來辨別主流學問中的謬論與錯誤：「拒庢謬妄」。在這裡可以見得姚鼐對於「家法」傳承的重視，並期許自己也能成為像劉大櫆這樣的「文人」，守護桐城家法，故接著說：

> 冀世有英異之才，可因之承一線未絕之緒，倔然以興。而流俗多持

異論，自以為是，不可與辨。此間聞言相信者，間有一二，又恨其
天分不為卓絕，未足以上繼古人，振興衰敝。不知四海之內，終將
有遇不邪？（〈與劉海峰先生〉，頁5）

所謂的「英異之才」，是姚鼐希望能有一位如同杜甫、韓愈在詩文上有名山事
業的學者，繼承自己、劉大櫆或是古文傳統與學術。而此處的「未絕之緒」，
是指「明道義、維風俗以詔世者」與「辭足以盡其志者」〔註11〕，前者是君子
為文之志，後者是君子之文，達成這兩個標準，即可追繼古人，「振興衰敝」。
對姚鼐而言，既然天資學問「皆不能逾人」，不如就找一位天資聰穎的學生，
或培育一位認真向上的學生，使他成就為師的自己的目標與事業，就像劉大櫆
教導自己一樣，進而一代傳一代，綿延不盡，相信在未來「終將有遇」。

　　雖然姚鼐寄予劉大櫆的尺牘僅存這封，但還是能從這封尺牘看出姚鼐對
劉大櫆的敬重與恭謹謙和，在溫柔問候之際於老師面前表現出自己對於學術
與文學的滿腔熱忱，同時勉勵自己能達到老師所樹立的典範與成就。

二、姚範

　　姚範，初名姚興涑〔註12〕，字已銅、巳銅，後改為姚範，字南青，號薑塢。
其它自號有石農、橐沙、几蓬老人。安徽省安慶府桐城縣（今安徽省安慶市桐
城市）人。生於康熙四十一年（西元1702年），卒於乾隆三十六年（西元1771
年），年七十歲。

　　姚範之父為姚孔鏌，姚孔鏌有二子，長子為姚範，次子為姚淑。姚淑為姚
鼐之父，姚範即為姚鼐的伯父。姚範又與葉酉、王洛、江若度等文人互為好友，
其中與劉大櫆為故鄉舊識，兩人在文章理念上情投意合，相知相惜。姚範於乾
隆七年考取進士，選為庶吉士，官至翰林院編修，故姚鼐於其它文章中提及姚
範時常稱「編修府君」。曾任三禮館纂修官，乾隆十五年退休歸里，在故鄉終
老。

　　姚範以刻苦讀書著稱：「一寓目輒能記憶，手披口誦，無朝夕寒暑，不
惰以勤。」於任何文章典籍均能融會貫通：「於聖賢之經傳、諸史、百子，
探涉奧突，淵渟穿貫。」文章表現為「窮幽陟險，動心駭聽，而義法不詭於

〔註11〕〔清〕姚鼐：〈復汪進士輝祖書〉，《惜抱軒詩文集》，頁89。
〔註12〕〔清〕姚鼐〈姚氏長嶺阡表〉：「編修府君始名興涑，今贈編修墓所列，其舊名
　　　　也，後改名範……。」詳見〔清〕姚鼐：〈姚氏長嶺阡表〉，《惜抱軒詩文集》，
　　　　頁320。

前人」〔註13〕。過世後著作經姚鼐與姚瑩的整理出版,有《援鶉堂筆記》、《援鶉堂詩集》、《援鶉堂文集》等。

《尺牘》中並未收錄姚鼐寄予姚範的尺牘。依據陳用光在〈與劉海峰先生〉尺牘末的註記表示:「用光所錄先生尺獨皆歸田後札。」〔註14〕姚範去世於乾隆三十六年,姚鼐辭官於乾隆三十九年。因此依陳用光的收錄情況,假設姚鼐曾有寄予姚範的尺牘,仍是不會收錄在尺牘集中

但姚鼐在與其他人的尺牘中有數次提到姚範。在〈與劉海峰先生〉中,姚鼐對劉大櫆寫到:

　　自家伯見背之後,鼐無復意興,此間尤無可戀。今年略清身上負累,

　　明年必歸。仗履無恙,從此長相從矣。(〈與劉海峰先生〉,頁5)

此處的「家伯」是指姚範。從引文可知,姚範的去世對姚鼐的精神打擊頗大,試想自己的努力再也無法讓崇拜的長輩看見了,加之官場的勞累與黑暗〔註15〕,使得姚鼐萌生退意,欲辭官歸鄉,故文中曰「明年必歸」〔註16〕即是此因。

〔註13〕以上三段皆引自〔清〕劉大櫆著,吳孟復標點:〈姚南菁五十壽序〉,《劉大櫆集》(上海:上海古籍出版社,1990年12月),頁144。

〔註14〕〔清〕姚鼐:〈與劉海峰先生〉,《惜抱軒尺牘》,頁6。

〔註15〕周中明:「『曰余性質吶,諧物無言詞。遊宦二十載,殊乏新相知。依依鄉閭愛,握手自毗羈』、『歡樂去不復,青鬢將成絲。萬事無不改,風景長如斯。拂衣便可去,潛霍吾前期』。這是鼐由京赴長沙途經湖北武昌府江夏縣西的沙羨時所作〈寄仲孚應宿〉詩中的首尾兩段……從所引這些詩句可見,他對當時的官場同儕頗感失望,已萌發辭官回故里的念頭。」以及〔清〕吳德旋〈姚惜抱先生墓表〉:「官刑部時,廣東巡撫某,擬一重辟案,不實,堂官與同列無異議。先生核其情,獨爭執平反之。」可見姚鼐汲汲營營地進入仕途卻不能適應官場的生活而有諸多無法解決的心理矛盾。詳見周中明《姚鼐研究》(合肥:安徽大學出版社,2013年5月),第四章,頁117。〔清〕吳德旋:〈姚惜抱先生墓表〉,《初月樓文續鈔》,詳見清代詩文集彙編編纂委員會編輯:《清代詩文集彙編》(第四百八十六冊)(上海:上海古籍出版社,2010年12月),頁171。

〔註16〕但事實上姚鼐在隔年仍接任四庫全書館的纂修官,不過僅任職一年就辭官歸里,原因是與館內的其他學者有學術意見上的衝突。〔清〕吳德旋〈姚惜抱先生墓表〉:「乾隆、嘉慶之際,天下爭尚漢學,詆程、朱為空疏無用。先生毅然起而正其非……」以及〔清〕姚瑩〈朝議大夫刑部郎中加四品銜從祖惜抱先生行狀〉:「纂修者競尚新奇,厭薄宋、元以來儒者,以為空疏,掊擊訕笑之不遺餘力。先生往復辨論,諸公雖無以難,而莫能助也。將歸,大興翁覃谿學士為敍送之,亦知先生不再出矣……。」均說明辭官的原由,可見姚鼐在自身學術的堅持下與四庫全書館的纂修官們有所爭論,但仍不合於多數的主流意見而自決引退。〔清〕吳德旋:〈姚惜抱先生墓表〉,《初月樓文續鈔》,詳見清代

　　另外在〈與陳碩士〉、〈與伯昂從姪孫〉以及〈與石甫姪孫〉中也分別提到
姚範，尤其是以姚範的讀書筆記之出版事宜為主要內容。在〈與陳碩士〉中，
姚鼐提及欲將姚範的筆記收入於自己的筆記內並刊刻成書：

> 鼐衰老，學無進處，近頗收拾筆記。其成書之多寡，則以死之日為
> 斷耳。吾書略以經、史、子、集為分。又先伯父薑塢先生，生平不
> 為論著，止是記所得於簡端，不能成書，欲並以入鼐筆記之內，覬
> 可因以流傳也。(〈與陳碩士〉第六十一篇，頁 105)

但可惜的是姚鼐辭官後因忙於柴米油鹽，身體又漸衰老，始終沒能付諸行動。
在給姚元之的〈與伯昂從姪孫〉中同樣又再提及一次：

> 若薑塢先生生平著書未成，但細書於所讀書上。吾欲以經、史、子、
> 集編輯，未就，但於《九經說》內，載其四論。然足見其學矣。詩集
> 五卷，名《援鶉堂集》，亦未刻行。(〈與伯昂從姪孫〉，頁 132)

在這封尺牘中可知不論是筆記或是詩集均未能刊刻成功。但是在後來寄給姚
瑩的〈與石甫姪孫〉中，姚鼐聽聞姚瑩有意為自己的曾祖父姚範的詩作出集刻
版時樂見其成，並給予鼓勵與幫忙簡單的校讎工作：

> 聞汝欲刻編修公詩，廣州刻價稍易，得成最佳。其餘所著散碎，非大
> 為編輯，未易敘次，此非旦夕事矣。(〈與石甫姪孫〉，頁 134)〔註17〕

> 汝刻《援鶉堂集》，甚好。應改錯字，別紙詳之。(〈與石甫姪孫〉，
> 頁 135)

> 汝刻《援鶉齋詩》得成不？廣州刻價差賤，此尚不為難。(〈與石甫
> 姪孫〉，頁 136)

對姚鼐來說，「八十老翁辛苦執筆，以養一家之人」〔註18〕、「八十之年，倦於
筆墨，姑置之矣」〔註19〕，年老的生活可以過得舒適已經是很不容易的事情。

詩文集彙編編纂委員會編輯：《清代詩文集彙編》(第四百八十六冊)(上海：
上海古籍出版社，2010 年 12 月)，頁 171。以及詳見〔清〕姚瑩著，沈雲龍主
編：〈朝議大夫刑部郎中加四品銜從祖惜抱先生行狀〉，《中復堂全集・東溟文
外集》(新北：文海出版社，1974 年)，頁 261。

〔註17〕據周中明的考證，此篇尺牘寫於嘉慶十五年(西元 1810 年)的冬天，姚鼐此
時八十歲，姚瑩二十五歲，這時的姚瑩正在廣東省香山縣的欖山書院主講，故
姚鼐言「廣州刻價稍易」。詳見周中明：《姚鼐研究》(合肥：安徽大學出版社，
2013 年 5 月)，第四章，頁 228。

〔註18〕〔清〕姚鼐：〈與石甫姪孫〉，《惜抱軒尺牘》，頁 134。

〔註19〕〔清〕姚鼐：〈與石甫姪孫〉，《惜抱軒尺牘》，頁 135。

因此只能「將老師的著作刊刻出版」〔註20〕的心願交棒給弟子進行，自己能做的就是幫忙剩餘的工作。對姚鼐的中晚年而言，算是補足了一項生命的遺憾，也給自己所景仰的長輩一個交代。

第二節　親人、親戚與同族

在《尺牘》中，收錄不少姚鼐與親人親族往來的尺牘。陳用光特別將此書的第八卷編為「此卷與族姻及家書」〔註21〕，獨立為一卷，可見陳用光對於姚鼐的親族的尺牘別有重視。

此卷的往來對象因具有「血緣與姻親」關係，內容主要「兼及家人瑣瑣事」〔註22〕，因此書寫時的心態有別於如朋友、學生或同事等等的「外人」。在情感上，姚鼐時常表現出特別的關愛，如對妹妹的「細心關愛」、對兒子的「望子成龍」與「恨鐵不成鋼」、對族親的「委以重任」，希望他們能夠團結、互相扶助好壯大自己所處的文學社群等等的溫柔的「長輩姿態」。

本節將從「家人」關係的角度出發，將對象們分成：兒子、妹妹與姪孫輩三種類型作個別探討，便以從中細究對象們與姚鼐之間的關係與情誼。

一、兒子：姚景衡、姚師古與姚執雉

姚鼐共有三位兒子，分別為長子姚景衡，次子姚師古，幼子姚執雉〔註23〕。在《尺牘》中，姚鼐時常與往來對象分享三位兒子的近況，內容主要為生活

〔註20〕　《援鶉堂筆記》、《援鶉堂詩集》與《援鶉堂文集》最後均由姚瑩刻成。《援鶉堂文集》共六卷，於嘉慶十九年（西元 1814 年）刻成，《援鶉堂詩集》共七卷，於嘉慶十七年（西元 1812 年）刻成，至於《援鶉堂筆記》作業的時間稍長，起初由姚範之子姚斠元收集殘卷，姚鼐藏之，後姚鼐交付給姚瑩，姚瑩在任官期間出版初刊，補刊交由方東樹校讎整理，最後全部於道光十五年（西元 1835 年）出版全書五十卷。詳見汪孔豐：《麻溪姚氏與桐城派的演進》（合肥：安徽大學出版社，2017 年 12 月），第五章，頁 148～149。

〔註21〕　〔清〕姚鼐：《惜抱軒尺牘》，頁 128。

〔註22〕　〔清〕梅曾亮〈姚姬傳先生尺牘序〉：「《惜抱軒尺牘》凡數百首。與親故者，亦兼及家人瑣瑣事。至朋友學徒，則論學及為文之宗旨為多。」詳見〔清〕梅曾亮著；彭國忠、胡曉明校點：〈姚姬傳先生尺牘序〉，《柏梘山房詩文集》（上海：上海古籍出版社，2005 年 12 月），頁 379。

〔註23〕　長子與次子為繼室張宜人所生，幼子為側室梁氏所生，其中幼子後來過繼給堂兄，即姚範的三子姚義輪。詳見汪孔豐：《麻溪姚氏與桐城派的演進》（合肥：安徽大學出版社，2017 年 12 月），第六章，頁 172。

瑣事，如：仕宦官運、身體狀況、赴考他方以及生子生女等等。從這些內容可以觀察到，雖然姚鼐在描述時顯得雲淡風輕，但其中屢屢流露出一位「父親」對於兒子們的期望、擔憂與關懷。故以下將分別從姚鼐寄予這三位兒子們的尺牘，以及與他人的尺牘中談論到的兒子們的情況，分析其中的關係與情感。

姚景衡，原名姚烺、姚持衡，字根重、振重，號庚甫。安徽省安慶府桐城縣（今安徽省安慶市桐城市）人。生於乾隆三十五年（西元 1770 年），卒於道光二十五年（西元 1845 年），年七十五歲。

姚景衡為姚鼐的長子，故姚鼐對他寄予厚望，曾延請自己的學生方績為姚景衡授課。乾隆五十七年（西元 1792 年）於鄉試中舉，但之後迫於生計在各間書院、幕僚之間遊歷。「年二十舉於鄉，四十得縣令」〔註24〕。在任職縣令之前，酗酒縱情，荒廢學業，頗令姚鼐擔心。之後任職縣令，但調動頻繁，往返多縣之間，生活清苦。晚年悔悟自己的惰性，發憤讀書且致力於《楚辭》。文學上承繼父親姚鼐，「才筆超軼，雄氣過於父」〔註25〕，且觀念上也非守舊而困囿於姚鼐之法：「不蹈襲、不盡守其父說」〔註26〕，其文有法度，而詩能達意。著有《思復堂文存》、《思復堂詩存》與《楚辭蒙拾》。

姚鼐寄予姚景衡的尺牘僅存一封，題名為〈寄衡兒〉。此篇寫於嘉慶二十年（西元 1815 年），內容開頭提及八月時生了一場大病〔註27〕，雖然已經痊癒，但是身體仍舊不好：

> 吾大病後，今已全癒。但身體輭弱，每日喫飯只能一盌，略加豬肉，
>
> 鮮者尚不能吃⋯⋯吾尚不能出門，恐十月不能歸去，更待明春暖矣。
>
> （〈寄衡兒〉，頁 144）

「歸去」意指回到桐城。此時的姚鼐仍在鍾山書院任教，姚景衡任職泰興縣令，

〔註24〕〔清〕管同：〈姚庚甫集序〉，《因寄軒文集二集》，詳見清代詩文集彙編編纂委員會編輯：《清代詩文集彙編》（第五百三十二冊）（上海：上海古籍出版社，2010 年），頁 353。

〔註25〕〔清〕劉聲木撰、徐天祥校點：《桐城文學淵源考撰述考》（合肥：黃山書社，2011 年 12 月），卷四，頁 158。

〔註26〕〔清〕劉聲木撰、徐天祥校點：《桐城文學淵源考撰述考》（合肥：黃山書社，2011 年 12 月），卷四，頁 158。

〔註27〕陳用光在〈惜翁遺囑〉的篇末有註記：「此八月初八日大病時所書。」可知〈寄衡兒〉所說的大病是指八月初八時的事情。詳見〔清〕姚鼐：〈惜翁遺囑〉，《惜抱軒尺牘》，頁 144。

父子兩人均遠走他鄉謀求生計。因此，即便姚鼐的身體情況非常不理想，他仍然掛心遠方的長子的生活情況：

> 汝前後寄銀皆至，但稱多不足……汝努力做官，不可懈惰耽酒。(〈寄衡兒〉，頁144)

從其它篇的尺牘內容可知，這時姚鼐的擔憂是必然的。據筆者的統計，姚景衡是《尺牘》中出現次數最多的人名。而當姚鼐向對方提及自己的長子時，多數情況是擔心他的學習態度不佳、生活經濟的困難以及仕宦之途的坎坷。例如姚鼐就曾對學生陳用光以及外甥馬宗璉抱怨姚景衡的生活太過愜意以至於缺乏學習的上進心：

> 衡兒在家廢學，今令其往山西投兩通家覓一館學，以拘束之。亦為來春會試資也。(〈與陳碩士〉第十一篇，頁81)

> 衡兒靁居里中，有信來，知亦平安。但嫌其不勤為學耳。(〈與陳碩士〉第十二篇，頁81)

> 衡兒學問，殊不長進，今秋亦未令其入場。從我在徽，今復隨歸。(〈與馬魯成甥〉，頁139)

甚至希望身為同輩的陳用光可以勸戒姚景衡的生活習慣好藉此潛移默化以改善他的心態：

> 望見衡兒時，勸諭以靜坐寡交，想彼心如野鹿矣。(〈與陳碩士〉第三十篇，頁90)

不過這裡的勸諭，並沒有因為自己是進士的身分，而對姚景衡設立非常嚴格的高標準。例如必須與父親一樣進榜入仕，功成名就，或是做一個「明道義、維風俗」[註28]的聖人。姚鼐深知「天資卓絕固難」[註29]的困境，是以他更在意的生命問題是：「用功精專亦難也。」[註30]為學以及為人的態度必須用功專一。因此，與其過分要求一個強人所難的高標準或強調天分，不如鼓勵兒子專心用功或許是更適宜的教育方式。

　　另一方面，由於姚鼐辭官後的經濟情況並不寬裕，曾經在尺牘中抱怨：「八十老翁辛苦執筆，以養一家之人，常苦不給，豈不可傷耶？」[註31]在無法滿

〔註28〕〔清〕姚鼐：〈復江進士輝祖書〉，《惜抱軒詩文集》，頁89。
〔註29〕〔清〕姚鼐：〈與鮑雙五〉，《惜抱軒尺牘》，頁62。
〔註30〕〔清〕姚鼐：〈與鮑雙五〉，《惜抱軒尺牘》，頁62。
〔註31〕〔清〕姚鼐：〈與石甫姪孫〉，《惜抱軒尺牘》，頁134。

足自己家庭生活開銷的情況之下，沒有多餘的財力能夠給予姚景衡，因此姚景衡必須自給自足，導致姚鼐時不時擔憂他的生計問題：

> 衡兒亦隨來此，欲為謀一小館，卻未易得也。（〈與陳碩士〉第三十九篇，頁 95）

> 衡兒此來但欲其挑教職而歸，餘無所冀。（〈與陳碩士〉第六十一篇，頁 105）

> 家中事為衡兒敗壞，我若便一歸不出，恐媳婦供我亦將不能。與其再覓書院，不若仍雷此處。（〈寄畹容閣四姑太太〉，頁 142）

就算姚景衡已經任職官位或等待任官中，姚鼐也始終無法對其放心，不論是能否適應官場的繁重事務或質疑姚景衡的辦事能力與態度：

> 衡兒署江都，軍興日辦兵差，將來必有大累，亦無可如何，聽其所至而已。（〈題鹿源地圖〉第九篇，頁 122）

> 衡兒尚在徐審案，此處命案極多。吾甚憂其造業，託朱白泉為謀召回，不知得不。（〈與馬雨耕〉，頁 181）

> 衡兒題補泰興，今尚未赴任，亦不知其堪勝不耳。（〈題鹿源地圖〉第二十篇，頁 127）

對姚鼐而言，不論姚景衡的年紀多長，官位多高，他仍然是一位「父親」心中那永遠「長不大的孩子」，需要持續的關懷。不過，在生命的盡頭，於大病一場後幾近喪命的姚鼐，似乎認知到自己無法永遠在兒子的身邊照顧他，明白時間是恆久且無法抵抗的「敵人」。因此在〈寄衡兒〉的文末，姚鼐對兒子姚景衡寫下釋懷的心情：

> 吾此後萬事不問，逍遙自適而已。九月初六。（〈寄衡兒〉，頁 144）

「萬事不問，逍遙自適」是沒有直說的愧疚與道歉，可見得姚鼐深知自己給姚景衡的期望與關愛當中有某一部份「質變」而成為他的壓力來源，亦可能是導致他酗酒發洩，懶散廢學的原因。因此他意識到，唯有放過對兒子的過分堅持與執念，才能在臨死前不留下任何遺憾，和姚景衡好好的道別。

姚師古，字籀君，號容安。姚鼐的次子。生於乾隆四十一年（西元 1776 年），卒於道光十九年（西元 1839 年），年六十三歲。

在《尺牘》中，僅在《惜抱先生尺牘補編》有收錄二篇姚鼐寄予姚師古的

尺牘，題名為〈與師古兒〉〔註32〕。從第一篇尺牘的內容可知，姚師古的身體狀況並不好，因此姚鼐不要他勉強作時文，反而強調「讀經書以養身」、「明道理以養心」的重要性：

> 汝身子不健，不必銳意作時文，卻不可不讀經書。蓋人元不必斷要舉人、進士，但聖賢道理不可不明。讀書以明理，則非如做時文有口氣。枯索等題使天資魯鈍之人無從著手，以致勞心生病。且心既明理，則寡欲少嗔貪，清淨空明則為知道之人。其可尊可貴不遠出於舉人、進士之上乎？（〈與師古兒〉，頁192～193）

這裡也可以片面得知，相較於姚景衡，姚鼐對姚師古的要求較為寬鬆溫柔。除去身體羸弱的理由，是因為姚師古符合姚鼐心目中「用功精專」的標準，不論是為作時文而累壞身體，或是身體不好還強作時文。對姚鼐來說，只要兒子用功努力，就是最大的安慰。至於能不能考中進士、舉人，就聽天由命，不能強求。至於其它篇尺牘提及姚師古時，多是生活瑣事，如：「次子師古得一兒」〔註33〕、「鼐次子已來，小子未返」〔註34〕、「去臘師古赴粵至署未？」〔註35〕。可見姚師古的個性與生活狀況不同於姚景衡，而能令姚鼐放心。

姚執雉，異名姚雉，字彥耿，號耿甫。姚鼐的三子。生於乾隆五十年（西元1786年），卒於道光十八年（西元1838年），年五十二歲。

《尺牘》中未收錄姚鼐寄予姚執雉的尺牘，這可能與姚執雉時常在姚鼐身邊的緣故有關。在姚鼐辭官歸里後，便因為生計問題而開始書院講授的生涯，而姚鼐無法放心年紀最輕的姚執雉，因此在離開桐城來回各書院之間時，姚鼐總是將姚執雉帶在身旁照顧。在尺牘中多提及此事：

> 此間攜觀、雉兩兒來，方厚躬為課讀，俱平安。（〈與胡雛君〉，頁40）

> 鼐二月至敬敷，攜觀、雉及外甥幹，朝夕亦犒適，但皖中可與言之人，更難得於江寧也。（〈與胡雛君〉，頁43）

> 鼐頃已來皖，攜衡、雉兩子，並一長孫居此，亦犒遣。（〈與陳碩士〉第三十六篇，頁93）

〔註32〕據周中明的考證，此篇尺牘寫於嘉慶二年（西元1797年），姚鼐六十七歲，正在主持鍾山書院，姚師古二十一歲，人在桐城。詳見周中明：《姚鼐研究》（合肥：安徽大學出版社，2013年5月），第四章，頁189。

〔註33〕〔清〕姚鼐：〈與鮑雙五〉，《惜抱軒尺牘》，頁59。

〔註34〕〔清〕姚鼐：〈與陳碩士〉第六十四篇，《惜抱軒尺牘》，頁106。

〔註35〕〔清〕姚鼐：〈與張兼士〉，《惜抱軒尺牘》，頁188。

吾在鍾山書院度歲，今與觀兒、雉兒居此，俱平安也。(〈與石甫姪孫〉，頁 134)

這裡可知，不論姚鼐在鍾山書院或是敬敷書院期間，姚執雉都陪伴在其身邊。

至於姚執雉在《尺牘》中的其他事跡主要為生活瑣事，內容有二種，一是姚執雉得一子，姚鼐晉升為祖父，喜不自禁：「幼子執雉，於前月底生子」〔註36〕、「小男雉乃生一子，此差可喜」〔註37〕。二是姚執雉得血便，曾經差點命危：「雉兒下血之證，交冬必大發，以是愁心耳」〔註38〕、「雉兒得下血證，頗危矣」〔註39〕。又因姚鼐在《尺牘》中對姚執雉的描述較為簡略，缺乏相關史料，故難以得知姚鼐對姚執雉的態度與心情，甚為可惜。但《尺牘》中仍可多見姚鼐對姚執雉的關愛。

二、妹妹：畹容閣四姑太太

姚氏，名字、字號均不詳，從《尺牘》的內容可知是姚鼐的親四妹〔註40〕。生於乾隆元年（西元 1736 年）〔註41〕，卒年不詳，歲數不詳。姚氏嫁予馬嗣緯，生有一子馬宗璉〔註42〕。

《尺牘》收有六篇姚鼐寄予四妹的尺牘，《惜抱先生尺牘》四篇，《惜抱先生尺牘補編》二篇。內容主要為與四妹談及家庭生活的瑣事，諸如用錢借錢、感嘆年華老去、憂心家族子輩們的生活狀況等等。又由於姚鼐的兩位弟弟皆早逝，四妹成為姚鼐唯一的至親，身邊少數的心靈慰藉以及可以傾吐的對象。故姚鼐常藉尺牘向其抱怨生活的窘境，以用錢的狀況為例：

我家廳若是更做，我依舊於屋內無住處，又要典屋。今不如不做廳，

〔註36〕〔清〕姚鼐：〈與陳碩士〉第三十五篇，《惜抱軒尺牘》，頁 92。

〔註37〕〔清〕姚鼐：〈與鮑雙五〉，《惜抱軒尺牘》，頁 60。

〔註38〕〔清〕姚鼐：〈與陳碩士〉第八十七篇，《惜抱軒尺牘》，頁 115。

〔註39〕〔清〕姚鼐：〈題鹿源地圖〉第十三篇，《惜抱軒尺牘》，頁 124。

〔註40〕「四妹」指稱的排行有包括前面的兄弟，而非指姚鼐有四個妹妹，據姚鼐〈馬儀顥夫婦雙壽序〉：「然吾始者弟兄三人、兩妹，今吾與四妹僅存。」詳見〔清〕姚鼐：〈馬儀顥夫婦雙壽序〉，《惜抱軒詩文集》，頁 299。

〔註41〕〔清〕姚鼐〈馬儀顥夫婦雙壽序〉：「嘉慶丙寅八月，為吾四妹七十初度……。」嘉慶丙寅年為西元 1806 年，經過推算可知四妹是生於乾隆元年（西元 1736 年）。詳見〔清〕姚鼐：〈馬儀顥夫婦雙壽序〉，《惜抱軒詩文集》，頁 299。

〔註42〕〔清〕馬其昶《桐城耆舊傳》：「吾家魯陳先生諱宗璉，字器之……父諱嗣緯，字儀顥，篤於孝友。」詳見〔清〕馬其昶撰，彭君華校點：《桐城耆舊傳》（合肥：黃山書社，2013 年），卷十，頁 318。

> 卻將做廳典屋之費，合為五百金。此間賣去江浦田，不過六百金而
> 已。計我回家，自供食用，至少亦要千金。欲於此兩年內，省減積
> 聚四百金。（〈寄畹容閣四姑太太〉，頁 142）

> 觀兒字來說典伯府事。我意北門屋賣成乃能典此屋，若北門賣不成
> 而買屋用去六七百金，我歸家何以自給手？我意以住金陵為佳。若
> 定住金陵則今冬必回來相見，若不住金陵，明年辭館回家永不出門，
> 此非有定住之屋不可。須待賣屋之後乃可耳。（〈與四妹〉，頁 192）

姚鼐的家庭人口雖然不算多，但每位成員的「貢獻」甚低，僅有姚景衡任不要緊的官職，薪俸不多，姚師古與姚執雉做簡單的商業生意，還有妻妾、媳婦、孫子與同族的姪輩要一同生活。因此姚鼐對於書院之後退休生活的用錢情況顯得惴惴不安，錙銖必較，就連置產賣屋之事也顯得慎小謹微，一分錢也不得浪費。

其它令姚鼐煩惱的還有姪輩們。例如姚鼐的三弟姚訐之子姚承恩在外欠錢，姚鼐在念及親情與長輩的責任下幫其還清：

> 恩兒豈能在人家做幕之人，來此閒居，何益於彼絲毫？而彼在此，
> 常常不在書院過夜，徒令吾爭悶氣耳。吾知伊有欠戒滿銀事，吾豈
> 不願彼能在外尋錢清了此事，吾可不問邪。但此乃日從西出之事也，
> 彼所用銀，吾只好為之還清……自家子姪下作，豈可為轉怪他人之
> 理。此皆吾與吾妹平日太好爭氣之過，故天令見此等事耳。（〈寄畹
> 容閣四姑太太〉，頁 142）

顧及「家醜不可外揚」、「家無主，屋倒豎」的傳統觀念，姚鼐深知家族中只有自己有經濟能力可以出面解決事情，好維持整個家庭與家族的關係。「八十老翁」該是含飴弄孫的年紀，卻仍要勤奮教書以養家，對姚鼐而言，這樣沉重的負擔也只能與最親的妹妹訴苦。

三、姪孫輩：姚瑩與姚元之

姚鼐之後的姚氏家族成員，頗有成就的，要屬姚瑩與姚元之。在《尺牘》中，留有數篇姚鼐與此二人的尺牘，主要的內容除了談及文章、學問，亦有對於家族興衰、世道學風的感嘆。以下將分別討論這二人在《尺牘》中的尺牘的內容，探討姚鼐與他們之間的關係與情感。

姚瑩，字石甫、明叔，號東溟、展如、幸翁。安徽省安慶府桐城縣（今安徽省安慶市桐城市）人。生於乾隆五十年（西元 1785 年），卒於咸豐三年（西

元 1853 年），年六十七歲。

姚瑩之父為姚騤，祖父是姚斗元，曾祖父是姚範，故姚瑩為姚鼐的姪孫。
姚瑩出生時已家道中落，父親姚騤為求全家的生計在外客幕，由母親張氏管理
姚瑩的成長與教育。為學期間，結識劉開、馬瑞辰、方東樹、張聰咸等文人好
友。成年後曾在姚鼐執掌的書院聽講。嘉慶十三年（西元 1808 年）中進士。
道光十八年（西元 1838 年）任臺灣兵備道，鴉片戰爭時奉命鎮守臺灣。戰事
結束之後因英國追究戰爭期間「吶爾不噠」號的虐囚事件而受官方壓力轉調四
川。其後藉病回鄉。咸豐帝繼任後被啟用為湖南按察使，咸豐三年（西元 1853
年）卒於任上。文學理論上承繼姚鼐的學說，提倡「經世致用」，將「經濟」
加入「義理、辭章、考據」。詩文作品表現出「洞達世務，激昂奮發，磊落自
喜」〔註43〕的特色，但「長於論事，拙於記敘」〔註44〕。著有《中復堂全集》、
《東溟文集》、《東槎紀略》、《臺北道里記》等作品。

《尺牘》共收有九篇姚鼐寄予姚瑩的尺牘，題名為〈與石甫姪孫〉。主要
的內容談及文學、學術、編刻詩集、家族親人與朋友的狀況。由於編刻詩集的
事已在上述提過，此處便略過不提。在文學與學術方面，姚鼐給予姚瑩相當多
的實質建議。在評論姚瑩的作品時，不只有作品的評價與缺失，還建議在創作
時應該抱持的態度：

> 汝詩文流暢能達，是其佳處。而盤鬱沈厚之力，澹遠高妙之韻，環
> 麗奇偉之觀，則皆所不能。故長篇尚可，短章則無味矣。更久為之
> 當有進步耳。（〈與石甫姪孫〉，頁 136）

> 汝所自為詩文，但是寫得出耳，精實則未。然此不可急求，深讀久為，
> 自有悟入。若只是如此，卻只在尋常境界。（〈與石甫姪孫〉，頁 134）

> 汝詩文今寄還，所評略如別紙。凡詩文事與禪家相似，須由悟入，
> 非語言所能傳。然既悟後，則返觀昔人所論文章之事，極是明了也。
> 然悟亦無他法，熟讀精思而已。（〈與石甫姪孫〉，頁 138）

可見得姚鼐在仔細地閱讀姚瑩的作品之後，認為姚瑩需要加強的並非是詩文
創作的技巧，而是在創作前應將自身的心態調整如「禪家悟道」的境界，以及

〔註43〕〔清〕劉聲木撰、徐天祥校點：《桐城文學淵源考撰述考》（合肥：黃山書社，
2011 年 12 月），卷四，頁 153。
〔註44〕〔清〕劉聲木撰、徐天祥校點：《桐城文學淵源考撰述考》（合肥：黃山書社，
2011 年 12 月），卷四，頁 153。

長期的訓練:「深讀久為」、「熟讀精思」。達成這三項即可使文章與詩作達到更高深的境界。

另外,在學術與學風方面,由於姚瑩長年旅居在外,客人幕下,故姚鼐擔心姚瑩受「近時學風」的沾染,因此對於姚瑩的學問傾向多有提醒與勸戒:

> 吾昨得《凌中子集》閱之,其所論多謬,漫無可取。而當局者以私交,入之儒林,此寧足以信後世哉?大家自當力為其所當為者,書成以待天下後世之公論,何必競之於此一時哉?吾孤立於世,與今日所云漢學諸賢異趣。然近亦頗有知吾說之為是者矣。渾潦既盡,正流必顯,此事理之必然者耳。(〈與石甫姪孫〉,頁137)

不過姚鼐並非要求姚瑩應該遠離人群,「孤立於世」,而是要將評論與判斷學術的眼光放得更長遠,以免自己受當下的氛圍而影響判斷的標準:

> 汝所論近時人為學之弊,極是。然反其弊而實有所得,此未易言也。
> 人各任其力量,功候成就,大小純駁,不可早定。得失之故,有人事,亦若有天道焉。惟孜孜勉焉,以俟其至可耳。(〈與石甫姪孫〉,頁138)

要姚瑩理解「功候成就」有時是天命,無法違抗且身不由己。因此,姚鼐認為姚瑩應該做的,是努力將自己的學術基底準備好來等待機會,「孜孜矻矻,死而後已」。

最後,在家族關係方面,姚鼐在尺牘中多有抱怨族人的謀生難處:

> 彥容東家張道臺,已改為員外。閏三月當入京,與家眷同去。彥容又須覓館矣。(〈與石甫姪孫〉,頁134)

> 彥容閒居幾一年,汝兄(按:指姚朔)至此,亦半年矣。圖館甚難,殊使人悶悶。今年大考,伯昂(按:指姚元之)超升,誠家門之慶。而子弟貧苦不勝其多,何處安頓邪?(〈與石甫姪孫〉,頁136)

對於自家血脈的科舉成績結果亦喟然而嘆:

> 里中中式七人,而吾家無隽者,此亦莫可如何矣。(〈與石甫姪孫〉,頁135)

> 今科桐城中四舉,而姚氏無一人,未知北榜何如耳。(〈與石甫姪孫〉,頁137)

姚鼐的感嘆是建立在看見姚瑩的努力與天份,以至於怨懟家族的其他成員無法像他一樣努力上進,考取好的成就。綜觀來看,姚鼐因其姚瑩的為人與志學而在尺牘中給予很高的稱讚,認為他只要努力的方向正確,將來終將有大成

就，亦以師長的身分鼓勵他朝向古人的志業與成就邁進。

姚元之，字伯昂，號薦青、五不翁、竹葉亭生。安徽省安慶府桐城縣（今安徽省安慶市桐城市）人。生於乾隆四十八年（西元 1783 年），卒於咸豐二年（西元 1852 年），年六十九歲。

姚元之是姚鼐的姪孫，但關係上較遠，所以應稱為族孫。桐城麻溪的始祖姚勝三，傳至第十一世有姚文燮，姚元之即為姚文燮一支的第十八世〔註45〕。曾問學於姚鼐、張問陶，與崔旭、梅成棟合稱「張門三才子」。嘉慶十年（西元 1805 年）中進士。姚元之以書法與詩聞名，「工詩畫及八分書」〔註46〕、「工詩畫，其八分書類漢〈曹全碑〉，世尤珍之，多記舊聞國故」〔註47〕。著有《竹葉亭雜記》、《薦青詩文集》等著作。

《尺牘》中收錄姚鼐寄予姚元之的尺牘共十四篇，題名為〈與伯昂從姪孫〉。相較於姚瑩，姚鼐給姚元之的尺牘內容顯得較為單純，主要為學術、文學的討論。第一篇即有關於姚元之的書法表現與成果：

> 書至，具悉近狀。承以對聯見寄，八分殊妙。吾見未能楷書學八分者，終不佳。伯昂惟本善楷書，故進為八分，極有筆力也。（〈與伯昂從姪孫〉，頁 128）

之後亦曾指正姚元之的詩作不盡理想，有待學習：

> 所作詩則不能佳，蓋緣初入手，即染邪氣，不能洗脫。雖天分好處，偶亦發露，然亦希矣。（〈與伯昂從姪孫〉，頁 128）

在指正之餘，姚鼐亦多給許多創作上的建議與幫助，例如心態上要「專精」與作詩前可以先學著「模仿」：

> 必欲學此事，非取古大家正矩潛心一番，不能有所成就……隨其天資所近，先取一家之詩，熟讀精思，必有所見。然後又及一家，知其所以異，又知其所以同。（〈與伯昂從姪孫〉，頁 128～129）

> 近人每云，作詩不可摹擬，此似高而實欺人之言也。學詩文不摹擬，

〔註45〕姚鼐為第十一世姚孫棐的第十六世。在輩分上姚鼐為姚元之的從祖，姚元之為姚鼐的從孫。詳見汪孔豐：《麻溪姚氏與桐城派的演進》（合肥：安徽大學出版社，2017 年 12 月），附錄，頁 255～256。

〔註46〕〔清〕劉聲木撰、徐天祥校點：《桐城文學淵源考撰述考》（合肥：黃山書社，2011 年 12 月），卷四，頁 161。

〔註47〕〔清〕馬其昶撰，彭君華校點：《桐城耆舊傳》（合肥：黃山書社，2013 年），卷十，頁 330。

> 何由得入？須專摹擬一家，已得似後，再易一家。如是數番之後，
>
> 自能鎔鑄古人，自成一體。(〈與伯昂從姪孫〉，頁 129)

姚鼐始終認為，創作前的謙虛心態是走向文學之路的正確態度。因此，模仿並非可恥的事情。同時藉由精讀一家之後與他家的比較，可以觀察作品裡的差異，進而研究其中的內涵。這裡也可見得姚鼐認為姚元之是位值得栽培、努力又有天分的學生，值得將自己的經驗與學問傳授給他。

　　而在學術方面，姚鼐得知姚元之任職編修以修纂史傳時鼓勵他：「修纂《儒林》、《文苑傳》，此真史官職分，良宜盡心。」〔註48〕甚至「建議」哪些人應該分別放入《儒林傳》或是《文苑傳》：

> 《儒林》、《文苑傳》，館中想繫分辨。吾鄉如錢田間（按：錢澄之），
>
> 於二者何列？其《易學》、《詩學》兩書，似《四庫書目》中，已有
>
> 《田間集》，不知入否？……想昔在四庫館人陸耳山（按：陸錫熊）、
>
> 程魚門（按：程晉芳）、任幼植（按：任大椿）之倫，皆可入《文苑》
>
> 矣。(〈與伯昂從姪孫〉，頁 132)

表面上的討論，實際上是按捺不住身為「教師」的「責任」以及自身的「熱情」，而給予相關的知識與消息。姚鼐認為以前的同事們的理念與行為值得寫入文苑。但區分一個人該進儒林或文苑，實為對其一生成就的判斷與肯認，影響該人的評價甚大，甚至是自己的舊同事。因此這樣的評價行為，若無明確的原則，實易遭人懷疑或猜忌。而如此重大之事，大概只能在私密的尺牘中才能見到。也另外可以得知，姚鼐對姚元之的信任與器重，也才能將某些難以見光的心裡話書之於尺牘中。

　　整合來看，相較於前述的姚景衡，姚鼐對姚瑩與姚元之可謂對這二位桐族姚氏的後輩寄予厚望，期許他們可以有一番好的成就，撐起姚氏的希望而「庶光門左矣」〔註49〕。因此在《尺牘》中能見到姚鼐毫不保留地提供許多細緻的文學技法與讀書方法的建議。而實際上姚瑩與姚元之也不負「師」望，兩人先後考中進士〔註50〕，在官場漸漸失利的桐城姚氏中，替姚鼐爭氣。

〔註48〕〔清〕姚鼐：〈與伯昂從姪孫〉，《惜抱軒尺牘》，頁 131。

〔註49〕〔清〕姚鼐：〈與伯昂從姪孫〉，《惜抱軒尺牘》，頁 130。

〔註50〕汪孔豐依《麻溪姚氏宗譜》與《明清進士題名碑錄》的資料統計，十六世的姚鼐之後的進士僅有六位，分別為十七世的姚喬齡與姚原綬，十八世的姚元之、姚瑩、姚維藩與姚柬之。詳見汪孔豐《麻溪姚氏與桐城派的演進》（合肥：安徽大學出版社，2017 年 12 月），附錄，頁 270。

第三節　同輩與好友

姚鼐自二十一歲離家進京，開始科舉生涯，至四十四歲辭官歸鄉，這段期間經歷書院教書、屢試不第、進士及第、任考官、刑部司郎以及四庫館纂修官，是姚鼐交友最為廣泛與頻繁的時期。認識者如：朱筠、程晉芳、謝啟昆、汪志伊、袁枚等知心好友，也有如：翁方綱、王念孫、戴震、錢大昕、紀昀等學問之交或官場同事。這些友人們在姚鼐辭官後的中晚年生活仍有尺牘往來，且占有重要的分量。

「殷結友兮知者稀」〔註 51〕是姚鼐的交友寫照，由於學術立場與傳承家法的堅持，使得姚鼐在從政為官，建立的交友圈時遭遇許多不順遂，例如戴震與翁方綱。不過，當姚鼐認定一位相識之人可以建立朋友關係時，即便在學術意見或文學見解上不一定能完全契合，但姚鼐始終能放下想法上的分歧，純粹「以心交心」，視每一位朋友為珍貴的情誼，最著名的要如袁枚。

本節將依本章的「分類的標準與原則」，在《尺牘》中揀選三位有代表性的姚鼐的友人，分別為：謝啟昆、汪志伊與翁方綱，從中窺探姚鼐與他們的關係與情誼。

一、謝啟昆

謝啟昆，字良璧、蘊山，號蘇潭。江西省南安府南康縣（今江西省贛州市南康曲）人。生於乾隆二年（西元 1737 年），卒於嘉慶七年（西元 1802 年），年六十五歲。

謝啟昆於乾隆二十六年（西元 1761 年）中進士。其後任職過編修、國史纂修官、知府等職。乾隆三十年（西元 1765 年），與姚鼐初次相遇於庶常館，兩人從此成為好友〔註 52〕。在山西與浙江任布政使時以理財能力解決官帑空缺的問題〔註 53〕。後在嘉慶四年（西元 1799 年）被提拔為廣西巡撫，卒於任

〔註 51〕〔清〕姚鼐：〈祭林編修澍蕃文〉，《惜抱軒詩文集》，頁 243。

〔註 52〕〔清〕姚鼐〈謝蘊山詩集序〉：「鼐初識之於庶常館中，時先生之年尚少，而文采已雄出當世矣。」詳見〔清〕姚鼐：〈謝蘊山詩集序〉，《惜抱軒詩文集》，頁 54。

〔註 53〕〔清〕姚鼐〈廣西巡撫謝公墓誌銘〉：「及為藩司，其時各省官帑多缺，或公私相督，閱歷數官，前後援倚，所虧愈多，不可補復。公持身廉潔，而智能究郡縣利病之多寡，立法以其贏絀相補，任使盡其能，操縱當其時，故所涖不數年，無造怨於吏民，而能完久虧之額……而世尤稱公理財為最善。」詳見〔清〕姚鼐：〈廣西巡撫謝公墓誌銘〉，《惜抱軒詩文集》，頁 337。

上。謝啟昆以詩著稱,「其才宏贍精麗,兼具唐、宋名家之體」〔註54〕。著有《樹經堂集》、《西魏書》、《小學考》與《廣西通志》等書。

在《尺牘》中共收有六首姚鼐寄予謝啟昆的尺牘,題名為〈與謝蘊山〉。內容主要為姚鼐對謝啟昆的著作《西魏書》的想法以及希望謝啟昆能援助自己的學生。姚鼐在尺牘中多次對謝啟昆所著的史書《西魏書》嘖嘖讚嘆,並發揮文學家與好友的精神,給予誠摯的意見:

> 大集雷鼐處甚久,得以反復捧誦,大抵不專尊一家之美,總以真至清矯為貴,此自習賢最高之格也。(〈與謝蘊山〉,頁 11)

> 大著《西魏書》,敬讀一過,意有所見,妄以記之簡端,伏聽裁定……至於書中誤字,不可勝校,鼐隨以朱筆改定者,恐不過十之二三耳,尚須更命人一番細校也。(〈與謝蘊山〉,頁 11)

對於謝啟昆請求自己為著作作序感到受寵若驚,亦覺榮幸:

> 《西魏書》雖未獲捧讀,然其言真天下萬世之公論。三長之中,已見其識矣。序例極為允協,命鼐序首,殊非所任。坿名其間,則又所甚願……欲俟精神少佳時執筆……。(〈與謝蘊山〉,頁 10)

> 承命作序已就,便冠良史之首,惶悚惶悚。(〈與謝蘊山〉,頁 11)

另外,姚鼐基於愛護在他鄉生活的學生胡虔的心情,數次希望謝啟昆能鼎力相助,幫忙為其尋找書院教職以解阮囊羞澀之愁:

> 雛君來貴省覓館〔註55〕,鼐甚憂其後時,惟鼎力多方助之。「士信於知己」,固不可以冀於今日之常流耳。(〈與謝蘊山〉,頁 10)

姚鼐深知自己在學術方面不是當今「常流」,亦無法信任其他素昧平生、點頭之交的宦人學士,能夠信賴的只有像謝啟昆這樣志同道合,彼此深信的「知己」。如此的請託,若沒有長年的相知相惜之情是難於開口懇求的。

最後,謝啟昆因為從政清廉,在宦途上平步青雲。在得知謝啟昆將要被提拔時,身為朋友的姚鼐即給予深深的祝福,同時對於可能即將遠行赴任導致未來「相見時難」而有一些不捨:

> 明德鉅才,以當卓薦之典,真為無忝。天下得賢者而登用之,亦草

〔註54〕〔清〕姚鼐:〈廣西巡撫謝公墓誌銘〉,《惜抱軒詩文集》,頁 337。

〔註55〕這一年為乾隆五十三年(西元 1788 年),謝啟昆在南昌知府陳蘭森所設志局的縣學纂修《南昌府志》,謝啟昆為總修,胡虔等人為分修。詳見尚小明:〈胡虔生平繫年〉,《中國典籍與文化》,2005 年卷 4 期(2005 年 11 月),頁 64。

茅穭鋤之間，所為額手自慶者也。想入覲期近，若遽擢任異省，則接待或遂至難期矣。遙瞻祝頌之中，又增別離之感。謹此啓賀，並達愚悃，統惟覽照不宣。（〈與謝蘊山〉，頁 12）

兩人深厚且純粹的交情可見一番。

二、汪志伊

　　汪志伊，字莘農，號稼門。安徽省安慶府桐城縣（今安徽省安慶市桐城市）人。生於乾隆八年（西元 1743 年），卒於嘉慶二十三年（西元 1818 年），年七十三歲。

　　汪志伊出身於農家寒門，但自幼飽讀經書，少年有才。乾隆三十六年中鄉試舉人。曾任職四庫全書館校對、山西靈石知縣，其後的仕宦生涯頗為順遂，任過知府、布政使、巡撫、尚書、總督、封疆大吏。因為為官清廉，有條不紊，剛正不阿，在任官期間「革陋規，懲猾賊，清訟獄，數月大治」〔註56〕，有「白菜尚書」、「豆腐總督」之稱，其政績「能使居民安枕不苦盜」〔註57〕。晚年處理李賡芸案時聽信謠言，導致下屬李賡芸為表明節志而含冤自縊。汪志伊為此遭罷職，次年抑鬱病逝。

　　汪志伊崇尚程朱理學，在詩文中時常表現出對朱熹的嚮往，但自認「詞章非措意」，故將文學置於生命的次要目標。其作品如「詩多隨意抒寫，卻有磊落之氣」〔註58〕，「無鏨鉥組繡之華，而有經理性情之實」〔註59〕，正服膺生平的言行德性。著有《荒政輯要》、《近腐齋集》、《稼門文集》、《稼門詩集》等書。

　　《尺牘》中共收二十篇姚鼐寄予汪志伊的尺牘，另有一篇收錄於《惜抱先生尺牘補編》，皆題名為〈與汪稼門〉。內容主要為姚鼐稱頌汪志伊的仕宦升遷以及推薦自己的弟子謀一差事。由於汪志伊的官運順遂，連年得遷，姚鼐在輾轉得知後多次讚揚汪志伊為官時的清廉賢政：

〔註56〕〔清〕馬其昶撰，彭君華校點：《桐城耆舊傳》（合肥：黃山書社，2013 年），卷九，頁 301。

〔註57〕〔清〕馬其昶撰，彭君華校點：《桐城耆舊傳》（合肥：黃山書社，2013 年），卷九，頁 303。

〔註58〕以上兩句引自〔清〕徐世昌輯：《晚晴簃詩匯》（第三冊），《續修四庫全書・一六三一・集部・總集類》（上海：上海古籍出版社，2002 年），卷九十五，頁 174。

〔註59〕〔清〕姚鼐：〈稼門集序〉，《惜抱軒詩文集》，頁 274。

> 側聞六兄以儒者臨民，有「應世之才」，而無循俗之累。清操卓行，
> 名昭海內，真吾黨之光華也。(〈與汪稼門〉，頁 13)

> 春初在里，得聞六兄大人晉擢藩司，慶快無已。聖主用賢，惟恐不
> 速；鴻才清節，獲此亦誠為分中。而光及鄉閭，歡殷交友，則真一
> 時之盛事矣。(〈與汪稼門〉，頁 15)

甚至將其與明末著名的大臣，同是桐城人的何如寵相比：

> 累月有疏啟候，聞閣下頃蒙聖恩，以大司空內召。以天下共推之名
> 賢，當熙朝正卿之重任，於理誠為應得矣；而以鄉曲私情言之，則
> 又倍為欣慶。又仰度閣下受知既盛，許國彌殷，無復萌暇逸之志。
> 而吾鄉自何文端以來，居極品者，率得懸車數年，垂休田里，假令
> 閣下復得繼前輩之盛事，於毗佐成烈之餘，計其年歲，恐當在十年
> 之外。而鼐朽敝之軀，恐不能待而見之矣。以此歡忻之下，更復恨
> 恨耳。(〈與汪稼門〉，頁 19)

這些皆表現出姚鼐對汪志伊的期許與稱羨，但有時又顯得過於吹捧誇飾：

> 示《荒政輯要》，用意精詳，非特一時戴恩，且令異世被其利。而今
> 歲麥收大稔，早禾之豐，亦大有兆。願年年大有，此書乃備而不用，
> 則尤快矣。節下仁慈之志，或竟可以感神明而致此乎？(〈與汪稼門〉，
> 頁 19)

「感神明而致此」很明顯是過度稱讚。但這也顯示出兩人的情誼是能撐起這樣
的玩笑。另外，姚鼐在給汪志伊的尺牘中多次推薦自己認識又生活有困難的學
子，有時甚至是世交之子與親戚。相較於前述的謝啟昆，汪志伊的宦途較為通
達，位高權重，能給予的幫助更多，這成為姚鼐能放心將許多學子介紹給汪志
伊的原因。是以姚鼐希望汪志伊能多顧及「同鄉情誼」而對這些學子們伸出援
手：

> 舍親汪舜廷之子字峴南，少年美才，其家自舜廷逝後，家勢漸頹，
> 今須求作館，以供饘粥矣。以六兄篤念舊交，必加存恤，故特遠投
> 鈴閣。其才辦理書稟及州縣雜事，皆堪勝任。乞賜齒芬，令有棲託，
> 以濟困而已。(〈與汪稼門〉，頁 13)

> 茲因敝通家郭生麐歸便，坿候左右。郭生吳江人，少年英才而貧甚，
> 謀館以養親，文藝、詩篇、書法皆佳，授徒、書稟、代筆皆勝任。思
> 吾兄同鄉人，難於吹噓，而此等亦不可不置藥囊，以備索取，故輒

敢奉聞。(〈與汪稼門〉,頁 13)

> 有一舍弟字嶺香,原在江皖方伯處寫摺,最能於「鞍馬勞劇」之時,
> 展紙作楷書,頗為工整。今嫌其去家太遠,欲覓南幕。吾兄藩臬之
> 來甚速,此亦藥籠應備之材,故以奉聞。假令日下有人嚮尊處求人,
> 以之應索,亦可不辱吹噓也。(〈與汪稼門〉,頁 14)

除了上述的兩個主要內容之外,姚鼐還會主動向汪志伊分享生活中的瑣事,
如:第一次吃到楊梅的滋味、自己家中遭賊偷的損失、故鄉桐城的天氣與物價
的狀況、為朋友尋地安葬的前後經過等。

　　從這些內容有趣而瑣碎的尺牘來看,姚鼐與汪志伊的關係頗有「忘形之
交」〔註60〕之貌,兩個人雖然在出身、科舉與官運上截然不同,但對於人生的
志向與目標卻是一致的:「君子之至言可以為後世法也。」〔註61〕同時也身體
力行並奉為生命的圭臬,只是實施的對象不同,一位成就在文學,一位投身於
政治。

三、翁方綱

　　翁方綱,字正三、忠敘、敘彝,號覃谿、蘇齋。直隸省順天府大興縣(今
北京市大興區)人。生於雍正十一年(西元 1733 年),卒於嘉慶二十三年(西
元 1818 年),年八十五歲。

　　翁方綱於乾隆十七年(西元 1752 年)中進士,擔任過編修、會試副考官
等職。曾因翻譯陶淵明的〈桃花源記〉而受乾隆帝的稱讚。乾隆三十八年(西
元 1773 年)召開四庫全書館,翁方綱任纂修官。書成散館後任過學政、考官。
任官期間與朱筠、桂馥、錢大昕、畢沅、姚鼐等知名文人皆有往來,受益良多。
由於性格較為保守謙卑,因此仕宦之途平穩,成就多在研究。翁方綱精於經學、
書法、金石學與詩論。書法成就與劉墉、梁同書、王文治並稱「清代四大書家」。

〔註60〕尚麗姝〈一代能吏汪志伊及其與姚鼐交往論述〉:「姚鼐年長於汪志伊十一歲
　　　　而卒年接近,『生同鄉國風情親,村巷嘗邀作比鄰』(姚鼐〈祝汪稼門七十壽
　　　　序〉)」,不過,兩人的出身以及人生道路反差相當明顯:汪志伊出身農家,而
　　　　姚鼐出生於書香門第……姚鼐中進士後在官場八年,並且擔任了當時讀書人
　　　　深覺榮耀的四庫館纂修官,而此時剛剛中舉的汪志伊也進入四庫館,不過充
　　　　任地位較低的四庫館校對……一位是文化名人,一位是朝廷大員……。」詳見
　　　　尚麗姝:〈一代能吏汪志伊及其與姚鼐交往論述〉,《斯文》第四輯(2019 年 3
　　　　月),頁 200。
〔註61〕〔清〕姚鼐:〈與汪稼門〉,《惜抱軒尺牘》,頁 168。

金石學方面著有《兩漢金石學》，開創「以斷代為體例著述金石碑版的先河」
〔註62〕，是清代金石學著作的代表之一。著有《兩漢金石記》、《石洲詩話》、
《復初齋文集》、《復初齋詩集》等書。

姚鼐與翁方綱曾一同任職過四庫館纂修官，雖然時間僅有短暫的一年，但
在這段期間，兩人的關係漸趨密切，從此建立深厚的友誼，之後更留下不少應
酬、唱和的詩文作品。在姚鼐辭去纂修官即將回鄉時，翁方綱甚至為姚鼐設宴
餞行，並作〈送姚姬川郎中歸桐城序〉一文、〈送姚姬川郎中假歸桐城詩〉五
首詩祝福姚鼐。兩人的交情可見一番。

但在學術立場上，兩人卻各有不同的看法〔註63〕，翁方綱是較柔和的漢
學家，姚鼐是堅貞的宋學家，兩人時常有學術上的爭辯。不過對姚鼐而言，立
場的不同並不影響情誼。在《尺牘》中可以看出，姚鼐對翁方綱的學術立場是
存有正面評論，而非如論及其他漢學家時給予相同的嚴厲批評：

> 覃谿先生勸人讀宋儒書，真有識之言。真漢儒之學，非不佳也，而今
> 之為漢學乃不佳：偏徇而不論理之是非，瑣碎而不識事之大小，嘵嘵
> 聒聒，道聽塗說，正使人厭惡耳。（〈與陳碩士〉第五十四篇，頁101）

在研讀程朱理學的書籍的態度上，姚鼐是贊同翁方綱的。姚鼐強調漢學並非內
容不佳，而是當時掌握學術風向的漢學家們只注重細瑣的考證工作，卻對文句
傳達的意旨、內容視而不見。有感於此，遂發此論。而在批評方面，姚鼐向弟
子指出翁方綱的部分缺陷：

> 凡為經學者，所貴此心闊通明澈，不受障蔽。近時為漢學者，不深
> 則不能入；深則障蔽生矣。如覃谿先生，不可謂非好學，然謂其中
> 之闊通明澈，則未能許耳。（〈題鹿源地圖〉第五篇，頁119）

〔註62〕 詳見劉天琪：〈翁方綱《兩漢金石記》成書考〉，《中華書道》2009年第63期
（2009年3月），頁21～28。

〔註63〕 當時在四庫館主要以漢學家為多數，姚鼐是少數的宋學家，而翁方綱是少數
漢學家中並不排斥宋學的學者。王達敏《姚鼐與乾嘉學派》：「程晉芳、翁方綱
除了在擁護程、朱這一點上與姚鼐相合而與戴震相異外，在漢學考據方面，他
們倒是與戴震家數略同，而與姚鼐有所區別……程晉芳、翁方綱雖然尊宋，但
就學術實踐來看，他們大體上仍可視為漢學隊伍的成員……嚴格說來，在四
庫館內，就尊宋而言，姚鼐尚有程晉芳、翁方綱等與之和鳴；尊宋而兼抑漢
者，則不過姚鼐一人而已。」由此可知，翁方綱是姚鼐在四庫館的當時少數立
場並不一致卻互為好友的人。詳見王達敏：《姚鼐與乾嘉學派》（北京：學苑出
版社，2007年11月），第二章，頁40～41。

多作詩大佳，聽覃谿之論，須善擇之。吾以謂學詩，不經明李、何、
王、李路人，終不深入。而近人為紅豆老人（按：錢謙益）所誤，隨
聲詆明賢，乃是愚且妄耳。覃谿先生正有此病，不可信之也。（〈題
鹿源地圖〉第七篇，頁 120）

吾嘗謂袁簡齋（按：袁枚）嘗云：「人祇可以名家自待，後世人或置
吾於大家之中；切不可以大家自待，俾後世人並不數吾於名家之內」，
此言最善。覃谿先生恐正犯簡齋所舉之弊。以之自娛，轉以誤人，
其一生用功辛苦，實自過人。而於此理不明，轉為可惜耳。（〈題鹿
源地圖〉第八篇，頁 121）

姚鼐認為翁方綱在研究上的偏頗造成他無法在經學上達到「閎通明澈」之境，
且在論詩上「是愚且妄」。但由於尺牘內容的有限，難以從姚鼐所言來判斷這
些對翁方綱的批評是否有理。不過這裡卻可以看出，相比於前述的謝啟昆或汪
志伊，姚鼐在論及翁方綱這位朋友時較能跳脫「朋友」的關係而去審視、批判
他的學術立場、成果與為學態度，而非藉由一系列的稱讚來迴避朋友之間真實
的意見上的衝突。

　　最後，在《尺牘》中，姚鼐寄予翁方綱的尺牘僅有一篇，題名為〈與翁覃
谿〉，主要內容為姚鼐向翁方綱推薦自己的著作《三傳補注》可供參考之處以
及學生陳用光，同時堅定重申自己的宋學與古文立場：

敝門人陳用光，新城人，先生曩為作詩之二魯，其中表也。其學略
相近，而用光古文，已入門逕，固當勝於二魯矣。近日後輩才俊之
士，講考證猶有人，而學古文者最少。（〈與翁覃谿〉，頁 27）

姚鼐深知翁方綱的漢學立場，卻仍這樣直率地在尺牘中表露古文衰微的感嘆。
這表示姚鼐認可翁方綱是「真漢儒之學」，而為可以互相討論學術的對象，不
因立場不同而詆毀。

　　在書寫〈與翁覃谿〉時，讓姚鼐想起舊時在京城為官的日子，與好友們可
以隨時相聚，討論學術，歡快宴飲，「坐中賓友況英俊」[註64]，不免感傷多
年未能相見、時間的流逝與故人朋友一個接著一個凋零，因此向翁方綱表達這
位少數的「朋友」仍健康感到欣慰：

自於敝縣東門外瞻接後，幾相隔十年。啟候疏闊，殊抱怠塊。惟於北

[註64]　〔清〕姚鼐：〈於朱子穎郡齋值仁和申改翁見示所作詩題贈一首〉，《惜抱軒詩
文集》，頁 463。

來相識者，詢悉體中佳勝如昔，以為深慰而已。（〈與翁覃谿〉，頁 26）

這樣看來，相較於謝啟昆與汪志伊，上述尺牘中的讚美、感懷與批評的語句，皆顯示出翁方綱在姚鼐的尺牘中不是一位「單純」，只能互道讚美、鼓勵的「朋友」，而是即便看見對方的問題也能勇於揭露，不做鄉愿的朋友。

第四節　姚門四傑與其他學生

姚鼐自四十四歲辭官歸鄉後便開始書院講授的生涯直到終老〔註 65〕。這段期間，雖然表面上主要是為求溫飽生計而謀求的職位，但實質上卻成為「桐城派傳承與擴張」的重要時期。以書院的姚鼐為中心，依附者如姚瑩、劉開、梅曾亮、方東樹、陳用光等知名弟子們，形成一個龐大的文學集團。同時弟子們各自與對方皆有尺牘往來，各自底下又有收徒，並均將「義法」與「古文」做為文學理念，一代傳承一代，彼此緊密聯繫，最終使桐城派成為中國文學史上人數最多、影響範圍最廣的文學流派。

在這樣的成形中，《尺牘》就佔有非常重要的關鍵功能。因為這些弟子們並非時時刻刻都跟在姚鼐的身旁，他們也會為求生計、科舉等個人生涯規劃而往返各地。在資訊交流不甚發達的時代，如果不能當面問學討教，剩下的最為便捷的方法是透過尺牘通信來與姚鼐保持聯繫〔註 66〕。在《尺牘》中，即保存

〔註 65〕姚鼐於乾隆三十九年（西元 1774 年）辭去四庫館纂修官，此時四十四歲。在任書院教職前的三年內與朋友遊山玩水。乾隆四十二年（西元 1777 年）任揚州梅花書院主講約三年，乾隆四十五年（西元 1780 年）任安慶敬敷書院主講八年，乾隆五十三年（西元 1788 年）任安徽歙縣紫陽書院主講約一年，乾隆五十四年（西元 1789 年）任江寧鍾山書院主講十二年，嘉慶六年（西元 1801年）回到安慶敬敷書院主講約四年，嘉慶十年（西元 1805 年）再回到江寧鍾山書院主講直到八十五歲病逝。詳見〔清〕鄭福照：《姚惜抱先生年譜》，詳見北圖社古籍影印編輯室輯：《乾嘉名儒年譜》（第七冊）（北京：北京圖書館出版社，2006 年 6 月），頁 503～583。與周中明：《姚鼐研究》（合肥：安徽大學出版社，2013 年），第四章，頁 124～254。

〔註 66〕盧坡《桐城派尺牘研究》：「所謂的『姚門四傑』、『姚門五大弟子』，或者加上陳用光、吳德旋、毛岳生等親從姚鼐問學的時間並不長。這本是容易理解的，因為這些姚門弟子需要謀生活，或科考、或坐館、或做官等等，他們多數不可能長時間於書院從姚鼐問學。那麼他們靠甚麼繼續保持與老師的聯繫，或者說繼續向老師請教？尺牘。除了當面的請教之外，姚鼐與姚門弟子和親友之間的交流的一個重要途徑就是尺牘往還。」詳見盧坡：《桐城派尺牘研究——以姚鼐與弟子交往為中心》（蕪湖：安徽師範大學博士學位論文，2015 年 4 月），第一章，頁 19。

大量姚鼐寄予弟子們的尺牘，編者陳用光甚至將這些尺牘獨立為卷四並在底下作特別標註「此卷皆與門人」〔註67〕，可見陳用光對姚鼐與弟子們的尺牘的重視。

　　姚鼐與弟子們的尺牘內容多批判當時的學術風氣、討論弟子們的文學作品以及關心他們的生活狀況，亦不時擔憂他們未來的發展與人生規劃，表現出嚴師的形象，亦如父親般溫煦和藹，可從中見得不同於堅毅、固執的文學家的形象的另一面。對於研究與瞭解姚鼐的為人性格，是一大利器。本節將從《尺牘》中揀選具有指標作用的弟子們，分別為陳用光、鮑桂星、梅曾亮、方東樹、劉開與管同，探討他們在《尺牘》中與姚鼐的關係與情感。

一、陳用光

　　陳用光，字碩士、碩輔，號石士、實思、太乙舟。江西省建昌府新城縣（今江西省撫州市黎川縣）人。生於乾隆三十三年（西元 1768 年），卒於道光十五年（西元 1835 年），年六十七歲。

　　陳用光出生於江西新城的地方望族，祖父陳道、父親陳守貽、舅舅魯九皋皆進士及第。少時從魯九皋學習古文，由於魯九皋與姚鼐有往來，受魯九皋影響進而崇仰姚鼐的古文。二十三歲時始拜姚鼐為師〔註68〕。嘉慶六年（西元1801 年）中進士。之後任過翰林院編修、學政、內閣學士、禮部左侍郎等職。為政清廉而一生官運亨通，與人友善，任職時結交如法式善、楊芳燦等文人，留有不少贈答酬唱的詩文。不少桐城派文人亦是陳用光提拔的，如管同、劉開。陳用光病逝時世人有稱讚曰：「古之君子不存於今。」〔註69〕陳用光長於詩文，作文必「扶植理道」、「義法嚴謹，言有體要，淡而彌旨，氣韻胚胎歐、曾」，作詩則「自抒胸臆，性情和厚，書味極淡」、「語必己出」〔註70〕。著有《太乙舟文集》、《太乙舟詩集》，編有《惜抱先生尺牘》。

〔註67〕 〔清〕姚鼐：〈與孔摭約〉，《惜抱軒尺牘》，頁 52。

〔註68〕 〔清〕陳用光〈家仲韓兄文集序〉：「余於庚戌歲始學古文辭於姬傳先生，時年二十三，年少氣盛，謂業可立就先生……。」詳見〔清〕陳用光原作；許雋超、王曉暉點校；蔡長林校訂：〈家仲韓兄文集序〉，《陳用光詩文集》（上）（臺北：中央研究院中國文哲研究所，2019 年 5 月），頁 151。

〔註69〕 〔清〕梅曾亮著；彭國忠、胡曉明校點：〈太乙舟山房文集敘〉，《柏梘山房詩文集》（上海：上海古籍出版社，2005 年 12 月），頁 121。

〔註70〕 此段的評語引自〔清〕劉聲木撰、徐天祥校點：《桐城文學淵源考撰述考》（合肥：黃山書社，2011 年 12 月），卷四，頁 153。

在《尺牘》中，所收的姚鼐寄予陳用光的尺牘數量是最多的，共一百零九篇〔註71〕，分別題名為〈與陳碩士〉以及〈題鹿源地圖〉〔註72〕。內容多樣且龐雜，論及文學與文學作品、批評時人學風、傳達其他弟子們的消息、姚鼐自己的生活近況等等。受限於篇幅與內容，此處無法一一詳細的說明每種主題，僅能依章節的目的論述其中的師生情感。

陳用光是姚鼐唯一以「愛之如吾骨肉矣」〔註73〕親暱用語形容的弟子，對其視若己出，在其它尺牘中是見不到這深情的。而從與他人尺牘中的讚美、薦舉，也可見姚鼐對陳用光厚愛有加：

> 敝門人陳用光，本閣下通家子也。其人學為古文，已得塗轍。極其所至，足以追配前賢。而行誼學識，端正有規矩，此尤今日才士之所難者。閣下留意人才，必不能掩水鏡之鑒。(〈與朱石君〉，頁10)

> 敝門人陳用光，江西新城人，其人篤學好古，作古文已入門逕，是後來佳士。(〈與王懷祖〉，頁26)

> 郎君在此，於鼐真成家人，雖淡泊而安恬之甚，所嫌鼐胸臆淺陋，恐無以副其千里來從之意，第傾其所有以與之而已。(〈與陳約堂〉，頁71)

〔註71〕在這一百零九篇中，《惜抱先生尺牘》有一百零八篇，分別是〈與陳碩士〉共八十七篇，〈題鹿源地圖〉共二十一篇，《惜抱先生尺牘補編》有一篇〈與陳石士兄弟〉。這數量與其他人的尺牘數量差別之大，筆者的推測原因，可能與陳用光就是《惜抱先生尺牘》的編者有非常大的關係。陳用光〈惜抱先生尺牘序〉：「用光自侍函丈以來，二十餘年中，凡與用光者，皆藏弆而潢治之為十冊」可見他有保存尺牘的習慣。收藏二十年的尺牘，數量確實有可能非常可觀。再者，不一定往來的對象都有如陳用光這樣保存尺牘的習慣。想見有這樣的數量差別也是可以認同的。詳見〔清〕陳用光原作；許雋超、王曉暉點校；蔡長林校訂：〈惜抱軒尺牘序〉，《陳用光詩文集》(上)(臺北：中央研究院中國文哲研究所，2019年5月)，頁146。

〔註72〕陳用光在〈題鹿源地圖〉下有註解來源：「此條繫用光壬申春杪至江寧，攜〈鹿源〉地圖，乞先生決其可用與否，並乞先生詳言之，先生乃為書此。」筆者據現有的資料推測，〈鹿源〉可能是一本地圖集，用途是陳用光最初請姚鼐看地圖集中有哪一處地圖的地形風水適合作為墓穴，並在地圖集後面的空白頁寫下意見。此地圖集後來附在尺牘中往返姚鼐與陳用光之間，進而演變成直接將想傳達的內容抄寫在〈鹿源〉地圖的後面。詳見〔清〕姚鼐：〈題鹿源地圖〉第一篇，《惜抱軒尺牘》，頁116。

〔註73〕〔清〕姚鼐〈與魯山木〉：「賢郎姪過金陵時，弟尚未至，故不得見，見碩士則愛之如吾骨肉矣。」詳見〔清〕姚鼐：〈與魯山木〉，《惜抱軒尺牘》，頁28。

在姚鼐寄予陳用光的尺牘中，有些言語、勸慰與事件所傳遞的情感真有如上述的例子一般彷彿家人之間的對談，親密且實用，如在京城時的陳用光曾在尺牘中告知要在姚鼐任職的書院所在的南京買房，而經過姚鼐客觀的分析與權衡下，勸退陳用光的買房之計：

> 連得數書，具悉近況為慰。竟欲出京南來，吾固欣與石士相見，以解思憶之情矣。然為石士計之，亦有難者。若只是一身攜兩僕至此，則便於吾處住可矣，何必買屋。若攜家而來，計家口不少，豈三百金之宅所能容邪？又不知石士此時，已將分授產業，已費去無一存邪？抑尚留少許，差足為生計乎？此間住家，約須有二千金。買一田一宅，乃可猶為常居之策。然度石士有二千金，亦當且留京，以待丁卯，或得一差，不須急為出京之謀。以此思之，須更熟議。不可造次，令進退難也。（〈與陳碩士〉第四十一篇，頁95～96）

在金錢的使用上，也必須節省以考慮家人、未來的用途：

> 石士於內外用度，須痛自節省。凡富家子初貧，以謂必不可省之費者，不知皆其未嘗不可省者也。（〈與陳碩士〉第八十四篇，頁114）

儘管客觀上因金錢考量而使買房之計難以成行，但實際上姚鼐心裡仍然希望陳用光可以在自己的身旁，談論詩文、學風與生活。而最「夢幻的策略」，是陳用光在江南有一官半職可以擔任，既不必擔心生計，又能隨時相見：

> 吾今年晝食夜眠，似無異去歲，而精神則大減矣。甚思對石士一談，不知天假之緣，石士便得江南一差否乎？（〈與陳碩士〉第五十五篇，頁102）

當然這些皆只能看作是「美好的想像」。另外，姚鼐擔憂陳用光的生活近況，身為老師的姚鼐止不住如同父親般的關愛心情，在問候之餘教導自己經驗所提煉出的豁達的處世觀：

> 今年河道艱阻，京師百物必愈貴，居者愈難，石士不至甚憊邪？若便南歸，亦未易謀一安居之策。人生如浮舟江海，聽其所至，非智力所能與矣。已涼，惟珍重，餘不具。（〈與陳碩士〉第五十七篇，頁103）

此刻的姚鼐在金陵任教，陳用光在北京為官。相距千里，無法親眼見證陳用光的成長與狀況，僅能依靠文字託情解悶，因此只能將畢生所體會的毫不保留授予他，如同一位親生父親般，不求他能達官顯貴，但願他能於自己的人生目標

「用功精專」，以無愧於一生：

> 鼐尚如故態，但內觀此心，終無了當處，真是枉活八十年也。願石
> 士勉力修心，文章猶是餘事耳。（〈與陳碩士〉第七十一篇，頁 108）

姚鼐所教導陳用光的豁達態度亦如對姚師古一樣，只要自身能夠「用功精專」、
「毋苟且，毋作失人品事也」〔註74〕即可，能不能考取功名就交給上天決定。

最後，除了上述如父親兒子般的情感之外，姚鼐面對陳用光時亦有趣味、
「八卦」的一面。姚鼐論及學術時，偶有些批評內容無法完全客觀地脫離批評
對象的個人形象與個性，但這些內容也無法廣為宣傳，寫入文章之中，遂成為
尺牘中作者與對象之間的秘密。如姚鼐與陳用光討論到翁方綱時，曾說：

> 吾嘗謂袁簡齋嘗云：「人祇可以名家自待，後世人或置吾於大家之中；
> 切不可以大家自待，俾後世人並不數吾於名家之內。」此言最善。
> 覃谿先生恐正犯簡齋所舉之弊。以之自誤，轉以誤人，其一生用功
> 辛苦，實自過人。而於此理不明，轉為可惜耳。此論極切，然願石
> 士慎秘之，勿告人也。（〈題鹿源地圖〉第八篇，頁 121）

姚鼐在四庫館時位於學術時風的下風處，受盡冷暖，很明白這種討論內容是難
以搬上檯面的，故言「慎秘之」，以防落人口實，僅能在尺牘這種私密性較強
的文體中表達。

總而言之，在姚鼐的弟子們中，陳用光是一個「特殊」的存在，能使姚鼐
在尺牘中表現多樣的形象與情感，不單只是恩師，而更能是一位慈父，亦是志
同道合的文友。有哀嘆抱怨生活的一面，有分享人生喜事的一面，也有同仇敵
愾、一鼻孔出氣的一面。這些多樣的情感面貌促使研究者能夠視姚鼐不單為一
介形象單薄、扁平的文人、詩人或教育家，而是有著豐富且完整人生經驗的「普
通人」。

二、鮑桂星

鮑桂星，字雙五，號覺生、琴舫。安徽省徽州府歙縣（今安徽省黃山市歙
縣）人。生於乾隆二十九年（西元 1764 年），卒於道光六年（西元 1826 年），
年六十二歲。

少年曾受教於吳定門下學習詩與古文。嘉慶四年（西元 1799 年）中進士。
後任過主考官、學政、內閣學士、工部侍郎、武英殿總裁。由於「性質直，勇

〔註74〕〔清〕姚鼐：〈與石甫姪孫〉，《惜抱軒尺牘》，頁 134。

於任事」〔註75〕，曾彈劾劉榮黼失職不成反遭誣陷，遭嘉慶帝革職並令其不准回鄉。五年之後復官，又任過侍講、通政司副使、詹事，卒於任上。鮑桂星於吳定門下時因崇仰劉大櫆並宗其義法，中年後又在姚鼐的門下學習。論文「以經術為宗，不尚浮藻」，作詩則「力守師說，用力尤深」、「合唐宋之體以自成一家」〔註76〕。著有《覺生古文》、《進奉文鈔》、《唐詩品》、《覺生詩鈔》等書。

　　《尺牘》中收有姚鼐寄予鮑桂星的十八篇尺牘，數量在弟子們之中僅次於陳用光，題名為〈與鮑雙五〉。與陳用光的狀況類似，由於尺牘數量較多，內容也較前述的弟子們多元繁複，涉及學術時風、作品討論、讀書態度、為人處世、家庭瑣事以及分享其師吳定的近況。鮑桂星在仕宦運途上也與陳用光相似，在姚鼐的弟子們中生活較為穩定，因此姚鼐希望他能發揮在朝為官的機緣，導正當時過於偏袒漢學的風氣，並鼓勵其趨向不偏不倚的正途：

> 去歲大考，聞進職，甚喜。願努力建樹，以副清時。至天下文章衰敝，得登高而呼，以振興之，亦所幸也，慎勿以遠貧為急計耳。（〈與鮑雙五〉，頁 59）

> 今春望雙五總裁會闈，文體之壞甚矣，能反之以正，乃士流之所望也。（〈與鮑雙五〉，頁 64）

同時，姚鼐基於關心學生的人格培養與正確的價值觀，認為鮑桂星任職的職位雖然無法使他榮華富貴，但希望鮑桂星能將金錢視為人生的次要品，不以追求金錢為目標而受其產生的焦慮影響生活：

> 知京邸亦甚苦，然貧乏乃今日士大夫所同。惟甘淡泊者，則處之裕如。鄙人以此自勉，亦以奉勉而已。（〈與鮑雙五〉，頁 60）

> 京師諸相好，想各安好。亦想各苦貧，此則惟有耐之而已。（〈與鮑雙五〉，頁 64）

另外，鮑桂星與姚鼐在書院時期過從較密，因此鮑桂星離開書院在京師任官時，姚鼐就會於尺牘中多次表露出寂寞之嘆與悵然之感，平時已經少與學生有對談閒聊的機會，如今又少了一位可以時時促膝長談的對象：

> 鼐固昏眊，然尚能步履，亦樂與少年談說。而院中諸生，肯來就談

〔註75〕趙爾巽等撰：《清史稿》（第四冊）（北京：中華書局，1998 年 1 月），卷三百七十七，列傳一百六十四，頁 2973。

〔註76〕此段評語引自〔清〕劉聲木撰、徐天祥校點：《桐城文學淵源考撰述考》（合肥：黃山書社，2011 年 12 月），卷三，頁 131。

者，乃絕少。士不說學，使人有閔子馬之歎，老翁亦深以自愧……
相對一談，恐終無時，但有惆悵。朝夕惟珍重。千萬不具。(〈與鮑
雙五〉，頁 60)

賤體率如故狀，惟不能復讀書。真「飽食終日，無所用心」也……
不知有日更得一接談否？(〈與鮑雙五〉，頁 61)

鼐居此頗恨可語者希……。(〈與鮑雙五〉，頁 62)

相隔懸遠，無由面談，惟珍重。千萬不具。(〈與鮑雙五〉，頁 62)

意常鬱鬱，希可共言，安得更對如雙五其人者乎？(〈與鮑雙五〉，
頁 62)

從這些例子皆可見，鮑桂星不僅是姚鼐的學生，其中的無話不談與欲見之情更
像是一位親密的好友。

總而言之，鮑桂星雖然沒有像劉開、管同的文才、方東樹對學問的企圖
心，但在情感上卻對姚鼐有著莫大的心理支撐。

三、姚門四傑

(一) 梅曾亮

梅曾亮，初名梅曾蔭，字伯言、柏峴、葛君。江蘇省江寧府上元縣（今江
蘇省南京市）人。生於乾隆五十一年（西元 1786 年），卒於咸豐六年（西元
1856 年），年七十一歲。

梅曾亮少受其家學的影響而愛好詩與駢文。嘉慶十年（西元 1805 年）與
管同、姚椿、陳用光與毛岳生一同在姚鼐的鍾山書院受教，至此轉為學古文。
道光元年（西元 1821 年）入京，次年中進士。但顧及父母年邁而推辭職位歸
鄉，短暫客遊多人的幕府與各地講學。道光十二年（西元 1832 年）再度入京
任職，期間勤於結交詩朋文友，一起談論文藝，飲酒作宴，並廣宣桐城義法。
道光二十九年（西元 1849 年）辭官歸鄉，主講梅花書院。咸豐三年（西元 1853
年），太平天國佔領南京，梅曾亮被迫遷居，受朋友接濟，晚景淒涼困苦，終
至去世。

梅曾亮是姚鼐去逝後重要的桐城派宣傳者，但不同於在朝為官，任居要職
的陳用光強調「經世致用」，梅曾亮以文人自居，著重「桐城義法」。在京城時
為曾國藩所景仰，時常與其交遊，間接使曾國藩深入閱覽姚鼐的文章，學習桐

城派的義法。故日後曾國藩宣揚桐城派，梅曾亮有功不可沒的地位。梅曾亮為
「姚門四傑」〔註77〕之首，在古文方面成績斐然，其「為文義法一本之桐城」、
文風「精悍簡質」、「獨深於深情」、「頓挫峭折，矯然自異，足以自樹一幟」。
其詩「天機清妙」、「堅緻古勁，神鋒內斂」〔註78〕但為文所掩。著有《柏峴山
房詩集》與《柏峴山房文集》。

　　雖然梅曾亮在桐城派的傳承歷史中佔有極其重要的地位，但是在《尺牘》
中並未收有姚鼐寄予梅曾亮的尺牘。而在姚鼐與其他人的尺牘中反倒有提起
梅曾亮：

> 鍾山書院諸生作時文，差可觀者，固尚有人。若作詩，則梅總憲（按：
> 梅鷇成）一曾孫名曾蔭者為佳。作古文，則有管同者為佳。此二人
> 年僅二十許，若年進學登，為後來之雋矣。（〈與吳山尊〉，頁28）

> 此間作古文有荊谿吳仲倫，作詩有江寧管同，又梅總憲有一曾孫，
> 忘其名，才廿一歲，似異日皆當有成就者，亦視其後來功力何如耳。
> （〈與陳碩士〉第四十二篇，頁96）

令人意外的是，姚鼐對梅曾亮的印象似乎並不深刻，甚至不記得名字，只記得
他是梅鷇成的曾孫。另外，考量梅曾亮之後的文學成就，姚鼐反倒看重梅曾亮
當時所作的詩而非文章。實際上，姚鼐與梅曾亮在書院相處的時間不長，師生

〔註77〕「姚門四傑」之說有二，一是姚瑩〈惜抱先生與管異之書跋〉：「當時異之與梅
　　　　伯言、方植之、劉孟塗稱姚門四傑。」二是曾國藩〈歐陽生文集序〉：「姚先生
　　　　晚而主鍾山書院講席，門下著籍者，上元管同異之、梅曾亮伯言，桐城有方東
　　　　樹植之、姚瑩石甫，四人者稱為高第弟子，各以所得，傳授徒友，往往不絕。」
　　　　對於兩者的說法，後人皆有論述。金鎬先生在其博士論文《梅曾亮及其文學研
　　　　究》指出，兩者的說法有各自的涵義，不能混用。柳春蕊《晚清古文研究——
　　　　以陳用光、梅曾亮、曾國藩、吳汝綸四大古文圈子為中心》則認為姚瑩是改良
　　　　桐城派古文傳統的「經世派」，不能算入四傑當中，故以姚瑩說為主。詳見金
　　　　鎬：《梅曾亮及其文學研究》（臺北：國立臺灣大學中國文學系博士論文，2005
　　　　年7月），第四章第二節，頁199～202。以及柳春蕊：《晚清古文研究——以
　　　　陳用光、梅曾亮、曾國藩、吳汝綸四大古文圈子為中心》（南昌：百花洲文藝
　　　　出版社，2007年10月），第二章第一節，註解1，頁75。詳見〔清〕姚瑩著，
　　　　沈雲龍主編：〈惜抱先生與管異之書跋〉，《中復堂全集・東溟文後外集》（第二
　　　　冊）（新北：文海出版社，1974年），頁878。〔清〕曾國藩撰；彭靖等整理：
　　　　〈歐陽生文集序〉，《曾國藩全集・詩文》（長沙：嶽麓書社，1995年2月二
　　　　刷），頁246。
〔註78〕此段批評語皆引自〔清〕劉聲木撰、徐天祥校點：《桐城文學淵源考撰述考》
　　　　（合肥：黃山書社，2011年12月），卷七，頁255。

二人的關係可能並不如陳用光或是其他學子般密切〔註79〕。有這樣的現象也是可以預見的。

（二）管同

管同，字異之，號育齋。江蘇省江寧府上元縣（今江蘇省南京市）人。生於乾隆四十五年（西元 1780 年），卒於道光十一年（西元 1831 年），年五十一歲。管同自幼家貧，九歲時父親與祖父相繼去世。嘉慶三年（西元 1798 年），十九歲時四處為生計奔走，客居許多人的幕下。期間亦多次參加科考，卻屢試屢敗。道光五年（西元 1825 年）參加由陳用光主持的江南鄉試而中舉人，但於會試時挫敗。之後應好友鄧廷楨之邀教導其子長達六年，終至去世。

管同為「姚門四傑」之一，曾與梅曾亮、陳用光、鄧廷楨一同受業於姚鼐的鍾山書院。文學與學術上承襲姚鼐。為學努力，「苦心孤詣，淹貫羣言，好為深湛之思」，其文章表現「雄深浩達，簡嚴精邃，曲當法度，規模廬陵」。詩作上亦能「締情隸事，創意造言，得蘇、黃之朗峻」〔註80〕。著有《因寄軒文初集》、《因寄軒文二集》與《因寄軒詩集》。

姚鼐寄予管同的尺牘共有七篇，《惜抱先生尺牘》六篇，《惜抱先生尺牘補編》一篇，題名為〈與管異之〉。內容主要為討論文學、學術以及管同的作品。姚鼐對管同的詩文成就寄予厚望，甚至在閱覽之後給予非常高度的肯定，而稱許的用詞不同於其他弟子的尺牘中的鼓勵，顯得情緒激動：

> 古文已免俗氣，然尚未造古人妙處。若詩則竟有古人妙處，稱此為之，當為數十年中所見才雋之冠矣。老夫放一頭地，豈待言哉！（〈與管異之〉，頁 66～67）

〔註79〕 金鎬《梅曾亮及其文學研究》：「梅曾亮十八歲初次謁見姚鼐，但真正從姚鼐遊，是嘉慶十年（西元 1805 年）移主鍾山書院以後的事情。之後，到嘉慶二十年姚鼐去世為止，自梅曾亮使入姚門至姚鼐卒，前後十年之久。但這十年當中，梅曾亮真正在姚鼐之門下，學文章之學，只有四五年……梅曾亮能夠成為姚鼐以後桐城派的一代宗師，這跟他年輕時師事姚鼐有一定的關係，換言之，梅曾亮受到姚鼐的影響固然是事實，而僅從這角度來評論梅曾亮的成就，則難免有不夠周全的地方。梅曾亮自己也說：『孤學自慚非世好』，因而，梅曾亮的『古文之學，還是他以後鑽研悟得而學成的』。」詳見金鎬：《梅曾亮及其文學研究》（臺北：國立臺灣大學中國文學系博士論文，2005 年 7 月），第二章第三節，頁 41～42。

〔註80〕 此段之批評語皆引自〔清〕劉聲木撰、徐天祥校點：《桐城文學淵源考撰述考》（合肥：黃山書社，2011 年 12 月），卷四，頁 151。

寄來文十篇，閱之極令人欣快。若以才氣論，此時殆未有出賢右者。
勉力績學，成就為國一人物也。賢今歲必是專於文大用功，故文進
而詩退；有文若此，何必能詩哉，況後尚未可量邪。諸文體格已成
就，足發其才，所望學充力厚，則光焰十倍矣。智過於師，乃堪傳
法，須立志跨越老夫，乃為豪傑耳。（〈與管異之〉，頁67）

「放一頭地」〔註81〕、「智過於師」顯現姚鼐對管同的詩文佩服至極，這在《尺
牘》中是非常少見的現象。其實姚鼐在任教書院期間，渴望能遇到並教導天分
卓越、勤奮學習的學生，曾有感嘆道：

在里中，在江寧，總得一異才崛起者，天資卓絕固難，而用功精專
亦難也。意常鬱鬱，希可共言，安得更對如雙五其人者乎？（〈與鮑
雙五〉，頁62）

甚至希望這樣的人才，在經過自己的教導後可以傳承古文義法：

冀世有英異之才，可因之承一線未絕之緒，倨然以興。（〈與劉海峰
先生〉，頁5）

從姚鼐的渴望與感嘆可知，姚鼐對管同的作品的稱許與激動是可以理解的，而
管同的作品的高度正是姚鼐的嚮往。當然，姚鼐並非只全然看見優點，亦有發
覺管同的缺點與不足，但認為他只要透過努力學習，即可補強自身的短絀：

近江寧有管同秀才，其古文殊有筆力。其人貧甚，在河南作館。寄
數文來，今時中所希見。其年廿六，異日成就，未可量耳。微覺腹
中書卷不足，濟以學問，不可當矣。（〈與陳碩士〉第四十九篇，頁
9）〔註82〕

〔註81〕同樣的稱讚見於葉紹本與張阮林。〈復葉芸潭〉：「閣下清才敏學，詩有天然之
秀色，有攬古之備美，宜為詩人之傑。昏耄如鼐，正當遠避，豈特讓出一頭地
之謂哉。」〈與張阮林〉：「能於開合操縱章法脈絡中，更大肆工力，始終不懈，
必卓然為海內詩人。老夫放一頭矣……。」詳見〔清〕姚鼐：〈復葉芸潭〉、〈與
張阮林〉，《惜抱軒尺牘》，頁29、頁50。而此讚譽是源自歐陽修寄予梅堯臣
的書信〈與梅聖俞書〉：「讀軾書，不覺汗出，快哉快哉！老夫當避路，放他出
一頭地也。可喜可喜。」詳見〔北宋〕歐陽修著；楊家駱主編：〈與梅聖俞〉，
《歐陽修全集》（下冊）（臺北：世界書局，1988年6月），頁1288。
〔註82〕此篇雖然是姚鼐寄給陳用光的尺牘，但在尺牘中告知弟子們的近況是《惜抱軒
尺牘》中常見的內容之一。主要目的是希望弟子們之間能互相扶助，強化他們之
間的聯繫。王達敏《姚鼐與乾嘉學派》：「姚鼐對生徒讚美、勉勵備至，並寄寓著
強烈的傳法意識……他希望弟子繼承自己衣缽，將尊宋、崇文的事業發揚光大。」
詳見王達敏：《姚鼐與乾嘉學派》（北京：學苑出版社，2007年11月），頁204。

除了文學作品之外，強調為人處世的道德亦是姚鼐教導弟子們的另一項重點。又若能將德行結合詩文成就，以儒家的傳統觀念融入其中，則可以達到「君子之至言可以為後世法也」〔註83〕的一大境界。故姚鼐期勉管同在成就詩文大業時，不可偏離君子之道，同時建議尚未取表字的管同關於取字的意見：

> 賢有名而無字，吾意欲為命字曰「異之」。君子之道，同乎人而已。同乎人者，人之所以為人也。非同乎流俗，合乎汙世也。故曰「君子以同而異」，孟子曰：「君子所以異於人者，以其存心也」，以仁以禮存心，達之於天下，是為同而已。若以此字，頗覺有義，賢見以為然否？（〈與管異之〉，頁68）〔註84〕

在最後可以得知，管同是認同並接受此見，而將自己的表字取為「異之」。師生兩方的互信、價值觀與目標的相同，可從這些對話中用心觀察出來。

（三）劉開

劉開，字明東、東明、方來，號孟涂、孟塗。安徽省安慶府桐城縣（今安徽省安慶市桐城市）人。生於乾隆四十九年（西元1784年），卒於道光四年（西元1824年），年四十一歲。少時困苦家貧，十四歲時入姚鼐的書院讀書。姚鼐對其有「國士之譽，盡授以詩、古文法」〔註85〕。之後遊歷各地求做幕僚卻不順利，多次應試也不第。道光元年為亳州知縣聘為修州志，期間卒於佛寺，英年早逝。劉開為「姚門四傑」之一，以詩與駢文著稱。其詩「清麗獨絕」〔註86〕，其文「天才宏肆，光氣煜燁，能暢達其心之所欲」〔註87〕。著有《劉孟塗詩文集》、《劉孟塗駢文》。

《尺牘》中收有兩篇姚鼐寄予劉開的尺牘，題名為〈與劉明東〉，以及多次在與他人的尺牘中提起劉開。內容主要論及學術、讀書態度與立身處世。姚鼐認為劉開是「桐城弟子」中少有的讀書料子，故鼓勵他能努力讀書，用功作文，又基於同鄉情誼，望其能承繼桐城一脈的古文：

〔註83〕〔清〕姚鼐：〈與汪稼門〉，《惜抱軒尺牘》，頁168。
〔註84〕〔清〕姚鼐：〈與管異之〉，《惜抱軒尺牘》，頁68。
〔註85〕〔清〕馬其昶撰，彭君華校點：《桐城耆舊傳》（合肥：黃山書社，2013年），卷十，頁316。
〔註86〕〔清〕馬其昶撰，彭君華校點：《桐城耆舊傳》（合肥：黃山書社，2013年），卷十，頁316。
〔註87〕〔清〕劉聲木撰、徐天祥校點：《桐城文學淵源考撰述考》（合肥：黃山書社，2011年12月），卷四，頁151。

> 孔城劉生名開，十九歲，吾呼來書院讀書。故鄉讀書種子，異日或
> 在方植之（按：方東樹）及此人也。（〈與胡雛君〉，頁 43）

> 承為鼐生日作壽序，甚愧厚誼。所言於微薄，殊不敢當，然命意辭
> 俱善。世不可無此議論，亦不可無此文，盡力如此作去，吾鄉古文
> 一脈，庶不至繼絕矣，豈第鼐一人之幸也哉。（〈與劉明東〉，頁 66）

另外，劉開在姚鼐的弟子們中生活較為清苦，因此姚鼐特地將他推薦給好友張
敦仁，請為謀求一職：

> 敝門人劉開雋才好學，詩文均有可觀，後來士之秀也。以覓館來江
> 右，慕閣下而上謁，水鏡之鑒，必察知其有異常流也。（〈與張古愚〉，
> 頁 156）

推薦成功後，旋即教導客人幕下應有的正確心態：

> 得書，知明東獲古愚先生及諸太守招於幕中試閱卷，甚佳……居人
> 幕中，務須韜晦靜默，勿與眾爭名，立身成遠大之業，此其要節。
> 即處世得安恬之福，亦此為召致也。（〈與劉明東〉，頁 66）

這心得可能與姚鼐先前任四庫館時所經歷的不愉快經驗有關，因此將這種經
驗傳授給劉開，希望能使弟子避免職場上的曉曉干擾，專心工作。不過之後劉
開決定轉換跑道，閉門讀書，準備科考，姚鼐在與他人的尺牘中對於此事以及
劉開的決心多有稱讚，既不會打擾到劉開，也能給其他弟子們知其良行，有激
起積極的競爭心的作用：

> 劉明東決意閉戶一年，用功讀書，此其意可謂善也。（〈題鹿源地圖〉
> 第八篇，頁 122）

> 劉明東決意在家讀書不肯就幕，此其志亦甚善矣。（〈題鹿源地圖〉
> 第十篇，頁 123）

> 劉明東閉戶讀書，今年決不出作館，可謂有志。（〈與石甫姪孫〉，頁
> 139）

不過，劉開入姚鼐門下時年紀尚輕，而姚鼐已是晚年，故姚鼐無從得知劉開的
科舉結果即過世。之後劉開的生活顛沛流離，壯志未酬就夭逝，無法為姚鼐之
後的桐城派立功立事，尤其可惜。

（四）方東樹

方東樹，字植之，號儀衛老人。安徽省安慶府桐城縣（今安徽省安慶市桐

城市）人。生於乾隆三十七年（西元 1772 年），卒於咸豐元年（西元 1851 年），年八十歲。曾祖父方澤曾入八旗受教，結交如同里的姚範、劉大櫆等文士。父親方績曾受教於姚鼐，工於詩，擅長校正史傳諸子。方東樹雖然家貧，但受家學影響，年少時努力用功。讀書期間崇仰程朱理學，以宋學自居，並受教於姚鼐的門下學習古文義法。在書院期間與管同、陳用光、梅曾亮、姚瑩等人友好。後迫於生計，旅居四方，客人幕下，曾短暫依附陳用光、汪志伊、胡虔等人，或教書或當幕僚。由於屢試不第，五十歲之後便放棄科考，回鄉潛心於書院教育與著述，直到終老。

　　方東樹為「姚門四傑」之一。詩文與學術上承繼姚鼐，可謂姚鼐的「信徒」。其著作《漢學商兌》中批評漢學家的觀點，多與《尺牘》中的論述不謀而合。是重要的桐城派文論家，亦可見受姚鼐影響之深。同時由於生平位居清代盛衰交替之際，主張「通經致用」以救國，為人「性高介，恆閉門譔述，不隨人俯仰」。文學表現上「為文浩博，無不盡之意」，作詩「則用力尤至」〔註88〕。著有《昭昧詹言》、《漢學商兌》、《儀衛軒文集》等。

　　《尺牘》中的《惜抱先生尺牘補編》收有五篇姚鼐寄予方東樹的尺牘，題名為〈與方植之〉。內容主要談及方東樹的生活狀況與學術態度。方東樹的生涯比起最為困苦的劉開稍微好過一些，姚鼐多次在與他人的尺牘中報告以及詢問方東樹的課館情況以紓解朋友們對他的關心，其中不乏方東樹的「上司」：

　　　植之為吾薦於稼門家館，歲百廿金，亦甚妥也。（〈與胡雛君〉，頁 43）

　　　植之今歲在汪稼門家館，其舉業加進，殆可望中矣。（〈與陳碩士〉
　　　第三十篇，頁 90）

　　　植之今在阜陽王令處館，明日動身矣。茲坿問新祉，保重千萬不備。
　　　（〈與陳碩士〉第三十二篇，頁 91）

　　　方植之在胡果泉（按：胡虔）中丞處作館。（〈題鹿源地圖〉第八篇，
　　　頁 122）

姚鼐多次對陳用光提及方東樹是有因果關係的。首先，上述曾提過，陳用光基於同門情誼，多次對桐城派的弟子們伸出援手以度過生活的困難，方東樹便是其中之一。不過，由於方東樹的個性較為耿介而不願「寄人籬下」，故在離開陳用光之後，姚鼐在與方東樹的尺牘中談及此事時，認為有些婉惜：

〔註88〕以上評語出自〔清〕馬其昶撰，彭君華校點：《桐城耆舊傳》（合肥：黃山書社，
　　　2013 年），卷十，頁 345。

> 春間想佳好。離去中田（按：今江西省撫州市東南部）非足下之願，
> 而石士兩有書來，盛言欲攀雷之意，而彼此皆不獲如願。此人事舛
> 誤，殆各有數使之然也。（〈與方植之〉，頁 183）

畢竟在同門身旁能有個照應，互相扶持再適合不過的了。對於方東樹離開陳用
光之後遍尋不著穩定謀生的生活，姚鼐有些擔憂卻又莫可奈何，認為只能聽其
上天安排：

> 惠書至，略知近狀。又須更覓館地矣，使人悶悶。不知今已抵家不？
> （〈與方植之〉，頁 183）

在學術方面，姚鼐剖析方東樹的為學長處，提醒需要補足的地方，認為只
要好好用功努力，「按部就班」，不躁進，即能穩妥地成就「宏人之文」：

> 寄示之詩，乃未見大進於往日。良由與俗人唱和，覺其易勝，便不
> 復追古人，此何由得自卓立有成就可觀乎……為學非難非易，只在
> 肯用功耳。（〈與方植之〉，頁 183～184）

> 觀足下乃是以才氣見長者，只可學啓禎人作文，切勿躐等，致有壽
> 陵孺子之誚耳。若必欲知成宏人文，但熟讀深思，秦、漢人文，真
> 有見處，則知此亦不難。但此事如李安谿（按：李光地）之類，便
> 為門外漢，滿口亂道，欲令時人解悟，亦豈易言哉。（〈與方植之〉，
> 頁 184）

姚鼐認為學術的重點從來不在訂定的目標或是學伴學友的身上，而是一再地
對方東樹強調「用功」與「熟讀深思」的重要，學問並非難事，但只有再高的
目標而沒有勤奮的努力、深耕，一樣只是枉然。這裡姚鼐對弟子們的觀察與用
心可見一斑。

結語

對《尺牘》的交流對象有初步的認識，是研究《尺牘》的第一步。而《尺
牘》的交流對象多且龐雜。為能清晰於掌握，本章依身分與重要程度來歸納對
象，分為師長、親族、友人與門生四類。雖然無法全面囊括，但他們的重要程
度使本章已能掌握書中泰半的人物研究之內容。

這些對象雖然身分各異，但皆深刻地影響姚鼐，以致於在尺牘基本的維繫
情感，交流瑣事的功能之外，亦成為姚鼐思想與桐城派的傳播者。他們與姚鼐

的書信往來，多能促使姚鼐激發靈感與動力，並於尺牘中書寫、討論許多文學觀點與學術思想。連身為漢學家的翁方綱，他的立場與研究行為，使得姚鼐不得不於尺牘中堅定申述認為正確的方法。間接成為姚鼐思想的推手之一。

　　另一方面，他們與姚鼐的情感交流，使得姚鼐的中晚年不至於枯燥而乏味，起到情感支持的作用。這些交流對象也成為姚鼐的生命與情感的一部份，並隨著尺牘的流傳而綿延不絕。

第三章 《惜抱軒尺牘》的生活書寫與題材

　　一篇尺牘猶如一位作家生命裡的「吉光片羽」，雖然經由傳遞所能乘載的內容受其體裁、篇幅的大小而有所節制或裁汰。但若能蒐集多篇尺牘，藉由年譜與詩文集的佐證，從中穿針引線，將內容分門別類，建立一完整的脈絡，即可成為深具歷史價值且真情實意的資料。再經由研究者的分析與詮釋，更可成為一部作家的「生活史」。

　　因此，尺牘以其瑣碎，得以鑲嵌進作家生活的研究之中，彌補年譜與詩文集所無法完全概括的缺憾，發揮「細而人事之曲折」〔註1〕之作用。因此《惜抱軒尺牘》(為免冗長，以下正文中皆簡稱《尺牘》)的內容是姚鼐中晚年的「生活史」，透過尺牘的編輯與傳遞，成就生命細節的連續與堆積。

　　本章關注的焦點在《尺牘》書寫的內容。據學者柯慶明先生考察中國古代「書」與「箋」文類的美感特質指出：

> 「書」「箋」異於一般文學作品的寫作，主要在於泰半的文學創作，雖然仍可以有其「隱含的讀者」，但並不像「書」「箋」一般明白的標出它的「受訊者」，而且所有的「訊息」都是針對這位(些)受訊息者的興趣或需求而發，而加以組織的……「發訊者」與「收訊者」二者的關係，以及各別的情況與境遇，以及因此而形成的特殊「語境」，雖然是歷史的實況，對其他的讀者而言，往往就會形成一種具

〔註1〕〔南宋〕朱熹著；黎靖德編；王星賢點校：《朱子語類》(第三冊)(北京：中華書局，2011年3月重印)，頁887。

「戲劇性懸疑」的戲劇情境。我們所閱讀的雖然只是近於單方面的
獨白，但指涉的卻永遠是一種對話或互動的情境。〔註2〕

由於尺牘或書信具有明確、具體的讀者／收信者，因此在欣賞、考證與研究一
篇或多篇尺牘時，所有陳述的內容，包括境遇、語意、稱謂，甚至是情感等等
皆是依附於「收信者」的關係而書寫的，它的內容表現的形式接近於發信者的
「獨白」與「自剖」。因此，不論是否有收信者的「回信」，或是去比對、證明
發信者的尺牘內容，它都能以自身「真實」的內容成為一個完整圓滿、情感真
摯的生命情境與經驗交流。基於這樣的美感特質，尺牘可視為「文學作品」與
被篩選過的「生命經驗」。

在檢閱《尺牘》的內容時，除文論詩論、學術討論與作品的感想之外，會
發現姚鼐所書寫的生活主題的情感色調顯得抑鬱而灰暗，例如：

積雨數十旬，春寒猶厲，殊使人悶悶。(〈與陳碩士〉第八十八篇，
頁116)〔註3〕

鼐毫病，亟思歸去，而苦未能遂志，相知又皆遠隔，豈勝悵邪？(〈與
張古愚〉，頁158)

鼐數年來情緒頗劣，小邑寡可言者，作文字頗多，又不能寫寄。(〈與
孔撝約〉，頁52)

這些看似平凡的「獨居老人的嘮叨抱怨」，正反映其中晚年生活的常態。雖然
姚鼐並非處於「士餘忠壯志，家在戰爭場」〔註4〕的煙硝四起或「我悲亡國此
遺跡」〔註5〕的亡國哀思，但因文人本身曲折細膩的情感、觀覽經驗的淵博，
對於平日生活經歷的「衰盛人情孰無變」〔註6〕，如生命無常、生離死別等有
著更聚焦、豐富的體會與感受。因此《尺牘》書寫的生活題材，確確實實地藉
由柴米油鹽傳達了心靈最底層的沉思。

本章將於《尺牘》中摘其所精，選擇相對重要的內容做主題式的探討。

〔註2〕 柯慶明：〈「書」「箋」作為文學類型之美感特質〉，《古典中國實用文類美學》
（臺北：國立臺灣大學出版中心，2016年3月），第三章，頁97～98。
〔註3〕 為減少繁冗的註解，以下凡在正文或註解中引自此書，皆會以簡註呈現。
〔註4〕 〔清〕姚鼐著，劉季高標校：〈張方伯祠〉，《惜抱軒詩文集》（上海：上海古籍
出版社，2008年4月），頁536。為減少繁冗的註解，以下凡引自此書，皆會
以簡註呈現。
〔註5〕 〔清〕姚鼐：〈景陽鐘歌〉，《惜抱軒詩文集》，頁494。
〔註6〕 〔清〕姚鼐：〈送胡豫生之山西趙城將訪乃翁舊知〉，《惜抱軒詩文集》，頁500。

而對「生活書寫題材」所依據的「標準」是：一、姚鼐曾於與他人的《尺牘》中多次提及且具相當分量的生活事件；二、能夠顯示出姚鼐的「生命價值連續而整體的活動現象」〔註7〕與豐富的生命歷練的感想；三、存在於《尺牘》中且較少被關注的姚鼐研究中的特殊的生活經驗。基於以上三點，本章對「《惜抱軒尺牘》的生活書寫題材」的主題分類有以下四項：一、個人生活；二、家國關懷；三、經驗傳承；四、風水營葬。這四項雖然並無法道盡《尺牘》中豐富又多元的書寫題材，但已經能掌握泰半的內容並體現姚鼐中晚年的生活況味。

第一節　個人生活

「個人生活」是一個範圍廣袤的概念，除了呈現作者平日生活所面對人情事件的風格情志之外，亦有現實生活必須承擔的柴米油鹽，所涉及的內容其實包羅萬象。為能更深入「個人生活」的意義，本節將其分為三項主題，並依序說明其中的內容與意義。

一、「衰老將盡年」〔註8〕的身心狀況

「文章猶壯身衰老，金石無情世今故」〔註9〕、「我老又多疾，析若枯蒼葭」〔註10〕這些姚鼐於中晚年所作的詩句幾乎可以道盡身體狀況。《尺牘》中論及姚鼐自身的身體狀況處頗多。姚鼐在四十四歲辭官後至八十五歲病逝之間，為謀求生計而任教於多所書院。由於書院均不在桐城，為了避免舉家遷徙，只能時常獨自往來於書院與桐城之間，舟車勞頓。又因依賴的氏族、家口眾多，迫於金錢的壓力而積累了不少疲勞。使得姚鼐中年之後的身體快速衰退，形薄體弱，既不堪平日長久的講習授課，身體又時有毛病發作，影響生活起居。

〔註7〕顏崑陽：〈我們都可以是生活的藝術家〉，《詮釋的多向視域：中國古典美學與文學批評系論》（臺北：臺灣學生書局，2016年3月），頁109。

〔註8〕〔清〕姚鼐〈左蘭城見寄古銅器謂之洗非也蓋勺斗之小者耳所容不及一升戲作一詩〉：「又不見惜翁衰老將盡年，見此雖小亦啞然。」詳見〔清〕姚鼐：〈左蘭城見寄古銅器謂之洗非也蓋勺斗之小者耳所容不及一升戲作一詩〉，《惜抱軒詩文集》，頁622。

〔註9〕〔清〕姚鼐：〈桃核硯歌為庶子葉書山先生賦〉，《惜抱軒詩文集》，頁416。

〔註10〕〔清〕姚鼐：〈碩士約過舍久候不至余將渡江留書與之成十六韻〉，《惜抱軒詩文集》，頁507。

　　自姚鼐六十歲開始〔註11〕，便時常藉由尺牘抱怨、感嘆自己的身體情況「亦漸衰減」〔註12〕：

　　再得書，知侍奉清佳為慰。驟熱，遂甚至羸，乃殊畏之，臂痛亦未大癒，故艱作書也。(〈與陳碩士〉第一篇，頁75)

　　鼐里居以來，別無他狀，但有衰罷，加以中年哀樂之感最深，了無復舊時興趣矣。(〈與人書〉，頁6)

　　衰敝之狀，亦日夕漸增，但尚能行步飲食耳。(〈與周東屏〉，頁54)

並在七十、八十歲之間，陳述許多老年的病癥，如目昏眼花、手疼膝痛、落牙掉髮等等：

　　鼐歸來兩月，日增衰敝，目視彌昏，畏寒自閉一室，如繭裹矣。(〈與楊柏谿〉，頁23)

　　身子衰憊，目昏骹亦軟，但尚能行耳。八十三四人，豈當久作客乎？(〈與石甫姪孫〉，頁136)

　　鼐近衰態彌增，去秋傷膝今乃發動，小不適耳。(〈與陳碩士〉第七篇，頁78)

　　鼐近仍主敬敷書院，年七十四矣。精神日衰，惟齒未脫，視聽亦漸壞，而髮之脫最甚。(〈與周希甫〉，頁55)

　　鼐行步尚如故，口中落一齒，目已昏，然尚能作此手書……似明年八十尚可度，過此則難知矣。(〈復孟蘭舟〉，頁22)

這些衰老病徵最直接的影響，莫過於牽連精神而產生疲倦感，使平日「讀書寫字」的習慣被迫改變或放棄：

　　鼐衰疲，然尚能步履，但精神不能讀書矣。(〈與張惺齋〉，頁34)

　　去歲得寄書，久未復，老病目昏，作字殊難故也。(〈與張阮林〉，頁50)

　　鼐近精神衰憊不堪，久不作文字矣。(〈與周希甫〉，頁57)

　　鼐近尚平安，但精神極短，不復能讀書矣。(〈與陳碩士〉第八十八篇，頁116)

〔註11〕　《惜抱軒尺牘》中僅有與陳用光的尺牘有標註年份，其餘的僅能從內容來推敲。而〈與陳碩士〉第一篇為庚戌年(乾隆五十五年，1790年)，姚鼐六十歲。
〔註12〕　〔清〕姚鼐：〈食舊堂集序〉，《惜抱軒詩文集》，頁43。

甚至沒辦法為人寫序文、壽文、誌銘等等應酬文體以及完成一部完整的著作，因此對於對方來信的請教與請託，也只能待康復之時而抱憾婉拒：

> 鼐近年已艱於作文，偶有筆記於他書，所論不足言。（〈題鹿源地圖〉第十七篇，頁 125）

> 吾衰敝，作文頗難。精神佳時，或復執筆耳。（〈與石甫姪孫〉，頁 173）

> 鼐數年來目有黑花，作行草尚覺喫力，真書絕不能為矣，故不能承命。（〈與魯習之〉，頁 35）

尤其「衰老」之後，身體對於天氣、溫差的改變甚為敏感，有時過冷或過熱都會使身體更為虛弱疲憊：

> 鼐近狀犆適，衰年畏冷甚於曩日耳。（〈與周希甫〉，頁 56）

> 是冬之寒最甚，耄年殊不能堪。今目加昏矣，餘尚如舊。（〈題鹿源地圖〉第二十篇，頁 127）

> 大熱，衰年氣短，極以為苦。（〈與吳山尊〉，頁 161）

> 鼐入夏以來，殊不能佳，故是老病日臻，其奈之何。（〈與方植之〉，頁 184）

面對「衰老」，隨之而來的即是生活習慣的改變。以飲食為例，勢必要以清淡、少量為主：

> 吾病甚而不死，此為天幸。其詳細吾妹自已知之。現今兩骸輭弱，雖在房中行走，亦須扶杖乃穩，亦不能多行，飲食每頓飯盈滿一盌，尚未喫新鮮肉。雞鴨所食，不過六七片。夜間睡每不沉，或醒兩箇更鼓，此最為病後苦處。（〈寄涴容閣四姑太太〉，頁 143）

> 鼐今年大約仍在此度歲，明歲乃縣車耳。近有脾泄病，喫重油則發矣。常飯亦較舊少減，由老至死固當漸至，亦胡足怪哉？（〈與馬雨耕〉，頁 180）

除了一般的衰老癥態，姚鼐亦有一些較為嚴重外科疾病，和因古代衛生環境不佳而感染的傳染病。最常出現在《尺牘》中的有疝氣與瘧疾二症：

> 吾近起疝氣，頗以為苦，醫亦不效，吾今亦不醫。（〈與石甫姪孫〉，頁 135）

> 吾近目昏，作字較艱。疝氣間發，然不甚也。（〈與張兼士〉，頁 188）

> 鼐秋初病瘴瘧，近雖欲，而身益弱。甚欲歸里，不欲終於客死也。

（〈與陳碩士〉第八十五篇，頁 114）

鼐七月病瘴瘧，今瘥癒矣。而手腳心猶時發熱，飲食減少，久而不能復舊，恐便不支。（〈與姚春木〉，頁 165）

疝氣於戊辰年發病，時年七十八歲；瘧疾於辛未年發病，時年八十一歲。這些疾病雖然沒有直接奪走性命，但對於身體狀況已經不好的年長者而言無疑是一種「摧枯拉朽」：

鼐七月得瘧疾，至今未癒，不能食，恐不可痊，所命書銘固不能矣。（〈與汪稼門〉，頁 20）

鼐七八月病瘧三十餘日，自分必死，而幸得生，今身體尚軟弱，所須寫屏幅，尚未能書，須後月書寄。（〈與齊梅麓〉，頁 32）

鼐春初苦疝發，第三子病下血甚危，今幸癒矣。而賤目昏眊彌甚，非素紙不能作書，腰膝加輭，精神耗竭，決於秋間歸里，已告菊谿先生，辭此講習矣。（〈與汪稼門〉，頁 168）

綜上所述，可以得知姚鼐的身體狀況非常不理想。雖然並非是絕症或難以根治的疾病，但對於專注於講學與著作以謀求溫飽的姚鼐而言，這些症狀仍造成許多日常生活上的不便，既而連帶影響心理健康。姚鼐就時常對這些病症表現出悶悶不樂之感，而有「無可如何」之嘆：

鼐益衰敝，疝病竟不可除，亦無可如何也。（〈與嚴半愚〉，頁 159）

弟託居江寧，諸如故狀。惟左目昏眊，作字較難，此老態之增，亦無可奈何事也。（〈與汪稼門〉，頁 16）

鼐入夏以來，殊不能佳，故是老病日臻，其奈之何。（〈與方植之〉，頁 184）

不過在人的一生中，不論歷經多少歲月，終究仍會體會到生命的萎凋是一種必然的常態：「有不變者常無他。」〔註13〕這樣的宿命既無法抵禦，也無能逆轉。在認知「衰老」是生命必經的過程之後，人們遂展現出截然不同的生命意識來面對此一人生「困境」以「醒覺並開展自我生命的另一段進步」〔註14〕。

〔註13〕〔清〕姚鼐：〈馬雨畊住相圖〉，《惜抱軒詩文集》，頁 491。

〔註14〕這裡借用柯慶明〈文學美綜論〉的文句，原句是：「正如作者在『創作』中透過語言的塑造，追求自己的生命意識的提升；讀者透過語言的領會，在『欣賞』中追求的，其實亦是一種自我生命的醒覺與開展。」詳見柯慶明：〈文學美綜論〉，《文學美綜論》（臺北：長安出版社，1983 年 5 月），頁 47。

在《尺牘》中，姚鼐即有這表現，並且可以劃分為兩種類型。一種是承認為生命的常態，用多種溫柔的方式接納以消解產生於疾病、衰老與貧窮而生成的負面情緒。例如以「期望」的方式面對：即便身衰體弱，身為文人的姚鼐，仍期望能在有生之年見到晚生後學在文壇有豐碩的成就：

> 鼐衰弊日甚，絕不能讀書。目昏極苦作字，為將去之陳人，所企望，惟斯世之英少而已。(〈與張阮林〉，頁 185)

> 衰病欲盡之年，固樂聞海內之有賢俊耳。(〈與陳碩士〉第六十篇，頁 104)

又如「戲謔」，以嬉笑自嘲的方法削減了對話中的沉悶，以達到緩解對方的憂心與自娛娛人的效果：

> 賤體率如故狀，惟不能復讀書。真「飽食終日，無所用心」也。(〈與鮑雙五〉，頁 61)

> 祇是精神疲敝，每日瞌睡時多，「朽木糞土」，不可自克矣。(〈與鮑雙五〉，頁 63)

或如「轉移」，認為自己能待在人世的時間不多了，那就希望能與收信者相聚，邀請在書院見面、聊天，稍微舒緩並轉移因獨居時無人陪伴的落寞而產生的消極情緒：

> 十一月初赴六安州，為修志書，臘底當歸。書云「入都時，擬見過」，極喜。垂老更得一相見，真所願，須必得果耳。(〈與陳碩士〉第三十三篇，頁 91～92)

> 吾今年晝食夜眠，似無異去歲，而精神則大減矣。甚思對石士一談，不知天假之緣，石士便得江南一差否乎？(〈與陳碩士〉第五十五篇，頁 102)

此二篇分別於七十二歲與七十七歲時所寫，而這時的陳用光正於京城任職編修。師徒二人相隔遙遠，遂發想念之情。不過「轉移」有時會顧慮對方的難處與便利，即便相聚千里，無法在離世前相見，亦不以此為遺憾。對姚鼐來說，相識已經是莫大的緣分了，珍惜通信的機緣已足夠，不必強求對方見最後一面：

> 鼐近體弊目昏，大不及去年相見時，正如就夕之日，其行乃彌速也。下年便棄去，庶歸骨於故山耳，與三兄恐無見日。「太虛為室，明月

為燭」，與四海賢豪相遇於空寂光中，亦不必以長別離為憾矣，吾兄
以謂然乎？（〈與楊春圃〉，頁 24）

甚如「分享」，分享家中的喜事，體會到新生命的誕生、家族成員平安健在的
歡喜，享受家庭帶來的溫暖與天倫之樂，亦能暫時忘卻身體的病痛：

鼐秋初瘇下數日，又遭賊偷，今病雖癒，猶未復元，而貧乃甚矣……
衡兒尚居里中，舍間三月於鐵門葬舍弟，而五月遂得一姪孫，妄意
又欲自誇矣，奉聞發一大笑也。（〈與胡雛君〉，頁 39）

鼐近仍主敬敷書院，年七十四矣。精神日衰，惟齒未脫，視聽亦漸
壞，而髮之脫最甚。膝下三子四孫，皆平安，差可喜爾。（〈與周希
甫〉，頁 55）

冬末，鼐自皖歸家，持衡亦自淮上辭館而旋。小男雉乃生一子，此
差可喜。賤狀固衰老，然尚平安。（〈與鮑雙五〉，頁 60）

這四種方式雖然並非全部，但已可以看出姚鼐於其中的心境轉換。顯然認知到
沉湎於時間流逝、體衰身弱的哀感中是無濟於現實生活的。唯有掌握生活中僅
存的快樂，生存的過程才會有更清晰的目標。這些轉念，雖然無法延緩身體的
衰老，卻能避免心靈的狀況無限沉溺。因此，透過對後進的「期望」、自我的
「戲謔」、目光的「轉移」與生命喜悅的「分享」，消融了生命中的「困境」感
受，即是一種「生命價值的正面積極的肯認」〔註15〕。

但有的時候，面對生命的曲折，不論是被動的重擔或自選的承受，不可能
完全將正面積極的態度一以貫之。實際上，人面臨情緒波動時，多會有消極、
沉悶、脆弱、無力抵抗的心情。正所謂「情集交悲歡」〔註16〕，人生是悲喜的
反覆交疊，即是此理。

因此，姚鼐面對生命與身體的衰老所興發的另一種意識，即是以「衰老」
為出發點，疊加多種生活環境中的不悅因素，以致陷入「地有千秋感，人傷垂
老魂」〔註17〕的自怨自艾，宛如無底無盡的負面情緒的漩渦之中。

依其程度可以分為輕微與嚴重。較輕微者，情緒表現為失落、難過，多半
是因為「家人、好友、弟子不在身邊」而導致「生活少有可對談解憂的人」所

〔註15〕柯慶明：〈《我只是一只粉筆》：葉慶炳先生散文小識〉，《柯慶明論文學》（臺
北：麥田，城邦文化出版社，2016 年 7 月），頁 379。
〔註16〕〔清〕姚鼐：〈偕一青仲郛應宿登城北小山至夜作〉，《惜抱軒詩文集》，頁 408。
〔註17〕〔清〕姚鼐：〈天門〉，《惜抱軒詩文集》，頁 578。

造成的孤寂感，例如：

> 鼐今歲尤衰，左臂筋痠痛，至踰半年不得癒，相見無期，遠望悵悒
> 而已。（〈與魯山木〉，頁 28）

> 三月初八日，始自家動身來南京，精神殆更不如舊年。又相好者率
> 皆遠別，目前鮮可與言之人，極使人不樂耳。（〈與胡雒君〉，頁 38）

甚至對於書院的學生少來對談有抱怨之言：

> 鼐固昏眊，然尚能步履，亦樂與少年談說。而院中諸生，肯來就談
> 者，乃絕少。士不說學，使人有閔子馬之歎，老翁亦深以自媿。（〈與
> 鮑雙五〉，頁 60）

交談是情感交流的基本需求之一，不論是交換意見、知識甚至是情感。面對面的交談富含表情、語氣與肢體動作。充滿質量、內容與情感的交談能抒發情緒、整理思緒且暫時忘卻憂愁。對姚鼐這「獨居老人」而言，渴望的正是與親近的人有幾次交談的機會，並期望在短暫且歡愉的對談情境中，忘卻自身已經衰老的事實。

另外，「傷懷」亦是姚鼐的另一種負面情緒。懷念已經離世的年齡相近的好友舊識，並對於自己仍獨自受苦於衰老病軀而苟活於世，感到「茫茫後死獨傷心」〔註18〕：

> 鼐近來作文字甚少，終是有衰態……衡兒已回家，雉兒當來此伴度
> 歲，尚未至。今正寂如僧房矣。既無人共語，亦不復能讀書，默坐
> 終日。朝食則飯，晡食則粥，其脾衰亦似簡齋（袁枚）之暮年。正
> 以無厚味之傷，故不似其常泄瀉耳。（〈與陳碩士〉第四十三篇，頁
> 97）

> 至賤體已極衰，惟齒牙未脫，尚能行步耳。往昔故人晨星略盡，天
> 末相望，能無悵乎？（〈與張寧世〉，頁 170）

在《尺牘》中，將自己的病情以平淡坦然的方式聯想朋友離世前也有的相同的病癥，於是現世中的倖存者與離世的對象就有了友情以外的關係連結。即便雙方陰陽相隔，卻因為生命中皆有相似的經驗，關係比以往更顯緊密：

> 鼐近苦脾泄，間止間作。老人火衰，極是不佳之候。簡齋亡前三四
> 年，正如此。（〈與陳碩士〉第二十五篇，頁 88）

〔註18〕〔清〕姚鼐：〈臨江寺塔〉，《惜抱軒詩文集》，頁 563。

這些消極的回憶與哀嘆雖然讀來令人辛酸，卻帶有安慰收信者或在世親友的意味，亦提醒對方在將來也可能遇到相同的生命困境，而給予一則屬於自身經驗的溫柔示範並引以為戒。

而較嚴重的情緒反應，出現在姚鼐重病後至離世前之間的短暫時光。這時的姚鼐因病軀無法處理日常事務，甚至無力接待遠來訪客的慰問，並對這樣的身體狀態深感厭倦與對萬事消極：

> 弟此番病後，已譬既死之人，凡人間一切事，皆不復問。凡有來相告者，如告木石，斷不問之。至作字艱難之至，僅作此以復吾兄。其餘一切惠書者，皆不能答，吾兄告之，祈其相諒可矣。（〈復馬雨畊〉，頁 51）

反覆的生病以及終日臥床的無所事事，易使人妄自菲薄、自暴自棄，遂變得不避諱死亡的話題且視為無物：

> 鼐近體弊目昏，大不及去年相見時，正如就夕之日，其行乃彌速也。下年便棄去，庶歸骨於故山耳，與三兄恐無見日。（〈與楊春圃〉，頁 24）

但即便遭遇此境而已置生死於度外，甚至預測來日無多而早備妥葬地，表現出看似豁達的心態，姚鼐仍是有數件掛心之事而無法完全放下，例如家人與家事。使得日薄西山的生命似有一線欲繼續生存下去的希望：

> 我離家才五月，其中乃聞南寧之喪。加以馮姪之戚，運氣衰否。哀感疊臻，此豈人生所堪值邪……衡兒學問，殊不長進，今秋亦未令其入場。從我在徽，今復隨歸。我必欲於今冬葬墳，至於得地與不，此自屬天數，非人力所能為也……我任徽州，夏間曾病瘴瘧，今亦無甚病。而精神自覺不支，真成老翁。生死且置之度外，但欲數樁心事得了畢耳。（〈與馬魯成甥〉，頁 139）

> 我去年買得老牛集王氏竹林莊地，去鐵門四里。昨竟取得蟹黃佳土，明春決於此地安葬……吾已將十一弟及馮兒夫婦葬於鐵門，便為伊終身大了結，痛何可言。吾亦衰憊之甚，未知於世當有幾歲月。而此身應辦之事，未得了當者尚多也。（〈與馬魯成甥〉，頁 141）

雖然這生存希望看似是生活中的無奈，但也顯現出姚鼐對家人與親朋好友深刻的愛護與情誼，並且成為姚鼐自認悲苦餘生中少有的支撐。

整合來看，《尺牘》中所表現姚鼐中晚年的身心風景雖不至疾痛慘怛，但

也可謂是淒風苦雨。不過,在面對身軀日漸衰老,精神萎靡,瘧疾、疝氣與腹瀉等病症叢生,生命必經的苦痛百態時,姚鼐亦能清楚看出自身僅存而能把握與珍惜的事物。例如仍健康倖存的親族、家庭新生命的誕生、約期相會的好友與學生,以及自身心態的選擇,這些轉念皆使得中晚年的生活不會純然只是「寒蟬哀雁共吟秋」〔註19〕的怨嘆,同時也可以看出長者成熟的胸懷。

二、「貧而能守善」〔註20〕的經濟情況

金錢的發明,雖然促進人類社會的進步,但也以其能換取物質而滿足慾望的交換性質,弭平了物品的個殊與價值,使得金錢在人類的發展演進中引起、產生許多的悲劇,諸如對金錢的貪婪渴望、對他人財產的忌妒憤恨以及將金錢視為事物情理的衡量尺度等等。這些悲劇使得金錢的存在無疑成為人類的「兩大煩憂」〔註21〕之一,它既能促使鬼推磨,也能以其逼死英雄。

因此,在煩憂之下,個人對於生活中的金錢使用,除了是直覺的金錢觀表現之外,亦是金錢與生活兩者之間的平衡權量的個人情志之反映。在《尺牘》的書寫題材中,即有姚鼐的經濟情況與金錢觀,能藉此來窺看姚鼐的性情。

姚鼐後半生平的經濟情況,雖然並非是極端的富比陶朱或貧無立錐,但追著金錢而跑的日子倒也不少。四十四歲時以「乞病歸」〔註22〕為由主動辭去四庫館的職位,依清朝政府論令,以「年老、有疾者」退休可根據「著令

〔註19〕 〔清〕姚鼐:〈往與長沙郭昆甫遊歷城西見小千佛寺菊花甚盛昨復過其處殘菊無幾寺僧亦亡是時昆甫歿一年矣適竹君又次前韻來勉僕為學辭意甚美中頗念及昆甫並吾鄉孫汝昂余感其事因更答之〉:「寒蟬哀雁共吟秋,雖有新詩向誰諷」。詳見〔清〕姚鼐:《惜抱軒詩文集》,頁415。

〔註20〕 〔清〕姚鼐〈記江寧李氏五節婦事〉:「文采生平嘗憫五節婦之遭,欲為之紀。文采沒,子際春從鼐學,以告鼐。鼐謂五人者,貧而能守善,皆可褒,而文采之恫其窮而欲著其名義,併可稱也。因為之錄云。」詳見〔清〕姚鼐:〈記江寧李氏五節婦事〉,《惜抱軒詩文集》,頁218。

〔註21〕 蓋博瑞斯〈錢幣的興起與式微〉:「錢幣是一件很簡單而奇特的東西,它與愛同為人類快樂的兩大泉源,同時也和死亡並列為使人類焦慮的兩大因素。」詳見蓋博瑞斯(John Kenneth Galbraith)著;杜念中譯:〈錢幣的興起與式微〉,《不確定的年代》,(臺北:聯經出版,1986年二印),第六章,頁191。

〔註22〕 〔清〕吳德旋〈姚惜抱先生墓表〉:「三十六年辛卯,充會試同考官,遷刑部廣東司郎中,充四庫全書館纂修官,記名御史,年餘乞病歸。自是歷主講梅花、敬敷、紫陽、鍾山各書院,凡四十餘年。」詳見〔清〕吳德旋:〈姚惜抱先生墓表〉,《初月樓文續鈔》,詳見清代詩文集彙編編纂委員會編輯:《清代詩文集彙編》(第四百八十六冊)(上海:上海古籍出版社,2010年12月),頁171。

休致」〔註23〕的規定領半薪。假設以姚鼐任職四庫館纂修官的前一職位「刑部廣東司郎中」來看，郎中一職屬於正五品，順治十三年（西元 1665 年）後，正五品的俸祿為八十兩〔註24〕。若姚鼐領半薪，則為四十兩。加上姚鼐於桐城故里有田收租賃，而書院旁能種田維生，多餘的可以糶出，以及書院每月有五十兩的束脩收入〔註25〕。加總的九十兩以及額外收入，實際上已經高於正四品官的全薪。

在乾隆初，一兩銀元能換得七百左右的文錢，但至嘉慶之後，升至一千以上。錢泳的《履園叢話》曾有紀錄當時的銀元文錢比：

> 至於銀價，乾隆初年，每白銀一兩換大錢七百文，後漸增至七二、七四、七六至八十、八十四文。餘少時每白銀一兩，亦不過換到大錢八九百文。嘉慶元年，銀價頓貴，每兩可換錢一千三四百文，後又漸減。近歲洋錢盛行，則銀錢俱賤矣。〔註26〕

可以得知銀元在乾隆末期是大幅的升值，而文錢是貶值。另一方面，民生物價在乾嘉時期也有大幅度的升漲。以最具代表的米來說，「乾隆年間因人口增加形成米糧不足，造成米價騰貴」〔註27〕，「1 升米不過 6、7 文，到乾隆末年，1 升米漲至 30～40 文。五十年間糧價上漲 5、6 倍，人民生計日益艱難。」〔註28〕。加之耕種「田土並無同比例的增加，是以雖遇豐年，米價亦不甚減」〔註29〕，使得百姓生活日趨困難。

雖然在物價奔騰的環境，姚鼐仍有不錯的薪俸。但在《尺牘》中，卻可見姚鼐多次向對方述說或抱怨自己的經濟處境：

〔註23〕黃惠賢、陳鋒主編：《中國俸祿制度史》（武漢：武漢大學出版社，1996 年 10月），第九章，頁 571。
〔註24〕詳見《中國俸祿制度史》所製的表 9-11〈清代文官俸祿定例〉，正五品與從五品同為八十兩，正四品與從四品同為一百零五兩。見黃惠賢、陳鋒主編：《中國俸祿制度史》（武漢：武漢大學出版社，1996 年 10 月），第九章，頁 541。
〔註25〕〔清〕姚鼐〈與馬雨耕〉：「鼐今年邑中田既無收，此間僅有稻九十石，而書院中月食五石零，計所蓄僅食止明年二月，而書院月用須四十金，束脩月五十金，萬不能除一半買米。今定於自十月起，上下俱日食一飯一粥，以待年豐米賤而後復舊。」詳見〔清〕姚鼐：〈與馬雨耕〉，《惜抱軒尺牘》，頁 182。
〔註26〕〔清〕錢泳：《履園叢話》（北京：中華書局，1979 年 12 月），頁 28。
〔註27〕鄭永昌：〈評介岸本美緒著《清代中國的物價與經濟變動》〉，《近代史研究所集刊》第二十八期（1997 年 12 月），頁 262。
〔註28〕丁光玲：〈清朝前期的人口增加與人口壓力〉，《復興崗學報》第 82 期（2004年），頁 408。
〔註29〕丁光玲：〈清朝前期的人口增加與人口壓力〉，頁 404。

> 衡兒十月署江都，臘月卸事，此缺近為累缺，加以兵差，遂令身有
> 未完矣，且挪扯度歲耳。吾今歲必回里矣，八十四五之人，豈應尚
> 作館哉。（〈與張兼士〉，頁188）

> 極思歸里一領教言，而尚以事累，不獲遽返。八十而作遠客，寧不
> 可傷乎？（〈與沈直夫〉，頁164～165）

對於自己應該處在「含飴弄孫」，不必擔憂金錢這種身外之物的來源的年紀，
卻仍然需要在書院任職以賺取養家的薪餉而感到有些無奈。

這樣的反差，詳觀原因，主要有二：第一是姚鼐在辭官任教至與世長辭的
這段時間始終為姚家的經濟支柱，以「家人」、「家長」的身分支撐家庭；第二
是姚鼐為姚氏宗族與後期桐城文人的精神支柱，前來依附的族人與仰慕姚鼐
的門生眾多，因此書院的學生漸多，但這些學生多為困苦人家，姚鼐必須以「師
長」、「族長」的身分給予他們一些援助，同時維持書院的運作。

以前者來看，姚家待養的家口眾多。從《尺牘》的時間算起，姚鼐有一妾、
三兒三女、三兒的妻妾、七孫與二曾孫〔註30〕，這些待養的壓力使得姚鼐有些
喘不過氣，偶有抱怨之言：

> 吾近平安。然精神終是乏竭。八十老翁辛苦執筆，以養一家之人，
> 常苦不給，豈不可傷邪？（〈與石甫姪孫〉，頁134）

另外，姚鼐的三位兒子，尤其最受姚鼐期望的姚景衡，不論是在薪資收入與為
家庭付出上均難以支持姚家的日常生活，不僅不能為姚鼐分憂，甚至讓姚鼐必
須分神而顧及他的處境對姚家的影響：

> 吾在南京平安。已與鹿鳴宴，然仍雷此過年，以衡兒未得缺，吾不
> 能便閒居耳。里中中式七人，而吾家無雋者，此亦莫可如何矣。（〈與
> 石甫姪孫〉，頁135）

> 吾始意衡兒得一印署，便回家去。今伊獨得有本班先用之奏，而未
> 得署事，吾只得更雷一年。身子衰憊，目昏骹亦軟，但尚能行耳。

〔註30〕〔清〕陳用光〈姚先生行狀〉：「先生始娶張孺人，前卒。生一女，適張元輯，
前卒。繼娶張宜人，生子二：景衡，壬子舉人，戊辰大挑知縣，今補泰興縣；
師古，監生。女二：長適張通理，次適潘玉。側室梁氏，生子一：雉，業儒。
孫四：晟芳、賜，景衡出；誦，師古出；樞，雉出。女孫三。曾孫一：聲；曾
孫女一，俱幼。」詳見〔清〕陳用光原作；許雋超、王曉暉點校；蔡長林校訂：
〈姚先生行狀〉，《陳用光詩文集》（上）（臺北：中央研究院中國文哲研究所，
2019年5月），頁48。

八十三四人，豈當久作客乎？（〈與石甫姪孫〉，頁 136）

這些負擔，亦使姚鼐必須付出更多心力以維持家庭的日常生活。而家口眾多，也導致平日生活的開銷甚大，姚鼐身為姚家的大家長，自然也就承擔了更多的責任，因而在金錢上常資助家庭成員的生活大事，如家人結婚，就必須給予幫助：

> 去歲令長孫娶婦，又為捐一堅下場，遂將老翁所積雷充送終之金全
> 費去。今以八十之年不能急歸，尚須作館以自給，豈不可傷耶。（〈與
> 香楠叔〉，頁 189）

這些外在困苦的因素，導致姚鼐在中晚年無法專心一意完成某些心願，如整理姚範的筆記。

而最常在《尺牘》中述說的，即是在金陵買房之事。姚鼐於七十五歲至八十五歲之間任教於江寧的鍾山書院。由於年事已高，身體不堪負荷往返於江寧與桐城之間的舟車勞頓，故興起在書院附近買房之意：

> 鼐今年已至皖矣。而四月為冶亭製軍遣人固邀來金陵，今既至矣。
> 卻便因此，思買宅為金陵人耳。（〈與陳碩士〉第三十九篇，頁 95）

最初，在〈與陳碩士〉中，即熱切地向陳用光分享意在南京買屋置田的未來規劃：

> 吾則定居於此，今已買一田供食米。明年衡兒攜其婦來，且住書院，
> 緩緩置屋。大抵買屋亦得千金乃穀耳。近狀大抵平安，略報不具。
> （〈與陳碩士〉第四十一篇，頁 96）

甚至為了籌錢，賣去身邊收集已久且珍貴的藏書名畫：

> 吾此數日內，盡取所藏法書名畫賣之，欲得千金，於此購一宅也。
> （〈與陳碩士〉第四十四篇，頁 97）

但是此計畫經過了數年卻沒辦法真正成行，姚鼐在後來的尺牘中遂有失落之感，甚至想放棄買屋之計而回到桐城終老：

> 鼐八月小有脾胃之病，今已癒矣。今年只在此過年，明年小雷，至
> 下半年擬辭去。買宅此間，計未易遂，不若歸沒仍在故鄉矣……京
> 居苦難於為資，然歸後又何以為計，此不可不思一長測。南京作居，
> 殊不易言耳。（〈與陳碩士〉第五十八篇，頁 103）

最後因為身體不能再承受長時間教書的勞累，且姚家沒有多餘的儲蓄能夠支持，姚鼐最終選擇忍痛放棄買屋的計畫：

衡兒攜其妾在江浦，吾擬今秋暫回家，明冬乃辭館去，不得早休，
良由老翁命苦故耳。至於南京買屋之計，則輟止矣。(〈與張兼士〉，
頁189）

姪本意託居金陵，然非千金不能買宅，營之數年卒不可得，而目昏
體敝日甚一日，明年八十四歲，安有仍作客之理？決計必歸去也。
(〈與香楠叔〉，頁190）

從其中的「不得早休，良由老翁命苦故耳」、「明年八十四歲，安有仍作客之理」
之語可以得知，放棄的原因仍是因資助親人而導致存款不足，道盡姚鼐的無奈
與身不由己。

　　而以後者來說，在姚範、劉大櫆相繼過世之後，姚鼐雖然退居書院以終，
但在這生命旅程中的著書與講學漸漸累積的文名，進而成為桐城派的支柱：

故退居四十餘年，學日以盛，望日以重。其初學者尚未知信從，及
既老而依慕之者彌眾。咸以為詞邁於望谿，而理深於海峰，蓋天下
之公言，非從游者阿好之私也。〔註31〕

有聲望之後，從姚鼐聽學、依附的門生與宗族成員也就愈來愈多，「依慕之者
彌眾」。但是這些門生與宗族並非都是平步青雲，衣食無缺。在依歸姚鼐的門
生與宗族中，少有如陳用光、姚瑩是在仕途上稍微順遂的，絕大多數人如梅曾
亮、方東樹、劉開、毛岳生與馬宗璉等人皆是半生坎坷。姚鼐就曾向同族的親
戚馬春田抱怨：

鼐思歸去，但憂無屋住耳。近書院修理極整齊，然三宿桑下之戀亦
陋也。吾兄何以為鼐決乎？依傍鼐住者固多，然八十老翁安能盡力
為此曹計哉？(〈與馬雨耕〉，頁180）

可見即使門生彌眾，但姚鼐仍然苦思於如何在束脩不足的情況下維持書院的
運作以及應付日常生活的開銷。這樣的窘境使得姚鼐必須在生活上處處精打
細算：

鼐今年邑中田既無收，此間僅有稻九十石，而書院中月食五石零，
計所蓄僅食止明年二月，而書院月用須四十金，束脩月五十金，萬
不能除一半買米。今定於自十月起，上下俱日食一飯一粥，以待年

〔註31〕〔清〕陳用光原作；許雋超、王曉暉點校；蔡長林校訂：〈姚先生行狀〉，《陳
用光詩文集》（上）（臺北：中央研究院中國文哲研究所，2019 年 5 月），頁
46。

豐米賤而後復舊。(〈與馬雨耕〉，頁 182)

甚至必須時常關心民生物價，想盡辦法在生活中減少一些額外的開銷。例如
《尺牘》中常見得姚鼐對米價漲跌的重視：

> 久晴，初一日一雨，於麥頗有益，然須更得一雨以繼之乃佳耳。米
> 價昂貴，殊令人愁。奈何奈何。(〈與馬雨耕〉，頁 179)

> 安徽、江西一路，時和年豐，米價大減，此則吾兄與弟等所共快者
> 也。(〈與陳約堂〉，頁 72)

不過即便生活是等米下鍋之貌，姚鼐仍會關心門生們的生活狀況並給予實質
上的幫助。除了向京城的舊友引薦做幕僚之外，亦在經濟上提供綿薄的資助。
在陳用光的〈姚先生行狀〉以及毛岳生的〈姚先生墓誌銘〉即有這樣的記載：

> 先生既歲主講書院，所得束修及門生羔雁、故舊贈遺，以資宗族知
> 交之貧者，隨手輒盡，毫髮不為私蓄計。〔註32〕

> 性仁愛，雖貧乏，樂贍姻族。〔註33〕

可見生活雖然處得辛苦，姚鼐卻仍對親族與門生照顧有加。

整合以上兩點可見，《尺牘》中姚鼐的中晚年生活顯得清貧且勞碌。但是，
儘管姚鼐處在「負擔汗楨賤且勞」〔註34〕的艱苦環境，卻不因此狂熱的追求金
錢以滿足侈靡的生活，或將金錢視為世間的價值衡量的唯一量尺，又或是走向
價值觀的趨利逐富或苛刻吝嗇的兩極化。對姚鼐而言，經歷過童年的「其時家
貧甚」〔註35〕，青年的「走昔少年時，志尚在狂狷。希闊古哲人，奮學乃所願」
〔註36〕，進士中舉後再到中年決絕辭官的「披我故時裘，浩歌出皇京」〔註37〕，
這樣的性格、成長背景與人生經驗，揭示了金錢始終不是其追求的生命目標或

〔註32〕 〔清〕陳用光原作；許儁超、王曉暉點校；蔡長林校訂：〈姚先生行狀〉，《陳
用光詩文集》(上)(臺北：中央研究院中國文哲研究所，2019 年 5 月)，頁
47。

〔註33〕 〔清〕毛岳生：〈姚先生墓誌銘〉，《休復居文集》，詳見清代詩文集彙編編纂委
員會編輯：《清代詩文集彙編》(第五百七十冊)(上海：上海古籍出版社，2010
年)，頁 176。

〔註34〕 〔清〕姚鼐：〈題唐人關山行旅圖〉，《惜抱軒詩文集》，頁 466。

〔註35〕 〔清〕姚鼐〈亡弟君俞權厝銘〉：「先贈大夫三子：長鼐，次訏，次鼎。訏字君
俞，幼於余八歲。嘗以一鐙環坐三人而讀書，其時家貧甚，中夜余歎以為聚讀
之樂不可得而長也，君俞聞而悲獨甚。」詳見〔清〕姚鼐：〈亡弟君俞權厝銘〉，
《惜抱軒詩文集》，頁 182。

〔註36〕 〔清〕姚鼐：〈贈侍潞川〉，《惜抱軒詩文集》，頁 428。

〔註37〕 〔清〕姚鼐：〈阜城作〉，《惜抱軒詩文集》，頁 463。

終點，而是「仰慕古人之誼，而竊好其文辭」〔註38〕這種更高的人文價值與藝術。

　　因此，不論在《尺牘》中面對的是自己的窮苦或對方的清寒，姚鼐皆抱持同情共感的態度，並教導正面的價值觀——「耐心等待」時機和對環境「甘之如飴」，並以此做為鼓勵對方不向金錢匱乏的逆境屈服，才是姚鼐認為一位士大夫該有的正確心態：

> 處今日而貧乏，殆無術可免，止有耐心而已。（〈與鮑雙五〉，頁60）

> 知京邸亦甚苦，然貧乏乃今日士大夫所同。惟甘淡泊者，則處之裕如。鄙人以此自勉，亦以奉勉而已。（〈與鮑雙五〉，頁60）

同時符應晚年的自號：「惜抱」——「若不委窮達，素抱深可惜」〔註39〕，努力抵禦世間的惡意、金錢的貧乏與社會的為難，以維持身為儒者的自尊與自信。

三、「文章作滿家」〔註40〕的受託代筆

　　「受託代筆」是《尺牘》中一項特殊的書寫題材。此事起因於姚鼐的性格「喜導人善，汲引才俊，如恐不及，以是人益樂就而悅服」〔註41〕、與人應對上「接人極和藹，無貴賤皆樂與盡歡，而義所不可，則確乎不能易其所守」〔註42〕，又姚鼐為文成名甚早〔註43〕，故不論是在京城為官或書院講學期間，都累積了

〔註38〕〔清〕姚鼐：〈汪進士輝祖書〉，《惜抱軒詩文集》，頁89。

〔註39〕〔南朝宋〕陶淵明原著；溫洪隆注譯；齊益壽校閱：〈飲酒十五〉，《新譯陶淵明集》（臺北：三民書局，2012年11月），頁177。

〔註40〕〔清〕姚鼐：〈簡齋年七十五腹疾累月自憂不救邀作豫輓詩〉，《惜抱軒詩文集》，頁574。

〔註41〕〔清〕姚瑩著，沈雲龍主編：〈朝議大夫刑部郎中加四品銜從祖惜抱先生行狀〉，《中復堂全集·東溟文外集》（新北：文海出版社，1974年），頁256。

〔註42〕〔清〕陳用光原作；許雋超、王曉暉點校；蔡長林校訂：〈姚先生行狀〉，《陳用光詩文集》（上）（臺北：中央研究院中國文哲研究所，2019年5月），頁46。

〔註43〕周中明《姚鼐研究》：「王禹卿在他的《精校王夢樓詩集·自序》中說：『……姬傳深於古文，以詩為餘技，頗能兼杜少陵、黃山谷之長……。』可見此時姚鼐已以『深於古文』聞名。」王禹卿的自序是指姚鼐赴京趕考的期間，此時姚鼐二十四歲。又周中明《姚鼐研究》：「朱公（朱倫瀚）及其子（朱子穎）皆地位顯達，不請已經考中進士，並同為朱子穎好友的朱筠、王文治，而請五試進士皆落第的姚鼐作墓誌，可見姚鼐當時已頗具文名。」此時姚鼐三十歲。詳見周中明：《姚鼐研究》（合肥：安徽大學出版社，2013年5月），頁103、107。

不少詩朋文友或慕名追隨的門生。因此在《尺牘》中常可見姚鼐受託為人捉刀代筆。

　　姚鼐對於這些文友與門生的代筆請託的回應多半抱持著來者不拒與盡心盡力的態度。即便作文期間偶有身體狀況不佳，或煩心之事甚多的情況發生，姚鼐也會不辭辛勞地完成所託，以一絲不苟的作文態度，完成一篇又一篇的美文佳作。因此「受託捉刀」在《尺牘》中遂成為一項能瞭解姚鼐交際為人與作文態度兩種生命面向的研究主題。

　　請託姚鼐作文的文體以序文與墓誌銘為主。以序文來說，其具有「以推論本原，廣大其義」〔註44〕、「他人之著作，序述其意者」〔註45〕、「序者，所以序作者之意，謂其言次第有序，故曰序也」〔註46〕的文體特性，能夠確立一篇或多篇作品的意旨與討論範圍。故序文的作者不論是作品的作者或與作者關係密切、研究作者的他人，對於作品本身具有「權威」〔註47〕的解釋，足以帶領讀者的看法、作品在未來的走向以及日後研究者的認識，重要性不言而喻。因此將作品的序文託於他人而作，既是大膽的決定，亦是對受託者的內涵與能力信服的表現。

　　從這個方向以及姚鼐在《尺牘》中的回信來看，顯然姚鼐深知序文以及受託作序的人際關係的意義，同時在序文多是朋友請託的情況下，因而時常表現出戒慎恐懼、如履薄冰般的情感反映與作文態度：

> 《西魏書》雖未獲捧讀，然其言真天下萬世之公論。三長之中，已見其識矣。序例極為允協，命鼐序首，殊非所任。坿名其間，則又所甚願。但鼐甫度禪纖，神志猶耗。欲俟精神少佳時執筆，且俟尊刻已成，一展誦卒業可也。（〈與謝蘊山〉，頁 10）

〔註44〕〔清〕姚鼐：〈古文辭類纂序〉，詳見〔清〕姚鼐輯；王文濡評註：《大字本評註古文辭類纂》（上冊）（臺北：華正書局，2000 年 8 月），頁 5。

〔註45〕〔清〕曾國藩編纂；孫雍長點校：〈經史百家雜鈔序例〉，《經史百家雜鈔》（上冊）（長沙：嶽麓書社，2008 年），頁 1。

〔註46〕〔南朝梁〕任昉撰；〔明〕陳懋仁註：《文章起源注》（臺北：中華書局，1985年），頁 10。

〔註47〕柯慶明〈「序」「跋」作為文學類型之美感特質〉：「……因而，這些『序』的作者與既有文本，或文本的作者，皆有特殊的關連；或為作者本人，或為相識，或為編選刪定的主導者。從『作者』作為『作品』意旨之決定者的信念出發，則由於他的身分，以及撰述的口吻（voice），顯然對於文本的解釋，就有了不同層次的權威。」詳見柯慶明：《古典中國實用文類美學》（臺北：臺大出版中心，2016 年 3 月），第二章，頁 61。

> 大著《西魏書》，祈電侍處，捧讀旬時。序文容盡讚陋撰成呈誨。（〈與
> 謝蘊山〉，頁 11）
>
> 承命作序已就，便冠良史之首，惶悚惶悚。（〈與謝蘊山〉，頁 11）
>
> 擬一序並繳呈，未知堪用不？才弱恐不能盡發揮鴻章勝處，然似亦
> 略其髣髴矣。（〈與謝蘊山〉，頁 11）〔註48〕

姚鼐與謝啟昆相交甚久，自然知曉《西魏書》是謝啟昆的代表著作，因此在情
感與職業道德上自許容不得半點疏忽。但是為了避免在交流的言詞上過於客
氣矯情，因此選擇謙虛地向對方說「殊非所任」、「惶悚惶悚」與「才弱恐不能
盡……」等等的禮貌用語，同時透露客觀條件「甫度禫纖，神志猶耗」的難為，
以減輕對方的期待與心理壓力。同樣的例子還有曾為四庫館同事的康基田：

> 前承賜書，令撰《晉乘蒐略》序，鄙陋安能以文冠大著？慚悚未敢遽
> 下筆。又以鄉試，親友來者紛如，幾無須臾之暇，今因諸人入闈，乃
> 屬筆草一序文，殊不足以發揮閣下之盛美，聊以盡區區之意而已。今
> 錄稿上呈，不識便堪用不，幸誨示之。（〈與康茂園〉，頁 23）〔註49〕

「鄙陋」、「慚悚」、「不足以發揮閣下之盛美」、「盡區區之意」是謙虛禮貌之
詞，「鄉試，親友來者紛如，幾無須臾之暇」是客觀條件的無可奈何。故在行
文上，接受朋友、他人的委託，道盡自己的處境並謙虛接受，消彌了因委託
內容而產生的嚴肅與神聖，進而拉進自己與委託者之間的距離，即在尺牘上
表現出「尚友誠多遜」〔註50〕的友情理想。

　　而以墓誌銘來說，其所具有「歌頌功德，其用施於金石」〔註51〕、「後世
聞而慨慕之」〔註52〕、「昭德紀功，以示子孫」〔註53〕的文體特性，與序文相
同，均是希望能將記載的人事流傳千古的性質，但是墓誌銘的目標是集中在書
寫個人的品德行事與性格命運，因此它的文學觀念更趨近於「標序盛德，必見

〔註48〕 此四處的序文是指姚鼐的〈西魏書序〉，詳見〔清〕姚鼐：〈新城陳君墓誌銘〉，
　　　　《惜抱軒詩文集》，頁 35。

〔註49〕 此處的序文是指姚鼐的〈晉乘蒐略序〉，詳見〔清〕姚鼐：〈新城陳君墓誌銘〉，
　　　　《惜抱軒詩文集》，頁 252～253。

〔註50〕 〔清〕姚鼐：〈銷暑〉，《惜抱軒詩文集》，頁 561。

〔註51〕 〔清〕姚鼐輯；王文濡評註：〈古文辭類纂序〉，《大字本評註古文辭類纂》（上
　　　　冊）（臺北：華正書局，2000 年 8 月），頁 19。

〔註52〕 〔清〕姚鼐：〈包氏譜序〉，《惜抱軒詩文集》，頁 39。

〔註53〕 〔東漢〕蔡邕：〈銘論〉，詳見〔清〕嚴可均校輯：《全上古三代秦漢三國六朝》
　　　　（第一冊）（北京：中華書局，1958 年 12 月），卷七十四，頁 876。

清風之華；昭紀鴻懿，必見峻偉之烈」〔註54〕。這也導致墓誌銘的影響所及，
不同於序文限定在「單一作品的作者」，而是藉由一位已逝者的事蹟，影響一
個家族或整個氏族能否名留青史，使後人高山仰止，或是身歿名滅，萬代唾罵
的關鍵所在。這在重視家族名聲的中國古代社會中極其重要。

　　因此有別於序文「真實的述說」，雖然在態度上必須恭敬，但能在筆勢上
單純、寫意：墓誌銘獨有一種「嚴肅的真實」。這項特點，即在《尺牘》中有
所呈現。由於墓誌銘需要已逝者的籍貫、姓名字號等個人資料，因此姚鼐就曾
多次向請託者索求，以避免書寫上的錯誤：

　　今撰尊大人誌銘成，鈔寄觀之，似便可用邪？其間有應填之字，望
　　填清，更鈔一本見寄，抑或便於京師刻一編以送人乎？（〈與汪世兄〉，
　　頁32）〔註55〕

　　令五叔所託作令十三兄志銘，苦未寄行略來，以意所知者為之，想
　　亦不過如此。而不知其字，及其妻子姓名，中之科分，死之年月，
　　故其文空若干字，煩石士填之。其有須改者，便逕為竄易。更望鈔
　　一定本見寄。（〈與陳碩士〉第三十六篇，頁93）〔註56〕

墓誌銘中可以就自身的立場與關係來評判已逝者的生前事蹟，但是基本的資
料容不得一點疏誤，那既是對已逝者的不敬，也是對請託者的侮辱，因而不得
不審慎處理。

　　另外，請託作墓誌銘的人多半是已逝者的親人家屬，這使得姚鼐在《尺牘》
中答應為他們作文後，即便身子欠佳，意識到此項責任重大且繁忙，仍然向已
逝者與請託者分別致上欣慰與致敬其孝心的意味：

　　為尊大人撰墓銘，已具稿，於愚心犧盡矣，未知於孝子之意，頗稱
　　不？（〈與魯習之〉，頁35）〔註57〕

　　承命為贈公大人撰造誌銘，鄙陋本不足言文，加以昏眊，舊學遺忘

〔註54〕〔南朝梁〕劉勰著；王更生注譯：《文心雕龍讀本·誄碑》（上冊）（臺北：文
　　　　史哲出版社，2004年10月），頁207。

〔註55〕此處的墓誌銘是指姚鼐的〈禮部員外郎懷寧汪君墓誌銘〉，詳見〔清〕姚鼐：
　　　　〈禮部員外郎懷寧汪君墓誌銘〉，《惜抱軒詩文集》，頁361～362。

〔註56〕此處的墓誌銘是指姚鼐的〈新城陳君墓誌銘〉，詳見〔清〕姚鼐：〈新城陳君墓
　　　　誌銘〉，《惜抱軒詩文集》，頁354～355。

〔註57〕此處的墓誌銘是指姚鼐的〈夏縣知縣新城魯君墓誌銘〉，詳見〔清〕姚鼐：〈夏
　　　　縣知縣新城魯君墓誌銘〉，《惜抱軒詩文集》，頁193～195。

殆盡，豈足以任章表之事。第以大孝相屬之殷，安敢辭委。勉綴一篇，殊恐敘述失當，不知果堪以鑴誌不？謹錄一稿上呈，惟聽裁酌用不。（〈與胡果泉〉，頁 151）〔註58〕

今世兄乃以尊大人藏幽之銘，委之撰著，遠將書幣，情辭摯深。鄙陋於文事，實無足稱，而海內君子或過與之，良可愧赧。又不知大葬時日，恐其需速，亟為草成一本，今寄上。其間有年譜所未及載者，旁聞得之以廣懿美，其文不識便堪用不？（〈與徐世兄〉，頁 151）〔註59〕

不論姚鼐究竟是否能全然掌握已逝者的生平事蹟以「選言錄行」〔註60〕，在《尺牘》中面對「孝子」、「大孝相屬」之人與「情辭摯深」的文辭委託時，回應他們的真情實意，為其作文反倒成為了次要目標。

綜合以上兩種託人作文的文體的回應，可以看出姚鼐在《尺牘》中因對方的盛情難卻以及交友關係的互惠上多半接受並完成請託者的期望，儘管有時表現出謙虛與客觀環境的困難貌，但仍會盡心盡力為他人完成各式作文的需求。不過有趣的是，姚鼐亦有抱怨、厭煩這些「應酬文字」邀約的時候，甚至想勞請他人為其代筆。在與馬春田的尺牘中就表露出這樣的心情：

所諭為令嫂壽文，鼐不敢辭，亦不敢許，今年精神大衰，實難屬思為文，此後或遇人大好時，或高興執筆，而不能勉強。近略靜坐便打瞌，似大勞碌神氣，應酬文字豈可勞心。若得一人代筆，但用賤名，則大妙也。（〈與馬雨耕〉，頁 180）

可見這些多如牛毛的人情邀約與請託已成為中晚年姚鼐的困擾之一，甚至希望有「一人代筆」而「但用賤名」，即可避免「辛苦作鈔胥」〔註61〕。不過，雖然姚鼐口中抱怨這些邀約「勞心」又「勞碌神氣」，但亦可從中看出其作文時一絲不苟、費盡心思的認真態度，以及受託時為人為徹的道義精神。

〔註58〕 此處的墓誌銘是指姚鼐的〈贈奉政大夫刑部郎中南昌縣儒學教諭鄱陽胡君墓誌銘〉，詳見〔清〕姚鼐：〈贈奉政大夫刑部郎中南昌縣儒學教諭鄱陽胡君墓誌銘〉，《惜抱軒詩文集》，頁 391～393。

〔註59〕 此處的墓誌銘是指姚鼐的〈太子少保兵部尚書總督江南河道提督軍務兼右副都御史徐公墓誌銘〉，詳見〔清〕姚鼐：〈太子少保兵部尚書總督江南河道提督軍務兼右副都御史徐公墓誌銘〉，《惜抱軒詩文集》，頁 381～382。

〔註60〕 〔南朝梁〕劉勰著；王更生注譯：《文心雕龍讀本‧誄碑》（上冊）（臺北：文史哲出版社，2004 年 10 月），頁 206。

〔註61〕 〔清〕姚鼐：〈傭學成書〉，《惜抱軒詩文集》，頁 655。

第二節　家國關懷

　　中國傳統大多數的士大夫與文人在政治意識的關心程度上可以區分為二種，一是積極的關心，將「以天下為己任」奉為生命的圭臬，努力在宦途上求功進取以達到國泰民安的心願。在他們的文化血液裡蘊含著「一言而可以興邦」〔註62〕的政治夢想與動力，是為「仕」。二為消極的關心，避開政治和人謀的算計與妥協，藏在自適悠閒處旁觀官場的一切，即便「心憂天下」仍不輕易「出仕」，並以著作樹德、名山事業為重，是為「隱」〔註63〕。若以這樣的區分來檢閱《尺牘》的家國關懷與政治意識，可以顯見姚鼐在其中的許多表現是偏向消極的「隱」。例如在〈與汪蕘林〉中，就有非常明顯的消極情感：

> 寂寞郎署，仕宦之味，大抵如斯。隨行逐隊，以聽遷擢之自至而已。
> 　（〈與汪蕘林〉，頁 30）

這種表現的原因在於時序上，《尺牘》收錄的時間是姚鼐辭官後的中晚年。而這時的姚鼐，早已因為官場現實而「絕意仕宦，盡其才以為文辭歌詩」〔註64〕，消磨了早年意圖進入仕宦之途、「從來烈士志濟時，一割鉛刀貴為用」〔註65〕的壯志豪情以及中年如願進入仕朝為官，「審民生纖悉，以達於謀國大體」〔註66〕的任重道遠。因此即便對於仕宦的飄泊不定、離鄉背井深有同感，也難以給予對方積極向上，努力進取的鼓勵。只能任憑對方的「聽遷擢之自至」而無法插嘴。

　　不過，姚鼐在《尺牘》中也並非全然對家國的政治環境感到失望，而是寄望於少部分有才能的後輩志士，能努力挽轉政事上一切的弊病，勵精圖治，達到「安國而利民」〔註67〕的政治理想。因此，消極的「隱」在《尺牘》中即有兩種面向，一種是前述的「向上關心」，對於京師朝廷的官場生態有著不滿與厭惡，並期待終有一天，尺牘來往的對方或是有一位橫空出世的長才能整頓一

〔註62〕〔南宋〕朱熹著；曹美秀校對：《論語集注》，《四書章句集注》（臺北：大安出版社，2014 年 12 月第十六刷），頁 201。

〔註63〕這裡借用王聿均〈清代中葉士大夫之憂患意識〉的觀念：「在中國的傳統中，士大夫可分為兩種類型，就是『仕』和『隱』，前者為積極用世，後者消極遯世，用世在立功，遯世重敦品或立言，但這兩種類型時常交替變化，並不固定。」詳見王聿均：〈清代中葉士大夫之憂患意識〉，《近代史研究所集刊》11期（1982 年 7 月），頁 1。

〔註64〕〔清〕姚鼐：〈袁隨園君墓誌銘並序〉，《惜抱軒詩文集》，頁 413。

〔註65〕〔清〕姚鼐：〈柬王禹卿病中〉，《惜抱軒詩文集》，頁 413。

〔註66〕〔清〕姚鼐：〈乾隆庚寅科湖南鄉試策問五首〉，《惜抱軒詩文集》，頁 138。

〔註67〕〔清〕姚鼐：〈乾隆戊子科山東鄉試策問五首〉，《惜抱軒詩文集》，頁 131。

切紛亂；另一種則是「向下關心」，聚焦在家園的民生問題與百姓的生存困境，例如天災、物價、繇役與民變等等事故對百姓生活的影響，並在其中表露出傷心哀感的「民胞物與」之情。

以「向上關心」的態度來說，姚鼐在《尺牘》中就曾多次表露出對官場時政的拒斥，並會以官場險惡等理由來勸退對方的仕宦之意：

> 今之時事，難於肩任，識必及之矣。第恐事勢迫人，有不能不更嬰簪組者耳。（〈與陳約堂〉，頁70）

> 聞吾兄彈冠復出之志，尚在進退之間，竊計近日宦途，愈覺艱難，裹足杜門，未可謂非善策。（〈與陳約堂〉，頁71）

> 終製後以能不出為佳。近觀世路，風波尤惡，雖巧宦者或不免顛躓，而況吾曹邪？（〈與魯山木〉，頁28）

正因為姚鼐曾經處在江湖且深陷其中，中年之後覺悟自己的性格並非能久處於朝廷政治，「海內幾人功力建，腐儒端合任沉浮」〔註68〕，以及無法與不認同其風格、作為的士大夫共事：

> 鼐庸材淺識，病居江介，與中朝士大夫聲氣不相屬久矣。（〈復賈良山〉，頁30）

因而選擇以主動辭官做為沉默的抗議。是以姚鼐深刻地理解政治官場的險惡與身不由己。甚至更認為，若沒有掌握重權、身在高位，就難以改變政治現況，還不如做一位沉默、沒作為的官吏可能較為容易且輕鬆。既不用負擔責任，避免勞民傷財，亦可以逃離人事的紛爭，安穩閒適地過日子：

> 邇者外吏之難為，日甚一日矣。惟不欲作好官乃更以為易耳。（〈與何季甄〉，頁54）

> 目今宦轍艱難，幸稼門撫臨閩中，故當愈於他省，然鄙意更祝吾兄身事少清，歸其癡頑娛嬉鄉曲耳。（〈與張寧世〉，頁70）

不過，如果面對的對象是有著仕宦之志、才德兼備且為姚鼐所認同時，其所做的反應就不同於上述般的消極出世。反而是在將官場宦海的醜陋與現況一一攤在目前，給予正向的安慰與鼓勵，告誡「度其志可行於時，其道可濟於眾」〔註69〕，並認為艱苦的環境有利於鍛鍊賢能的人才：

〔註68〕〔清〕姚鼐：〈得朱子穎書〉，《惜抱軒詩文集》，頁548。
〔註69〕〔清〕姚鼐：〈復張君書〉，《惜抱軒詩文集》，頁86。

　　　　今日任事者所處之難，殆天意欲以勵大賢乎？（〈與楊柏嶅〉，頁 23）
就算不能以一擋百，還是能從小事情小問題開始逐一解決，而不是妄想非現實
的一勞永逸：

　　　　時事壞敝，作守者豈能為「旋轉乾坤」之事？救其小半，即為賢將
　　　　之功，然亦必大費精神矣。（〈與周希甫〉，頁 56）

可見得姚鼐對於政治官場雖然抱持著「失望」但仍存有少量甚或是部分踏實的
積極心態而認為是可以撥雲見日，非一昧的「絕望」與沉溺。

　　　以「向下關心」的情志來說，姚鼐自從有文章傳世以來，即在多篇作品中
顯露出強烈的「仁政」與「民本」思想，不論是所處的時空環境有所更移改變，
姚鼐始終抱持著「天道且日變，民生彌苦辛」〔註 70〕與百姓站在一起的同情共
感，並在詩文或《尺牘》中書寫對百姓困苦生活的哀思與解決方法，而非只是
純然的「旁觀他人的痛苦」。尤其自官場解脫後，在身分與地位上從名望高官
走向平凡百姓，雖然情況幾乎符應自己為袁枚作的輓詩：「官罷買田如好時，
身亡起塚在桐鄉」〔註 71〕，但也使得自己與平凡百姓之間的連結更為緊密切
實。

　　　在《尺牘》中，關心百姓生活的面向主題主要有二，一種是生活日常必須
面對的吃食問題，即關心民生物價，以及影響農作的天氣是否能風調雨順；二
是對周遭省分遭遇戰爭民亂的擔憂，書寫自己關心該地的百姓面對生活巨變，
戎馬連年的殘酷。

　　　以第一種來說，由於姚鼐在辭官赴書院教書之後，即有在書院旁置田以供
養自己與書院的開銷〔註 72〕，因此深知天氣對於農作物的影響，時時在《尺
牘》中表現出對故鄉或其它地方的天氣的擔憂：

　　　　南中久雨傷麥，桐城亦不免此患。（〈與汪稼門〉，頁 15）

〔註 70〕〔清〕姚鼐：〈漫詠三首〉，《惜抱軒詩文集》，頁 419。
〔註 71〕〔清〕姚鼐：〈輓袁簡齋四首〉，《惜抱軒詩文集》，頁 607。
〔註 72〕姚鼐在《惜抱軒尺牘》中多次提及書院旁田地的事宜，例如在〈與陳碩士〉中：
　　　　「吾則定居於此，今已買一田供食米。明年衡兒攜其婦來，且住書院，緩緩置
　　　　屋。」、「鼐近亦平安，欲歸里便不出，但須賣出江浦所置之田，以為歸資，而
　　　　今乃未得也。」、「今年本欲歸，因出門後，所住兩間之屋，又與一堂姪婦作房。
　　　　須為另覓一屋與住，乃讓出與鼐。又此地置數畝之田，須賣出作歸資。」以及
　　　　〈與馬雨耕〉：「鼐今年邑中田既無收，此間僅有稻九十石，而書院中月食五石
　　　　零，計所蓄僅食止明年二月，而書院月用須四十金，束脩月五十金，萬不能除
　　　　一半買米。」詳見〔清〕姚鼐：《惜抱軒尺牘》，頁 96、105、106 與 182。

> 目今江南頗憂久旱，聞江西乃憂水潦，安得少均之雨濟呼。（〈與楊
> 春圃〉，頁 25）

> 江南殊苦春寒，又自秋末至今無雨，甚有無麥之患。（〈與鮑雙五〉，
> 頁 64）

天氣不好，連帶地影響米價與物價，身為「江南庶民之一，實與億兆同心」
〔註73〕、「嚴而不殘，愛民如子」〔註74〕的姚鼐，對於物價的起伏波動甚為
敏感，自然是會為此憂心忡忡：

> 故鄉淫雨為患，居屋皆困於浸濕，薪米皆貴，殊令人憂。（〈與吳敦
> 如〉，頁 46）

> 南中缺雨，田禾可慮，而糧艘不可行，此亦今時之憂也。（〈題鹿源
> 地圖〉第十七篇，頁 125）

> 江寧及故鄉，皆秋旱米貴，而四方未寧，吾曹安得無憂邪？（〈與胡
> 雒君〉，頁 39）

若是長年天氣不穩定，物價飄動不斷，百姓的生活也會隨之受影響，既而產生
旱災與飢荒。而這時若朝廷中央賑災不力，地方富家不願出資解危，關注災民
者甚少，則更為姚鼐所痛心：

> 今年江蘇、安徽被災甚重，而辦殊無策。蓋藩庫既不充，不能官賑。
> 必求之於富家，而世之甘「毀家紓難」者，能有幾人？其間官吏及
> 民，各有情弊，千端萬緒。又其甚者，乃有絕不報災，不請放免徵
> 稅。則其為害於生民，有不知所底者已。此其最可悲歎者也。（〈題
> 鹿源地圖〉第十八篇，頁 126）

> 南中旱荒，當此財匱之時，尤難展布吏之才能。而實心憂民者，亦
> 希見其人。群黎之瘁，彌可傷耳。（〈題鹿源地圖〉第十九篇，頁 126）

> 家鄉米價極貴，而未得透雨。鼐欲與同人募米平糶，而樂輸者少，
> 恐不能辦成，但有悒歎耳。（〈與吳敦如〉，頁 46）

不論是「悲歎」、「悒歎」或是「彌可傷耳」，事實上姚鼐所形容的都是為「為
生者益苦」〔註75〕的平凡百姓所能做的一點點的同情共感。

〔註73〕　〔清〕姚鼐：〈書製軍六十壽序〉，《惜抱軒詩文集》，頁 116。
〔註74〕　〔清〕姚鼐：〈乾隆戊子科山東鄉試策問五首〉，《惜抱軒詩文集》，頁 133。
〔註75〕　〔清〕姚鼐：〈與馬雨耕〉，《惜抱軒尺牘》，頁 172。

　　不過，在同情之外，姚鼐關注百姓所面對嚴酷的生存環境時，亦發揮文人的社會實踐精神，將賑災之意撰成奏議上呈至當官的友人，望能為百姓盡心力：

> 江南今歲旱既太甚，大君子念切民飢，而財用匱乏之時又難於籌備。仰思憂悴之衷，必有踰范公之於青州者。已茲有陳者。敝縣之災與安慶各縣同也，聞本邑縣令出令各大戶急出財以救饑饉，此誠是也。而側聞其又出示徵收下忙錢糧，二事並行，一何矛盾。此恐其所延幕賓不善之所為也。誅求不得，必濟以鞭刑，極敝之民，恐鞭刑亦不能，充賦則將奈何？今邑中人心既已憂惶，鼐遠聞之，亦不能不為桑梓之慮。謹撰私議一首，上呈几下。愚賤於公事，素不敢干，此則所關於一邑利害甚鉅，伏望垂覽酌所以處之。如使閭閻得安，則鼐妄為出位之言，而抑或小助涓埃於仁心仁聞之萬一也。（〈與胡果泉〉，頁 150～151）

這樣的人文精神與謙虛的態度體現了姚鼐的桑梓之慮，正符應他所說的：「救其小半，即為賢將之功」〔註76〕，即便那是「亦必大費精神矣」〔註77〕的勞心勞力之活，亦無所怨言也不求回報。

　　而姚鼐的關心並不只限於負面、悲傷的情緒與事件當中。在《尺牘》中，亦有一些對物價親民低廉、時和年豐的歡欣表現，成為姚鼐中晚年單調平淡生活中的「小確幸」：

> 里中雨足時豐，米價已賤，良足欣慶矣。（〈與汪稼門〉，頁 16）

> 而今歲麥收大稔，早禾之豐，亦大有兆。（〈與汪稼門〉，頁 19）

> 安徽、江西一路，時和年豐，米價大減，此則吾兄與弟等所共快者也。（〈與陳約堂〉，頁 72）

　　而以第二種來說，題材內容主要關注在「川楚教亂」。乾隆末年與嘉慶年初發生川楚教亂，當時「一畝之田，秉耜有費，籽種有費，鬻斛有費，僱募有費，祈賽有費，牛力有費；約而有計，率需錢千……」〔註78〕，土地的兼併、地價的上漲、田地的侵占、地主的剝削與地方官的巧立名目之稅問題嚴重，亦

〔註76〕〔清〕姚鼐：〈與周希甫〉，《惜抱軒尺牘》，頁 56。
〔註77〕〔清〕姚鼐：〈與周希甫〉，《惜抱軒尺牘》，頁 56。
〔註78〕〔清〕賀長齡、魏源等編：《清經世文編》（中冊）（北京：中華書局，1992 年），頁 951。

貧無依者或無自主地的農人過著流離失所的生活，大量的「棚民」聚集並躲在崇山峻嶺的湖北、四川與陝西邊境以規避官兵的清查，此時的地下宗教白蓮教趁勢結合流民並挑撥社會矛盾的情緒，發動騷亂，促成歷史上的「川楚教亂」，或稱「白蓮教亂」。

由於尺牘體裁的關係，姚鼐在《尺牘》中對於教亂的起因、過程與結果並沒有詳細的記述著墨，因此轉而書寫、傳達教亂影響平民百姓的生活的憂心：

> 聞教匪又漸入豫，此殊令人愁，恐辦軍需，不能辭也。奈何奈何。
> （〈與陳碩士〉第十六篇，頁 84）

> 兗豫軍興，而江南已不免擾攘，不知數日來便得靖不？甚可愁慮也。
> （〈與馬雨耕〉，頁 181）

對於朝廷官兵的短暫勝利，沒有「初聞涕淚滿衣裳」[註79]的激動喜悅，而是仍在意日後騷亂的發展與百姓的難處：

> 楚氛未靖，甚以為憂。佇望索倫，此一大捷耳。今歲若不得清了，
> 則愈難為策矣。（〈與陳碩士〉第十三篇，頁 83）

在教亂結束之後，雖然可以有短暫的喜悅以茲鼓勵軍民：

> 事寧兵息，天下大慶。（〈與伯昂從姪孫〉，頁 131）

> 中原兵事已靖，江南製軍明日歸署矣。（〈與張兼士〉，頁 188）

但是姚鼐仁民愛物的目光放得更高更遠，他認為騷亂結束之後應該休生養息，與民無爭，並記取教訓以防後顧之憂，才是長久之計：

> 海內寇賊殄除，良為大慶，而財用未紓，民生尚瘁，猶不能無餘憂
> 耳。（〈與汪稼門〉，頁 168）

這種實為高明的施政者的眼光與遠見，意在期待尺牘往來的對方能有所謹記，原因在於像是汪志伊與陳用光皆為地方官員，告誡他們民變為一種人民強烈反抗的手段，反面來提醒朝廷的失能與無作為，尤其汪志伊又為「封疆大吏」，是更能徹底實行「仁政」的意志的位子，實在不可不注意。

綜觀來看，家國政治的意識在《尺牘》體現出姚鼐身為且自認為儒者的責任與義務，一方面雖然對官場風氣失望，但仍對有才能的後進寄予些微的期望，盼能引領朝廷百官走向「聖人所以安國而利民也」[註80]、「導天和，安

[註79]〔唐〕李白著；〔唐〕杜甫著：《李太白集杜工部集》（長沙：嶽麓書社，1997年8月第六刷），頁 210。

[註80]〔清〕姚鼐：〈乾隆戊子科山東鄉試策問五首〉，《惜抱軒詩文集》，頁 132。

民命，至治之隆有賴焉」〔註81〕的繁榮祥和的政治環境。另一方面，由於身分上從平民高升到進士，進入朝廷後又因志向不合而回到民間，在生活環境上的反差更加體認到「民生彌苦辛」，關注於百姓的生活百態與其中的況味，體恤因天災物損以及事變民亂的災民。這些深刻且親切的內容，並以其中的具體建言，表現出姚鼐同時具有儒者與庶民二重心理的憂國憂民之意。

第三節　經驗智慧

經驗為個人在真實生活中經過時間的歷程、事件的淬煉並汰除瑣碎紊亂的生活細節後而提純成的生命資產。經驗的存在，使得個人在日後的生活中能以此為根據來類推、參考與行動，不必費去過多的時間與精力來重新體會相似或相同的事件，能用最精簡的成本來解決未來的問題。因此好的經驗能讓人們面對事件時駕輕就熟，穩操勝算；不好的經驗也能使人趨吉避凶，減少損失。

但是經驗畢竟是屬於個人積累的資產，若無意弭平其個殊並傳承予他人，那就無法發揮經驗的最大價值。因此，一個人無私地將自己的經驗傳承、分享予他人，不僅擴大個人經驗的侷限並闡揚經驗的價值，還是人類文明的發展、文化的進程與知識的累積中最重要的工作，使個人的生命價值綿延不絕與發揚光大。

姚鼐雖然為後人所推崇的在於文章與文學理論，「先生於學無所遺，而尤工為文」〔註82〕、「（姚鼐）為文章深醇精潔，達於古今通變，用舍務黜險詖亂，正人心學術」〔註83〕，但對於當時的桐城學子或是姚鼐的友人而言，在文章與學術觀點分享之外，另一項影響力正在於「主講江南紫陽、鍾山書院四十餘年」〔註84〕當中的「有客來問，則竭意告之，喜導人善，汲引才

〔註81〕〔清〕姚鼐：〈醫方捷訣序〉，《惜抱軒詩文集》，頁 39。
〔註82〕〔清〕吳德旋〈姚惜抱先生墓表〉：「先生於學無所遺，而尤工為文。其文高潔深古，出自司馬子長、韓退之，而才歛於法，氣蘊於味，斷然自成一家之文也。」詳見〔清〕吳德旋：〈姚惜抱先生墓表〉，《初月樓文續鈔》，詳見清代詩文集彙編編纂委員會編輯：《清代詩文集彙編》（第四百八十六冊）（上海：上海古籍出版社，2010 年 12 月），頁 171。
〔註83〕〔清〕毛岳生：〈姚先生墓誌銘〉，《休復居文集》，詳見清代詩文集彙編編纂委員會編輯：《清代詩文集彙編》（第五百七十冊）（上海：上海古籍出版社，2010 年），頁 176。
〔註84〕趙爾巽等撰：《清史稿》（第四冊）（北京：中華書局，1998 年 1 月），卷四百八十五，列傳二百七十二，頁 3430。

俊」〔註85〕、「以誨迪後進為務」〔註86〕，藉由主講書院或是往來酬唱時來傳達、分享個人的生命經驗。而正是這「先生色夷而氣清，接人極和藹，無貴賤皆樂與盡歡」的態度造就「及既老而依慕之者彌眾」〔註87〕，桃李滿門的盛況。是以姚鼐的經驗分享，成為不亞於文章與學術的個人影響力的成就之一。

　　而《尺牘》中的經驗分享，主要可以分為兩種。一是十一年的在朝為官，宦海沉浮的工作經驗，分享如何避開凶險。二是為人處世的社會經驗，分享如何坦然面對，圓融處世。而這兩種足以道盡姚鼐晚年對前半生生活的反省與悔悟，並見其成熟與穩重的性格。

　　以第一種來說，在姚鼐的生平當中，從舉人到進士的科考過程，以及進朝為官的時間並不長。姚鼐自乾隆十五年（1750 年）中舉人後，便開始奮鬥十三年的會試。在這期間，共落第五次。劉大櫆甚至曾撰文安慰道：

> 今天既賦姬傳以不世之才，而姬傳又深有志於古人之不朽。其射策甲科為顯官，不足為姬傳道；即其區區以文章名於後世，亦非余之所望於姬傳。〔註88〕

而這段日子，自然成為姚鼐最徬徨與自我懷疑的日子。因此，當《尺牘》中的對方正沉浮於考場或生涯選擇而貧困不定時，姚鼐對此多半會生發同情之感，並給予過去的經驗建議。例如：

> 知京邸亦甚苦，然貧乏乃今日士大夫所同。惟甘淡泊者，則處之裕如。鄙人以此自勉，亦以奉勉而已。（〈與鮑雙五〉，頁 60）

> 知近狀頗詳，悉貧特甚。當今時事艱難，士大夫惟有痛自刻苦而已。
> （〈題鹿源地圖〉第九篇，頁 122）

由於盡力於科考時，是最無生產力而必須依賴兼職或微薄的家庭幫助。因此多半會為生活開銷而煩惱。而姚鼐的建議是對處境的逆來順受與自我慾望的降

〔註85〕〔清〕姚瑩著，沈雲龍主編：〈朝議大夫刑部郎中加四品銜從祖惜抱先生行狀〉，《中復堂全集・東溟文外集》（新北：文海出版社，1974 年），頁 256。

〔註86〕趙爾巽等撰：《清史稿》（第四冊）（北京：中華書局，1998 年 1 月），卷四百八十五，列傳二百七十二，頁 3430。

〔註87〕〔清〕陳用光〈姚先生行狀〉：「（姚鼐）故退居四十餘年，學日以盛，望日以重。其初學者尚未知信從，及既老而依慕之者彌眾。」詳見〔清〕陳用光原作；許儁超、王曉暉點校；蔡長林校訂：〈姚先生行狀〉，《陳用光詩文集》（上）（臺北：中央研究院中國文哲研究所，2019 年 5 月），頁 46。

〔註88〕〔清〕劉大櫆著，吳孟復標點：〈送姚姬傳南歸序〉，《劉大櫆集》（上海：上海古籍出版社，1990 年 12 月）頁 137。

低。同時也反映出身為士大夫或知識份子的無奈。

而姚鼐自乾隆二十八年（1763 年），三十三歲時第六次應試進榜成為進士後，至乾隆三十九年（1774 年）辭官歸里，這十一年的時間，共擔任翰林院庶吉士、兵部主事、禮部儀制司主事、山東鄉試副考官、禮部祠祭司員外郎、湖南鄉試副考官、恩科會試同考官、刑部廣東司郎中與四庫全書館纂修官。雖然每一次職位的時間並不長，卻也可見升動頻繁，性質多樣，經歷頗豐。

在姚鼐的少年時期，有著「僕也幼志慕孔姬，禮樂崩離每長慟」〔註89〕，對文治武功的嚮往與復興禮樂盛世的自我期許，期望金榜題名後的加官晉爵，能以一己之長才來「導天和，安民命，至治之隆有賴焉」〔註90〕。從而有「從來烈士志濟時，一割鉛刀貴為用」〔註91〕治國安民的目標。

但是在真正進入官場，體悟現實的殘酷與冷暖後，反倒厭惡官場的腐敗文化、陳規陋習與嚴刑峻法。例如在任職刑部郎中的期間，對於當時的言文刻深有著矛盾與反感，「與姚鼐主張施行仁政的理想，發生直接的尖銳碰撞」〔註92〕，遂作有〈述懷〉詩感嘆：

> 自是百年來，法家常繼軌。刑官豈易為，乃及末小子。顧念同形生，安可欲之死。苟足禁暴虐，用威非得已。所慮稍刻深，輕重有失理。文條豈無說，人情或不爾。〔註93〕

並且急欲擺脫這樣的環境而萌生歸隱之思：

> 恐非平生心，終坐再三起。長揖向上官，秋風向田里。〔註94〕

因此在日後的《尺牘》中，每當與對方提及官場的生態時，也多半是抱怨環境對有志之士的不友善：

> 即吉之後，里居為上策。今之時事，難於肩任，識必及之矣。第恐事勢迫人，有不能不更嬰簪組者耳。（〈與陳約堂〉，頁 70）

> 終製後以能不出為佳。近觀世路，風波尤惡，雖巧宦者或不免顛躓，而況吾曹邪？（〈與魯山木〉，頁 28）

〔註89〕〔清〕姚鼐：〈往與長沙郭昆甫游歷城西見小千佛寺菊花甚盛昨複過其處殘菊無幾寺僧亦亡是時昆甫歿一年矣適竹君又次前韻來勉僕為學辭意甚美中頗念及昆甫並吾鄉孫汝昂余感其事因更答之〉，《惜抱軒詩文集》，頁 415。

〔註90〕〔清〕姚鼐：〈醫方捷訣序〉，《惜抱軒詩文集》，頁 39。

〔註91〕〔清〕姚鼐：〈柬王禹卿病中〉，《惜抱軒詩文集》，頁 413。

〔註92〕周中明：《姚鼐研究》（合肥：安徽大學出版社，2013 年 5 月），頁 38。

〔註93〕節錄自〔清〕姚鼐：〈述懷〉二首，《惜抱軒詩文集》，頁 454。

〔註94〕節錄自〔清〕姚鼐：〈述懷〉二首，《惜抱軒詩文集》，頁 454。

是以姚鼐以為，能避開勞事則盡量避開，就算是勞心於公事，也必須先照顧好自己的精神與身體，保持好的狀態：

> 公事誠不得避勞，所望稍自愛嗇而已。（〈與鮑雙五〉，頁 61）

中晚年的姚鼐由於衰病羸弱，故多半勸年輕的弟子門生能趁年輕時愛惜自己的身驅，不能因勤勉公務而忽略健康。可以看出，即便是當時的「巧宦」，也免不了高壓環境的「顛躓」。

除了巧妙避開之外，姚鼐曾提出兩種方法，剛好分別是積極與消極的解法。積極的是沉潛於喜愛的文字書本之中，可以暫時忘卻公事的煩擾，調劑身心。姚鼐就曾以此勸陳用光：

> 然念石士方欲以文字自適，而當摒擋官舍諸煩瑣之事，可謂讀才易務矣。然處之正須細心寧耐，此中即是學問也。（〈與陳碩士〉第二十一篇，頁 86）

> 京師豈能免酬應之繁，當自不廢閉門誦讀之趣。（〈與陳碩士〉第三十九篇，頁 95）

當然，姚鼐以為不作官是最上策。因此當得知陳用光之父有復出之意時，便在信中勸其思考再三：

> 尊大人出處之事，未敢遙決。里居而能自安，則閉戶可也。苟不能安，則反不如出仕，更審度之。（〈與陳碩士〉第十篇，頁 80）

而消極者，則認為既然做好官不易，就乾脆無所作為或許更輕鬆且能避禍：

> 邇者外吏之難為，日甚一日矣。惟不欲作好官乃更以為易耳。（〈與何季甄〉，頁 54）

> 寂寞郎署，仕宦之味，大抵如斯。隨行逐隊，以聽遷擢之自至而已。（〈與汪蔚林〉，頁 30）

但不論是何者，皆可見姚鼐因官場而生成的憎惡、灰心與消沉，對其理解與失望亦是導致姚鼐日後於四十四歲的壯年時期辭官歸里的原因之一，並對其生命有著沉痛的創傷。

而在官場沉浮、任刑官的案件裁判、四庫館的紛爭的種種經驗，自然也使姚鼐深深體會到人情冷暖，以及如何圓融處事。而最先要務，姚鼐以為，許多的紛爭皆是來自名聲太大而招人怨嫉，因此多勸門生要懂得收斂而不誇耀，保持和氣，是為成就大事之前的要點：

> 居人幕中，務須韜晦靜默，勿與眾爭名，立身成遠大之業，此其要

> 節。即處世得安恬之福，亦此為召致也。（〈與劉明東〉，頁 66）

> 客中願且自遣，雖不適意，而無傷和豫之氣，乃所望也。（〈與管異之〉，頁 67）

而在沉潛的過程中，必須體認到即便處在醬缸庸俗的環境，仍要識清其中的善惡之別，使自己不沾染上世俗之氣：

> 昌黎云「能自樹立，不隨流俗」，此所望於足下矣。（〈與張阮林〉，頁 50）

在幫管同取字時，就曾依此觀點助其命名：

> 賢有名而無字，吾意欲為命字曰「異之」。君子之道，同乎人而已。同乎人者，人之所以為人也。非同乎流俗，合乎汙世也。故曰「君子以同而異」，孟子曰「君子所以異於人者，以其存心也」，以仁以禮存心，達之於天下，是為同而已。（〈與管異之〉，頁 68）

顯見姚鼐以為，潔身自愛亦是另一項重要的處世道理。既能避免遭人誣陷，也能「以仁以禮存心，達之於天下」。

最後，在這兩類分享之外，姚鼐亦提醒另一件至關重要之事，就是世間人事難免會「天命不可違」。不論是追求考場功名，或是加官晉爵，也是有再怎麼努力仍難以達成目標的時候：

> 世間事不能如其志，固往往如此。（〈與馬雨耕〉，頁 180）

因此在遭遇某些難以靠人力逆轉情勢之事時，姚鼐勸其在心態上能坦然淡泊，任憑潮水與命運所至：

> 人生如浮舟江海，聽其所至，非智力所能與矣。（〈與陳碩士〉第五十七篇，頁 103）

不過，姚鼐也以為，惟有盡力保存實力，努力進取學問，學習古人的偉大處而不畫地自限，就可以在困苦的環境中存活下來。至於剩下的目標、功名與官位，就只能交由上天來決定。是為盡人事，聽天命：

> 盡己之道，得失進退，聽之天而已。（〈與陳碩士〉第二十三篇，頁 87）

> 閣下年力猶強，從政之餘，不忘學問，望更勉至古人深處，不以所值自限而已。（〈與惲子居〉，頁 161）

這一方面勸慰年輕的收信者們，得失之間有時並非可依能力決定，運氣也是很重要的一部分，因此不能執著於得失。另一方面也能從中感受到，即便姚鼐在中晚年時對生命的感想不同於年輕時的熱情且憤慨，仍盡力在冷淡消極中保

持對世間與人性的希望，並將其寄托在這些弟子身上：「今日任事者所處之難，殆天意欲以勵大賢乎？」〔註95〕

是以經驗的分享不會僅侷限於成功而輝煌的經驗，失敗、落寞亦是生命的一部分。《尺牘》所述說的即是如此。而惟有誠實面對，盡力完成且不愧於心，才得以使生命圓滿。

第四節　風水營葬

風水於近世又稱「堪輿」、「青囊」、「相宅」與「相墓」，為中國文化中一門講求對「居住環境進行選擇和處理」〔註96〕的民間風俗。主要探討的內容可以分為陰宅與陽宅：藉由陽宅內外的構造、格局與擺設，來達到居住者嚮往的舒適環境；藉由陰宅的地點、水流、穴位與下葬的時間，安頓死者來謀求對家族後代的庇蔭。因此風水意在尋求人、建築、天時與山水四者之間和諧的相對位置的關係。《黃帝宅經・序》就言：

> 夫宅者，乃是陰陽之樞紐，人倫之軌模，非夫博物明賢，未能悟斯道也……故宅者，人之本。人以宅為家，居若安，即家代昌吉；若不安，即門族衰微，墳墓川岡。〔註97〕

將住宅看作是人倫關係的延伸，認為宅第的選擇與好壞足以影響一個人的心靈狀態，甚至擴及整個家族的興衰運勢。這種「欲求福吉避凶禍」、「上以盡送終之孝，下以為啟後之謀」〔註98〕的看法不僅存在於民間，甚至部分的文人與士大夫也是深信不疑。最著名的例子莫過於理學大師朱熹，在其書信〈與陳同父〉中就有所表現：

> 亡子卜葬已得地，但陰陽家說須明年夏乃可窆，今且殯在墳庵。〔註99〕

信中就透露朱熹深信風水師的建議而暫緩擇地改葬一事。因此從住宅、墳墓的

〔註95〕〔清〕姚鼐：〈與楊柏鑯〉，《惜抱軒尺牘》，頁23。
〔註96〕何曉昕：〈風水探源序〉，《風水探源》（南京：東南大學出版社，1990年6月），頁1。
〔註97〕撰者不詳；嚴一萍選輯：《黃帝宅經》（新北：藝文印書館，1966年），頁1～2。
〔註98〕〔明〕徐善繼、徐善述撰；北京故宮博物院編：〈人子須知序〉，《重刊人子須知資孝地理心學統宗》（海口：海南出版社，2000年10月），頁17。
〔註99〕〔南宋〕朱熹撰；王貽梁校點；呂友仁審讀：〈與陳同父〉，《晦庵先生朱文公文集》，詳見《朱子全書》（第六冊）（上海：上海古籍出版社，2010年9月），續集卷七，頁4780。

慎重以及認為對整個家族的未來有著深遠的影響，就顯現出中華文化圈看重風水的程度。

本節主要以《尺牘》中所呈現的姚鼐的堪輿思想為主要探討內容。但首先要先瞭解姚鼐對堪輿的理解與具體陳述，才能對《尺牘》中的內容有所體悟。

姚鼐雖然曾有風水著作，但由於書籍的散佚〔註100〕，至今已難見其全貌。不過仍能從其它現存的文章中略窺一二。在姚鼐為章攀桂所寫的〈張宗道地理全書解序〉中就曾表述對堪輿營葬的見解：

> 儒者欲安親體，必求免地下之患，茍非山川氣交，盤繞障護之美，患不得而免矣。夫山川之用在氣，人子安親，固非希為富貴昌熾之計，然山川氣之所聚，亡者安則生者福，反是則禍，亦理之所必有。夫君子固不深希福利，然使葬失其道，而致衰敗絕祀之禍，亦豈人子情所安哉？以此論之，形家之說，雖孔、孟復生，不盡廢也。〔註101〕

末句的「形家之說，雖孔、孟復生，不盡廢也」即明白指出，即便主張「子不語怪力亂神」的孔子復生在清代，也難以阻止社會與儒者文人一致深信風水文化的風氣。這風氣就連姚鼐也主張堪輿營葬是「儒者欲安親體」的呈現，強調為儒家文化的一環。一方面標舉營葬為儒家的「禮」的觀念的體現與延伸：「死，葬之以禮。」〔註102〕生者應「審慎」講求陰宅：「慎擇而葬。」、「精鑒而慎擇之。」〔註103〕以慧眼選出「盤繞障護之美」的舒適環境，使亡者「免地下之患」，而生者能因受死者的庇佑而「人子安親」、「富貴昌熾」，以達到「利後」〔註104〕。若生者「葬失其道」，將會受到死者「致衰敗絕祀之禍」的報復。另

〔註100〕 姚鼐的風水著作《四格說》不見於文集，經學者盧坡的考證目前已散佚。盧坡《桐城派尺牘研究──以姚鼐與弟子交往為中心》：「姚鼐關於葬地風水的著作《四格說》，今不可見，當是在總結前人舊說的基礎上加以刪減凝鍊之作，其中或又加入姚鼐堪輿實踐之經驗。」詳見盧坡：《桐城派尺牘研究──以姚鼐與弟子交往為中心》（蕪湖：安徽師範大學博士學位論文，2015 年 4 月），第三章第三節，頁 88。

〔註101〕 〔清〕姚鼐：〈張宗道地理全書解序〉，《惜抱軒詩文集》，頁 52。

〔註102〕 〔南宋〕朱熹著；曹美秀校對：《論語集注》，《四書章句集注》（臺北：大安出版社，2014 年 12 月第十六刷），頁 72。

〔註103〕 〔清〕姚鼐：〈張宗道地理全書解序〉，《惜抱軒詩文集》，頁 52。

〔註104〕 劉祥光〈宋代風水文化的擴展〉：「風水信仰的核心價值是『利後』……風水信仰有其極強的自主性，而『利後』恰恰就處在核心位置。也正好是這種自主性，讓風水信仰在歷史上物換星移，歷經政權更迭之後，至今仍然頑強地存在於華人世界，而且將繼續流傳於後世。」詳見劉祥光：〈宋代風水文化的擴展〉，《臺大歷史學報》第 45 期（2010 年 6 月），頁 67。

一方面則是以章攀桂的「每為親族交友擇地，予之財以葬，恤難而廣仁，非徒自喜其術而已」不以風水師自稱卻以風水知識與「慎擇之之為善也」的態度幫忙處理親友的營葬，以為是儒者「以裨益天下者，亦廣仁之事」的行為。

　　而在序文的後半段補充風水與天時的關係：

　　　　夫「惠迪吉，從逆凶」，道也；擇葬地以萃天地山川之氣，術也。術
　　　　之至者，與道相成而不相害。〔註105〕

「惠迪吉，從逆凶」語出《尚書・大禹謨》，前句指順應天時則吉，後句指違背天時則凶。姚鼐認為天時是道，相墓擇地是術。而術如果到了一個更高層的程度，能夠順應天時，相輔相成，就能達到如前例所說的「亡者安則生者福」的境界。

　　因此整合該序文來看，姚鼐的堪輿思想顯然並未將風水營葬停留在民間習俗，或是一種盲從的「怪力亂神」的迷信，而是提升為一門能有道術相依、禮門義路與造福人群的學問。換言之，風水營葬在他人的眼中究竟是學問，或是停留在習俗迷信的階段，顯然是依照使用者的「說理當而辭明顯」與「精鑒而慎擇之」，以及是否有自覺是一位「欲安親體」，為亡者跋涉勞心的儒者，而非只是「徒自喜其術而已」或藉由風水相墓來賺取錢財的風水師。

　　而該序文的論述，均可以從《尺牘》中得到證實。在《尺牘》中，姚鼐的堪輿思想主要以相墓與營葬為主。內容可以分為討論相墓與營葬的細節以及為亡友張裕犖相墓一事，同時這二件主題也分別表現出姚鼐的兩種態度。前者以嚴謹與踏實的眼光看待風水相墓，反映姚鼐對學問的審慎態度，後者為姚鼐為亡友勞心勞力相墓擇地，表現出姚鼐的做人處事以及「儒者」心態。

　　以前者來說，姚鼐多次在《尺牘》中表現出對風水相墓的研究。例如在〈與胡雒君〉中分享曾與汪志伊一同觀覽下葬汪夫人的墓地，並對該地的風水環境給予很高的評價，認為汪家將會因為亡者的庇佑而「大興」：

　　　　去冬汪稼門中丞，邀往觀其新葬其夫人於白嶺地，殊為佳妙。繫長
　　　　子所自定，亦人家墳山，以九百金得之。作回龍局，朱雀千峰極奇
　　　　秀，天殆將大興是族邪？〔註106〕（〈與胡雒君〉，頁43）

〔註105〕〔清〕姚鼐：〈張宗道地理全書解序〉，《惜抱軒詩文集》，頁53。
〔註106〕白嶺地，不詳，可能指桐城市北邊的白嶺村。龍在堪輿學中指山脈，以山的
　　　　蜿蜒、忽高忽低、若隱若現喻為龍。「回龍」為龍的一種走勢，指龍走到結穴
　　　　（地面低窪處）作一翻身，如同繞過墳頭般再朝向龍頭，有懷念先祖，祈望
　　　　先祖庇佑後人之意，因此稱「回龍入首」、「回龍顧祖」。詳見李人奎：《風水
　　　　辭林秘解》（新北：泉源出版社，1995年12月），頁114。

而對於友人來信詢問葬地的風水，姚鼐也樂意分享自己的理解與判斷。如在與汪志伊的尺牘中：

> 至尊意所定壽藏，以鄙意論之，猶未敢附會。小龍山內確有佳城，而不能驟定，其處女兒山乃是其水口，其狀猙獰可畏，此以居水口則妙甚，以穴前見之則非妙也。今所定正不免向之恐，非可作穴地也。愚見如此，望酌之。〔註107〕（〈與汪稼門〉，頁168）

這兩個例子除了反映出姚鼐相信風水之外，其中的專業術語的使用如「回龍局」、「佳城」與「水口」也可證明姚鼐對風水有一定程度的認知。而有認知即能設立標準、分辨是非好惡。因此姚鼐以自身的理論與眼光為基底，自然對一些當時的風水相墓書籍有所批評：

> 張宗道書易得，不必淮樹本也。（〈與陳碩士〉第八十四篇，頁114）

> 卜葬大是要事，然不須多看近人書。言巒頭，則疑龍，〈撼龍入式歌〉已盡之矣。言理氣，則如葉、蔣、范之書，皆不必看，徒煩人意。
> 〔註108〕（〈與陳碩士〉第八十六篇，頁114）

甚至曾整理舊有的風水書籍，作一本自己滿意的參考本以供後人弟子們取閱：

> 鼐故作〈四格說〉，欲人捨繁而取簡耳。奈何更取紅纏乎？（〈與陳碩士〉第八十六篇，頁114）

同時姚鼐對風水師之言亦有判斷與選擇，而非全然的迷信：

> 術家言吾家大凹口，乃下元山向。故入下元，科第差勝。其說殆可信邪。（〈與伯昂從姪孫〉，頁130）

> 目今厝事想已辦畢，他事猶輕，尋地要緊，祈吾兄各自究心。地師難信不待言，即黃咸老亦時有高興語也。（〈與亭人兄〉，頁190）

〔註107〕「壽藏」指生前所建的墓。姚鼐曾為汪志伊的壽藏作〈實心藏銘〉。詳見〔清〕姚鼐：〈實心藏銘〉，《惜抱軒詩文集》，頁393～394。小龍山可能指安徽省安慶市太湖縣的小龍山。詳見葉瀕、徐明翔：《桐城方言》（北京：新華出版社，2017年11月），頁79。風水家論陰宅以「佳城」指墓地，有時又指好風水之墓，因此有「吉壤」、「牛眠地」之別稱。詳見李人奎：《風水辭林秘解》（新北：泉源出版社，1995年12月），頁200。女兒山不詳。水口，堪輿名詞，指水的出處。指「來水過堂或繞穴場前後左右山之後，眾水又匯流，預備離開穴場處稱為「水口」。詳見《風水辭林秘解》，頁59。

〔註108〕巒頭指山小而頭銳。詳見李人奎：《風水辭林秘解》（新北：泉源出版社，1995年12月），頁216。《疑龍經》、《撼龍經》均為風水相墓之著作。葉、蔣、范之書，不詳。

在〈與亭人兄〉中言「地師難信」，可見姚鼐對風水師的印象不佳，但又在〈與
伯昂從姪孫〉中言「其說殆可信邪」。兩者的對比可以顯見姚鼐是有意識並以
自身的學養來判斷風水師的建言而未陷入盲從之中。

　　因此從《尺牘》中對風水書籍與風水師的態度可以得知，即使姚鼐深信風
水，卻並未全然相信風水書籍與風水師之言。而是如同前述所說，將其視為一
門學問並審慎看待。故姚鼐接續在《尺牘》中表示，堪輿相墓做為一門學問，
最為重要的態度在於「親臨實踐」與「細心考察」。在與陳用光的尺牘中就曾
道：

> 相墓之事，非跋涉不可，徒看書無益。（〈與陳碩士〉第八十四篇，
> 頁114）

這則尺牘顯然是回答陳用光對堪輿相墓一事的提問，而姚鼐以「非跋涉不可」
回應之。這可能由於風水雖然為民間習俗，但其中的詐術、欺騙事件卻也層出
不窮，而風水師的天花亂墜與風水書籍的參差不齊往往使未受過教育的百姓
難辨是非，因而有「凡書之言禍福者，皆妖書也，而葬書為甚。凡人之言禍者，
皆妖人也，而葬師為甚」〔註109〕之批評。因此親自「跋涉」就能避免因看書
或聽信風水師而遭遇的誤判或訛騙。

　　而跋涉的目的在於勘查地形，是為相墓的主要工作之一。但是在勘查地形
時，若對於環境的觀察沒有別具慧眼或細心謹慎，而做出錯誤的風水決定，除
了扼腕、改葬遷葬與浪費金錢之外，更甚者可能造成如前述所說「葬失其道，
而致衰敗絕祀之禍」的家庭慘況與宗族恐懼。姚鼐就曾與表弟馬春田分享因誤
判堪輿而失財的經驗：

> 吾兄見託之語，未敢遽承。何則？地之可得者，固當自取，若難得
> 又何以及君。鼐之眼力又不能無誤，如去年以七千錢買小楊樹灣一
> 處，始甚自喜，今乃知誤，幸其價廉耳。若為人謀而所費或多，豈
> 堪此誤。（〈與馬雨耕〉，頁171）

可見就算是有研究基礎的姚鼐，也會因「眼力不能無誤」而有吃虧的時候。因
此姚鼐就在與陳用光的尺牘中討論堪輿時，特別提醒觀察穴形、穴位應有的慧
眼與細心的重要：

> 又聞大葬事，因起塋舊瘞藏之物變壞，故不用，固是。然又恐其山

〔註109〕〔清〕陳確著：〈葬書下‧甚次〉，《陳確集》（下冊）（北京：中華書局，1979
　　　　年4月），頁489。

地非劣，而結塋處所定穴誤，則尚未可棄。此更須明眼決之耳。(〈與陳碩士〉第八十八篇，頁 116)

得地乃是至難之事，不可不細心審定。如此圖形埶，夫豈不佳？所恐紙上地上，有不盡合。又其間，有非畫圖所能著者。據圖看本山，似是木星，其落穴處，能坦開，窩鉗則是，斗峻則非矣。其明堂作排衙，龍虎其杪，要有細腳交牙，使水流之行，則是；無腳，則水牽直出，則非矣。其內堂繫當面合襟。放水，而外水橫攔。若內堂放水至橫攔處一里以外，謂之「長放」；半里之內，謂之「短放」。長放須作辰戌、丑未向則是，作生旺向則非矣；短放則反是，可將此數者審定。果皆合法則，掘處土雖不佳，只是穴定誤而山不誤，再加審視以求真穴可也。若此數條本不合法則，是昔日本是看錯，則棄之，不足惜矣。〔註110〕(〈題鹿源地圖〉第一篇，頁 116)

其中〈題鹿源地圖〉一段對相墓分析之論點透徹、脈絡清晰，尤其「若此數條本不合法則，是昔日本是看錯，則棄之，不足惜矣」近似「盡信書不如無書」觀念的提出，以及「細心審定」、「再加審視」的強調，亦同姚鼐在〈禮箋序〉中所言：「夫其所服膺者，真見其善而後信也；其所疑者，必核之以盡其真也。」〔註111〕以求實、求真與求善三者達到學問的自我要求，足以完整表現姚鼐對堪輿相墓的嚴謹態度。

而以為亡友相墓擇地一事來說，姚鼐就曾於《尺牘》中分享為張裕犖〔註112〕

〔註110〕 木星指「天機九星」，風水看地貌的一種。詳見李人奎：《風水辭林秘解》(新北：泉源出版社，1995 年 12 月)，頁 377。窩鉗，窩、鉗均指穴的形狀。詳見《風水辭林秘解》頁 200、196～197。明堂指墳墓前的眾水匯流處。詳見《風水辭林秘解》頁 201。合襟指風水家將墓穴比作人形，穴後龍脈所來，分三股呈「个」字形，中間一脈將近穴時，地貌突起處，為人頭上的額門；水從穴後呈八字分流而來，如人之兩眉；中間一脈從地貌突起後，像塌鼻般伏行，到了鼻頭處再突起，稱為「球簷」；水從臉上鼻樑處分流而下如人兩眼稱「小八字」；葬口如人中，而有兩股凸地相合而小八字的水剛好合於此處稱「合襟」。詳見《風水辭林秘解》頁 256。

〔註111〕 〔清〕姚鼐：〈禮箋序〉，《惜抱軒詩文集》，頁 60。

〔註112〕 張裕犖，字又牧、幼穆，號樊川，安徽省安慶府桐城縣(今安徽省安慶市桐城市)人。生於康熙四十七年(西元 1708 年)，卒年不詳。張裕犖生於著名的桐城張家，曾祖父為張克儼，張克儼之弟即為大學士張英，張英之子張廷玉也同為大學士，歷任康雍乾三朝重臣。乾隆十三年進士，曾至國子監祭酒。詳見〔清〕馬其昶撰，彭君華校點：《桐城耆舊傳》(合肥：黃山書社，2013年)，卷四，頁 81。

營葬的艱辛過程。桐城姚氏與張氏的關係密切〔註113〕，兩家互有姻親往來。例如姚鼐曾娶張曾翰之女，張曾翰系出大學士張英一脈，而後又續娶張曾敏之女，張曾敏為張英長子張廷瓚之孫。又曾於〈旌表貞節大姊六十壽序〉中言：

> 吾族夙有形家之說，曰「宜出貴女」，而張氏與吾族世姻，其仕宦貴
> 顯者，固多姚氏婿也。〔註114〕

可見張氏與姚氏兩家在桐城以及在姚鼐的身上表現出緊密的地域與姻親關係。

姚鼐雖然沒有詳述擇地的過程，但從《尺牘》中可以得知此事一波三折的苦境：

> 樊川先生安措事，尚未得辦妥，須今冬歸時定之。方觀察（筆者按：
> 方昂）諸公果能相助，所謂「多多益善」者已。不能，亦固當就所
> 有了辦之耳。（〈與汪稼門〉，頁16）

> 惟為樊川先生營葬事，尚未成。吾所欲者，業主不售；或業主肯售，
> 而吾意以為不堪用，遂轉致滯閣，覺此事轉辦轉難矣。其費為之營
> 放，頗有增益，然不敢以此為卸責之道也。（〈與汪稼門〉，頁17）

前述曾引〈題鹿源地圖〉時姚鼐言：「得地乃是至難之事。」葬地的有無與選擇往往是相墓的過程中最為困難的部分。風水文化的盛行，導致搶手的風水福地多半早已被「業主」買去，或放著生財，或待將來自用。因此姚鼐所言的「跋涉」理論，除了親自勘查地形之外，也意涵著必須與這些「業主」打交道，建立好「商場」關係以方便交涉。

但是即便如此盡心盡力，擇地的過程仍然不順利。因此姚鼐就透露出對張家的愧疚虧欠之感：

> 鼐為樊川謀葬地，亦尚未得，殊為耿耿。（〈與胡雒君〉，頁40）

〔註113〕汪孔豐《麻溪姚氏與桐城派的演進》：「姚氏與桐城張氏通家之誼深厚久遠。
早在明末清初時，姚氏就已與張氏締結婚姻關係……如姚孫棐之五子姚文燕
娶山東布政使張秉文女，後繼娶兵部尚書張秉貞女；姚孫棐二兄弟姚孫槼之
女適張秉貞子張茂稷；姚孫森之第六女姚含章嫁文華殿大學士張英。這些姻
親關係的存在，為清代張、姚兩家大規模地結親打下了堅實的基礎。」詳見
汪孔豐：〈家族聯姻與桐城派的姻親傳衍〉，《麻溪姚氏與桐城派的演進》（合
肥：安徽大學出版社，2017年12月），第三章，頁91。另外，此書第三章第
二節〈姚鼐的姻親圈與桐城派的姻親傳衍〉設有一題專述姚鼐與張氏的姻親
關係，頁100～110。

〔註114〕〔清〕姚鼐：〈旌表貞節大姊六十壽序〉，《惜抱軒詩文集》，頁122。

> 為樊川卜兆久不可得，殊以為愧。邑中此事愈辦愈難矣。楚氛不靖，
> 殊使人愁悶。（〈與馬雨耕〉，頁 175）

「殊為耿耿」與「殊以為愧」的敘述皆顯現出姚鼐欲達到「儒者欲安親體」的
自我認同與事件拖累的焦慮感。而最後在尋求三年未果之際，姚鼐因覺身衰體
累，最終選擇放棄尋地，將自己預留死後自葬的墓地讓給久喪不葬的張裕犖：

> 樊川宅兆之事，營求三年，勞而無效。今年弟尤覺衰憊，勢不可堪
> 跋涉之事，而受任必不可空謝。乃以弟昔所買老牛集一處，本雷為
> 自藏者，移與之。弟前獲此地甚巧，於是餘銀甚多；為之置田及備
> 葬費外，尚寬然有餘。已決於本年十一月初九日子時安葬。葬候，
> 惟田畝永雷供祭，張氏子孫，不得轉售。至其多餘之銀，聽其家三
> 房分用可也。頃張八哥在桐，已將田山兩處與之交代看訖，至葬費
> 現存者，寄與樊川之婿江懷書。六哥屬其於十月杪回家，為婦翁料
> 理大事，並收借出之項。懷書又有為樊川先生刻詩之意，其餘多之
> 銀，或分或刻詩，吾輩似可以不問。但了畢窀穸，則於師友之誼，
> 已為無負矣。謹此報命，並一帳簿呈閱。〔註115〕（〈與汪稼門〉，頁
> 17）

讓出自己的「佳城」、「牛眠地」，一方面為「師友之誼」奉獻的行為彰顯了姚
鼐自身的情操，另一方面，「張氏子孫，不得轉售」以及「頃張八哥在桐，已
將田山兩處與之交代看訖，至葬費現存者，寄與樊川之婿江懷書」這細膩詳整
的後事安排雖然可能存有對葬地的擔憂與張氏子孫的不信任，但亦是姚鼐自
身對於「安葬不周，亦屬不慈不孝」〔註116〕的謹慎與掛念。

　　這樣來看，雖然姚鼐的詩文集中並未存有與張裕犖應酬唱和的詩文作品，
難以見其友誼或姻親關係之全貌，但從這裡可以看出姚鼐與張裕犖之間存有
深厚的情誼以及張家對姚鼐的信任。第一，如前所述，風水堪輿是一門專業學
問，其中的術語多如牛毛，相關的書籍亦汗牛充棟，一般未涉獵之人難窺全貌。
而風水師又多有江湖術士，行騙巷閭，難以信服。因此張家將張裕犖的擇地一
事交予姚鼐辦理顯見信服其專業能力。第二，相墓為葬事文化之中的一大要

〔註115〕 老牛集意旨牛眠地，風水師稱龍穴的所在。詳見李人奎：《風水辭林秘解》（新
　　　　北：泉源出版社，1995 年 12 月），頁 220。
〔註116〕 劉祥光：〈宋代風水文化的擴展〉，《臺大歷史學報》第 45 期（2010 年 6 月），
　　　　頁 60。

事，而一塊墓地能否「利後」攸關家族日後的興衰勝敗，因此相墓是為「一般人找風水師卜地最重要的考量」〔註117〕，而將此一重要的大事交由姚鼐抉擇，可見兩家之間互信的程度已超越地域與姻親關係，其心態亦如姚鼐自己讚賞張曾敞的「於族姻朋友，事雖難成者，任之必盡其勞，謀之必竭其慮」〔註118〕，近似於一個家族成員之間的互相幫忙。而姚鼐放棄自己預留的葬地並為其規劃好喪葬之後的安排，亦完成序文所言「為親族交友擇地」的「恤難而廣仁，非徒自喜其術而已」的以儒者自居而學習風水理論之附加價值。

　　從上述《尺牘》內容中兩種方面的舉例與分析可以得知，從現代的眼光來看，在「子不語怪力亂神」的儒家文化中，身為儒者的姚鼐卻深信風水一事並不值得鼓勵。但其學習與使用風水的目的並非如江湖術士般詐財奪地，心態也並非是求取名聲，四處張揚，而是如在〈禮終集要序〉中所言：

> 禮制之衰廢久矣，士恣其情，循流俗之鄙陋，詭於義而昬於中者，
> 不可勝道也，而喪禮為尤甚……或疑士有親在而詳言喪禮為不宜。
> 夫人子質言親終，而擬議其事，則誠不忍。若夫汎言喪制，辨論其
> 當否，正儒者致知之事，古聖賢皆為之，列經傳以教弟子，夫豈有
> 豫凶事之嫌哉？況又有遭事有疑，而欲有所徵，以定其所從者乎！
> 然則是編不可廢也。〔註119〕

意在矯正「禮制之衰廢久矣」當中「而喪禮為尤甚」的世風之變，並以儒者的身分致知於喪葬禮制，將「辨論其當否」、「列經傳以教弟子」作為終身課業。故整合《尺牘》與序文可以知曉姚鼐對風水堪輿的態度始終如一，將其視為一門能有親臨經驗的嚴謹學問以及儒者追求並實踐「禮」的過程。而《尺牘》中的風水經驗以及作為序文中理論的實踐，亦彰顯出姚鼐「欲保風俗之美者」〔註120〕與「實足以踐行其所言」〔註121〕的人格與態度。

〔註117〕劉祥光〈宋代風水文化的擴展〉：「『利後』仍然是一般人採行風水的主要考慮。不僅如此，如前言中所討論，當代的人類學研究也顯示出『有利生者』是一般人找風水師卜地最重要的考良。由此可見，理學家介入風水信仰，效果非常有限。換言之，風水信仰有其自身的運作邏輯，外部力量的介入較難發生作用。」詳見劉祥光：〈宋代風水文化的擴展〉，《臺大歷史學報》第45期（2010年6月），頁64。

〔註118〕〔清〕姚鼐：〈原任少詹事張君權厝銘並序〉，《惜抱軒詩文集》，頁180。

〔註119〕〔清〕姚鼐：〈禮終集要序〉，《惜抱軒詩文集》，頁252。

〔註120〕〔清〕姚鼐：〈乾隆戊子科山東鄉試策問五首〉，《惜抱軒詩文集》，頁135。

〔註121〕〔清〕姚鼐：〈復蔣松如書〉，《惜抱軒詩文集》，頁95。

結語

關注書信中的書寫題材，是為書信研究中繼人物研究後的第二步驟。這些題材單獨以一篇書信來看可能微不足道，但若是重複出現，時常於信中提起，不僅可將其建構成作者生活史中的一項命題，也可從中探見作者的用情，觀察作者的意志。

因此本章的整理，即試圖在文學理論與學術觀點外，指出姚鼐筆下所關注的事物與事物背後的思考。雖然僅有四類而難以完全涵蓋書中的內容，但由於主題反覆的出現，使其不僅只是單純的生活書寫，而是充滿生活經驗的反思，深具姚鼐的個人情志與價值選擇。例如衰老與疾病能呈現姚鼐對生命的感想，金錢的使用反映出對「價值」的判斷，家國的安危展現個人對社稷的情懷。這些不僅難於詩文集中取得，更由於太過瑣碎與細節而易遭忽視。是以再瞭解姚鼐的價值觀之外，也深刻表現出真實的「人」的生活與形象，而非只限於扁平的文學家。

第四章　《惜抱軒尺牘》的學術觀點與取向

　　《惜抱先生尺牘》的刊者郭汝驄曾於跋中引其師陳用光對姚鼐的尺牘的感想：

> 夫子（筆者按：陳用光）復以先生尺牘見示，謂汝驄曰：「此雖隨手簡
> 牘，而其中論學論文語，開發學者神智，視歸震川尺牘有過之無不及
> 也。學者苟能由是而悟於學，則不啻親炙先生之謦欬矣。」〔註1〕

此處揭示《惜抱軒尺牘》（以下皆簡稱《尺牘》）中的「論學論文語」深具學術
價值，既是學術觀點與文學觀點，其見解又如「親炙先生之謦欬」，具鮮明的
個人特色，足以「開發學者神智」，讀來令人深感親切且真實。

　　以時代背景來看，姚鼐一生皆在乾嘉樸學為學術主流的康雍乾盛世。但姚
鼐的學術根柢承襲自「得方苞為文義法」〔註2〕的伯父姚範以及劉大櫆，而方
苞又為「學行繼程、朱之後，文章介韓、歐之間」〔註3〕的宋學主張，因此在
兩代因襲的傳承下，姚鼐自然以宋學、義法與文章為治學問的主要方法。故始
終與主流相違背，而不為當時多數學者所認同，遭受不少攻擊與反對。

　　但姚鼐堅決的個性與「毅然起而正其非，嘗以為論繼孔、孟之統，後世

〔註1〕〔清〕郭汝驄：〈惜抱軒尺牘跋〉，引自〔清〕姚鼐著，盧坡點校：《惜抱軒尺
　　　牘》（合肥：安徽大學出版社，2014年3月），頁145。為減少繁冗的註解，以
　　　下凡引自此書，皆會以簡註呈現。
〔註2〕〔清〕劉聲木撰、徐天祥校點：《桐城文學淵源考撰述考》（合肥：黃山書社，
　　　2011年12月），卷三，頁126。
〔註3〕〔清〕王兆符：〈方望溪先生文集序〉，引自〔清〕方苞著：《方望溪全集》（北
　　　京：中國書店，1991年6月），頁3。

君子必歸程、朱」〔註4〕的據理力爭，雖然間接成為中年辭官歸里的原因之一〔註5〕，不過使姚鼐終未能放棄宋學，反而轉向在書院教授程朱理學，並於《文集》與《尺牘》中批評時風與漢學家，強調學者應有兼容並蓄的態度，且筆授許多讀書學習的方法。

本章將探討《尺牘》的學術觀點，主要的內容架構包含：姚鼐對漢學的批評、姚鼐的學術態度與方法，以及姚鼐所分享的讀書技巧這三個面向。前兩者可以視為姚鼐在《尺牘》中所呈現的學術觀點之批評與理論，而後者則為建構理論前的作業。是故本章將以這二條主軸、三個方向為脈絡，細究其中的深意與內涵。

第一節　漢宋之爭與時學批評

本節針對《尺牘》中討論時學的批評主要分為兩路脈絡。一是瞭解姚鼐所處的學術背景以及困境，進而理解《尺牘》中所提及的漢宋之爭以及姚鼐的態度。二是梳理《尺牘》中對當時立於主流學術的乾嘉學者們的討論，例如批判他們的不良的學術態度與方法，並責問其學術主張與排擠他人的行為。以下將由這兩路脈絡，尋繹出姚鼐在《尺牘》中的時學批評。

一、姚鼐與《惜抱軒尺牘》的學術背景

魯九皋的〈上姚姬傳先生書〉中曾對姚鼐的文論評說來瞭解：

> 我朝文運極盛，然自國初至今，以文名家者，前後相屬，仕驥亦嘗求而讀焉。顧學淺識庸，未敢輕議。獨於先生之文，則甫見一二心焉。傾仰以為醇淡淵深，非獨夫尋常文章之士之以文名家者也。今得見先生粹乎其容，沖乎其貌。其論文章，根極於性命，而探源於經訓，至其淺深之際，一脈流通……。〔註6〕

〔註4〕〔清〕吳德旋：〈姚惜抱先生墓表〉，《初月樓文續鈔》，引自清代詩文集彙編纂委員會編輯：《清代詩文集彙編》（第四百八十六冊）（上海：上海古籍出版社，2010 年 12 月），頁 171。

〔註5〕周中明先生曾整理關於姚鼐辭官的原因，有因病辭官、返家養親、上司劉統勛去世、于敏中得勢以及四庫館內的學術分歧五種說法。詳見周中明：《姚鼐研究》（合肥：安徽大學出版社，2013 年 5 月），第八章，頁 297～316。

〔註6〕〔清〕魯九皋：〈上姚姬傳先生書〉，《魯山木先生文集》，詳見清代詩文集彙編纂委員會編輯：《清代詩文集彙編》（第三百七十八冊）（上海：上海古籍出版社，2010 年），頁 72。

「根極於性命」是指在討論文章時，內在必須以宋儒的性命之學為根本，「對人的本質的自我認識」〔註7〕；「探源於經訓」則是藉由文章來解釋聖賢經典中的道理。因此可以認為姚鼐對文學的理解是基於儒家思想與聖賢經書。而雖然此段為討論文學，但亦可作為認識《尺牘》中學術觀點的第一步。

姚鼐當時處於漢宋之爭的開端。明清兩代出現的兩種研究儒家經典的方向，分別為漢學與宋學。漢學又稱考據學、樸學與乾嘉學派。主要藉由考據文字、器物、典章制度與經書的整理來理解經書的內容。張之洞曾對漢學有很好的理解：

> 漢學所要者二：一音讀訓詁，一考據事實。音訓明，方知此字為何語；考據確，方知此物為何物，此事為何事，此人為何人，然後知聖賢此言是何意義。〔註8〕

而宋學有稱道學或理學，在治經方面，宋學著重在用己意解釋儒家經典。可借凌廷堪的解釋來理解：

> 自宋以來，儒者多剽竊釋氏之言之精者，以說吾聖人之遺經。其所謂學，不求之於經，而但求之於理；不求之於故訓典章制度，而但求之於心。〔註9〕

這兩種學說的主張與方法上迥異，但目的皆是求「公理出而經義明矣」〔註10〕之路，還原最貼近古聖先賢的經典本意。不過由於清代學者之間對於學術的堅持以及話語權的爭奪，遂有漢學宋學之爭。

明代至晚明後，宋學說經的內容走向空疏清談，不著邊際，如明末的顧炎武曾有批評：

〔註7〕 楊儒賓〈作為性命之學的經學——理學的經典詮釋〉：「朱子所說的『性命』，重點當然都落在以理言之的詞目。而以理言之的『性命』兩字，更細分的話，其重點無疑落在『性』字上面。因為『命』的原始意義是作動詞用，其字義本身沒有具體的內容，具體的內容在『性』字。依朱子義，『性』表示人之所以為人的超越性本質，所謂『性即理』也，所以性命之學意指一種對人的本質的自我認識。」詳見楊儒賓：〈作為性命之學的經學——理學的經典詮釋〉，《長庚人文社會學報》第二卷第二期（2009年10月），頁209。

〔註8〕 徐珂編撰：《清稗類鈔》（第八冊）（北京：中華書局，1986年3月），頁3827～3828。

〔註9〕 〔清〕凌廷堪著；王文錦點校：〈戴東原先生事略狀〉，《校禮堂文集》（北京：中華書局，1998年2月），頁312。

〔註10〕 〔清〕紀昀、陸錫熊、孫士毅等撰：〈經部總序〉，《欽定四庫全書總目（整理本）》（上冊）（北京：中華書局，1997年1月），頁1。

竊歎夫百餘年以來之為學者，往往言心言性，而茫乎不得其解也。
〔註11〕

雖然清初有部分宋學家以反省亡國之因來「矯挽王學之末流」〔註12〕，但另闢學術蹊徑來尋求經典詮釋的突破已箭在弦上。有鑒於此，顧炎武主張「經學即理學」〔註13〕，將研究目光轉向經典原文與字句，並在前人的考據成果上以《音學五書》做為「讀九經自考文始，考文自知音始」〔註14〕之實際考據，史具系統組織的研究範本，影響之後的漢學家。因此「宋消漢長」的轉捩點可謂始於「崑山顧炎武其第一人也」〔註15〕。

日後經過漢學家們的努力與成果的累積，戴震以及四庫全書的編纂、四庫全書館的開設將清代的漢學推向高峰。戴震在音韻學與訓詁學上有所突破，建立嚴整的考據方法與態度，在治學上主張「故訓明則古經明，古經明則賢人聖人之理義明」、「賢人聖人之理義非它，存乎典章制度者是也」，表明追求「典章制度」〔註16〕以及藉由「考核以通乎性與天道」〔註17〕的精神幾近成為後來漢學家的圭臬。

另外，戴震對宋學的嚴厲批評使得清中期以前的漢宋之爭浮上檯面：「蓋乾嘉以往詆宋之風，自東原起而愈甚。」〔註18〕例如戴震不滿宋以來的宋學家不識字句而由己意來解釋經典的行為：

〔註11〕〔清〕顧炎武撰；華忱之點校：〈與友人論學書〉，《顧亭林詩文集》（北京：中華書局，2008 年 7 月），頁 40。

〔註12〕錢穆：《中國近三百年學術史》（臺北：臺灣商務印書館，1995 年 9 月），上冊，頁 9。

〔註13〕全祖望在〈亭林先生神道表〉中將顧炎武在〈與施愚山〉中的「然愚獨以為理學之名，自宋人始有之。古之所謂理學，經學也」濃縮成「經學即理學」。詳見張循：〈漢學的內在緊張：清代思想史上「漢宋之爭」的一個新解釋〉，《中央研究院近代史研究所集刊》第 63 期（2009 年 3 月），頁 57。

〔註14〕〔清〕顧炎武撰；華忱之點校：〈答李子德書〉，《顧亭林詩文集》（北京：中華書局，2008 年 7 月），頁 73。

〔註15〕梁啟超：《清代學術概論》，《中國近三百年學術史（附《清代學術概論》）》（臺北：里仁書局，1995 年），頁 13。

〔註16〕以上三句出自〔清〕戴震撰；張岱年主編：〈題惠定宇先生授經圖〉，《戴震全書》（第六冊）（合肥：黃山書社，1995 年 10 月），頁 505。

〔註17〕〔清〕段玉裁：〈戴東原集序〉，詳見自〔清〕戴震著：《戴震集》（上海：上海古籍出版社，2009 年 6 月），附錄二，頁 452。

〔註18〕錢穆：《中國近三百年學術史》（臺北：臺灣商務印書館，1995 年 9 月），上冊，頁 322。

宋以來，儒者以己之見，硬坐為古賢聖立言之意。而語言文字實未
之知，其於天下之事也，以己所謂理強斷行之，而事情原委隱曲實
未能得，是以大道失而行事乖。〔註19〕

也反對程朱理學的「滅人欲」之說，認為極盡壓抑人性而不近人情：

宋以來儒者，蓋以理說之。其辨乎理欲，猶之執中無權；舉凡饑寒
愁怨，飲食男女、常情隱曲之感，則名之曰「人欲」，故終其身見
欲之難制；其所謂「存理」，空有理之名，究不過絕情欲之感耳。

〔註20〕

是以戴震的功勞深刻影響凌廷堪、段玉裁、王念孫父子以及孔廣森等一大規模
的漢學家，成為「清學派時代精神之全部」〔註21〕、「國朝三百年學術，啟於
黃王顧江諸先生，而開乾嘉以後專門之風氣者，則以東原戴氏為首」〔註22〕，
幾近領導清代中後期的漢學發展。

而《四庫全書》的編纂與「四庫全書館」的設立，標誌「漢學派全占勝利」
〔註23〕。總纂官紀昀，以及旗下的邵晉涵、戴震、朱筠、王念孫、孫希旦與金
榜等多人，皆為大名鼎鼎的考據學者，儼然是「漢學家大本營」〔註24〕，使得
館裡少數的宋學家有不小的壓力。

尤其紀昀「『尊漢抑宋』、『崇實黜虛』的學術傾向」〔註25〕，使得在《欽
定四庫全書總目》中針對當時宋學家的輕視與貶抑表露無遺：

大抵朱子平生精力，殫於《四書》。其剖析疑似，辨別毫釐，實遠在
《易本義》、《詩集傳》上。讀其書者要當於大義微言求其根本。明
以來攻朱子者務摭其名物度數之疏，尊朱子者又並此末節而回護之，

〔註19〕〔清〕戴震撰；張岱年主編：〈與某書〉，《戴震全書》（第六冊）（合肥：黃山
　　　　書社，1995年10月），頁374、495。
〔註20〕〔清〕戴震著；何文光整理：《孟子字義疏證》（北京：中華書局，1982年5月
　　　　2版），卷下，頁57～58。
〔註21〕梁啟超：《清代學術概論》，《中國近三百年學術史（附《清代學術概論》）》（臺
　　　　北：里仁書局，1995年），頁32。
〔註22〕王國維撰；謝維揚，房鑫亮主編；胡逢祥分卷主編：《東山雜記》，《王國維全
　　　　集》（第三卷）（杭州：浙江教育出版社，2009年12月），頁381。
〔註23〕梁啟超：〈清代學術變遷與政治的影響（中）〉，《中國近三百年學術史（附《清
　　　　代學術概論》）》（臺北：里仁書局，1995年），頁30。
〔註24〕梁啟超：〈清代學術變遷與政治的影響（中）〉，頁30。
〔註25〕張麗珠：〈紀昀反宋學的思想意義——以《四庫提要》與《閱微草堂筆記》為
　　　　觀察線索〉，《漢學研究》第20卷第1期（2002年6月），頁253。

是均門戶之見，烏識朱子著書之意乎？〔註26〕

種種外在環境的挑戰與不利，致使四庫館中寥寥堅持宋學且抑漢的學者如姚鼐、錢載的處境就顯得更孤立無助〔註27〕。例如姚鼐所作的《惜抱軒書錄》收進《四庫全書總目》時曾遭紀昀大幅刪減，以及討論朱熹《伊洛淵源錄》的價值時與紀昀也有所爭執〔註28〕。因此可知，漢學與宋學之爭並非純粹的學術爭論，而有雜揉兩方對立的學者對話語權的搶佔，以及追求自身學術地位的衝突。

姚鼐的學問基礎在於儒學與經書，在方法上自幼「立足於宋學」〔註29〕，受姚範與劉大櫆這二位承自方苞的宋學體系的經學指導。因此姚鼐自問學以來，就已深刻理解朱熹學說，並期許自己能「守宋儒之學，以上達聖人之精」〔註30〕。另一方面姚鼐也「致力於文章之道」〔註31〕、「期能以文章名世」〔註32〕，認為文章可以「明道義、維風俗以詔世者」〔註33〕。因此姚鼐的理想是成為「徘迴在『文苑』和『儒林』之間的人物」〔註34〕。最顯著的要屬主張學問以「義理、考證、辭章」〔註35〕，將文章融合程朱學說與考據之中，而顧全三者不偏廢一

〔註26〕 〔清〕紀昀、陸錫熊、孫士毅等撰：〈經部總序〉，《欽定四庫全書總目（整理本）》（上冊）（北京：中華書局，1997 年 1 月），卷三十五經部三十五，頁 462。

〔註27〕 姚鼐在四庫全書館任職僅一年，雖然時間短暫，但也不全無功勞，只不過在學術主張上與紀昀不合，因而有部分成就遭到刪除或減汰。王達敏《姚鼐與乾嘉學派》：「姚鼐撰《書錄》廣涉目錄、版本、校勘等屬於專門漢學的領域，用功頗深……但在紀昀等專門漢學家眼裡，姚鼐的考據實在無足輕重。姚鼐被編入《四庫全書總目》後，有關考據的部分除極個別篇章外，均被大量增刪，有的篇章被推翻重寫。紀昀等認為姚鼐粗疏殊甚。」詳見王達敏：《姚鼐與乾嘉學派》（北京：學苑出版社，2007 年 11 月），第二章，註73，頁 50。

〔註28〕 詳見王達敏：《姚鼐與乾嘉學派》（北京：學苑出版社，2007 年 11 月），第二章，頁 37。

〔註29〕 詳見王達敏：《姚鼐與乾嘉學派》（北京：學苑出版社，2007 年 11 月），第二章，頁 37。

〔註30〕 〔清〕姚鼐：〈停雲堂遺文序〉，《惜抱軒詩文集》，頁 53。

〔註31〕 詳見王達敏：《姚鼐與乾嘉學派》（北京：學苑出版社，2007 年 11 月），第二章，頁 37。

〔註32〕 張循：〈漢學的內在緊張：清代思想史上「漢宋之爭」的一個新解釋〉，頁 57。

〔註33〕 〔清〕姚鼐：〈復汪進士輝祖書〉，《惜抱軒詩文集》，頁 89。

〔註34〕 胡琦：〈詞章如何成學：姚鼐與清前中期書院的古文教育〉，詳見梁樹風等著；香港中文系大學中國語文及文學系編：《明清研究論叢》（第一輯）（上海：上海古籍出版社，2015 年 11 月），頁 125。

〔註35〕 〔清〕姚瑩〈朝議大夫刑部郎中加四品銜從祖惜抱先生行狀〉：「先曾祖編修君，先生世父也。博聞強識，誦法先儒，與同里方苦川、葉花南、瀏海峰諸

方。因此姚鼐可謂是通融的「宋學護法」〔註36〕。

　　然綜觀姚鼐的一生，雖然對於學問三端的「異趨而同為不可廢」〔註37〕不曾解離過，但重心與焦點仍會隨著年歲和境遇而有所調整。在姚鼐二十五歲（乾隆二十年，1760 年）之前，由於仍受師長姚範的影響，因此重心主要仍在義理與文章。但自從在二十五歲之後，於京城結識戴震並與其深交，仰慕於戴震的考據成果和學問之深，遂在此時明顯地將學問的重心慢慢移向考據，甚至曾欲拜戴震為師成為其門下〔註38〕，學習輿地學〔註39〕。例如文集中的〈郡縣考〉、〈漢盧江九江二郡沿革考〉與〈項羽王九郡考〉〔註40〕，即是當時建立

先生友善，諸子中獨愛先生，每談必令侍。方先生論學宗朱子，先生少受業焉。尤喜親海峰，客退，輒肖其衣冠談笑為戲。編修公嘗問其志，曰：義理、考證、文章，殆闕一不可。編修公大悅，卒以經學授先生，而別受古文法於海峰。」詳見〔清〕姚瑩著，沈雲龍主編：〈朝議大夫刑部郎中加四品銜從祖惜抱先生行狀〉，《中復堂全集・東溟文外集》（新北：文海出版社，1974 年），頁 259。

〔註36〕蔡長林〈據馬班以高視許鄭：王芑孫對乾嘉學派的批評及其意義〉：「仔細分疏的話，清代中葉學壇上的漢宋之爭，表面上是經學與理學之爭；從學壇話語權爭奪的角度來看，也可以視為文士與經生之爭。原因不難推之，那些宋學護法，諸如桐城一系的方苞、姚鼐、陳用光、管同、梅曾亮、方東樹等人，從立身處世至學術優劣的價值觀上，都是立足於宋學的，但他們對宋學的理解或研究，既難以企及清初的理學名臣，更遑論能比肩於朱子後學。不過就是自少浸淫時文，致力於文章之道，期能以文章名世；而又朱注爛熟於胸，在科舉角鬥場不斷的磨礪之下，宋學義理已內化到文章血脈之中，難以自拔。」詳見蔡長林：〈據馬班以高視許鄭：王芑孫對乾嘉學派的批評及其意義〉，《文章自可觀風色：文人說經與清代學術》（臺北：臺大出版中心，2019 年 12 月），第四章，頁 157。

〔註37〕〔清〕姚鼐：〈復秦小峴書〉，《惜抱軒詩文集》，頁 104。

〔註38〕〔清〕戴震〈與姚孝廉姬傳書〉：「至欲以僕為師，則別有說。非徒自顧不足為師，亦非為所學如足下，斷然以不敏謝也。古之所謂友，故分師之半。僕與足下，無妨交相師，而參互以求十分之見。苟有過，則相規，使道在人，不在言，斯不失友之謂，固大善，昨辱簡，自謙太過。稱夫子，非所敢當之。」詳見〔清〕戴震撰；張岱年主編：〈與姚孝廉姬傳書〉，《戴震全書》（第六冊）（合肥：黃山書社，1995 年 10 月），頁 373。

〔註39〕王達敏《姚鼐與乾嘉學派》：「戴震的示範性成果，把姚鼐引入輿地學領域……姚鼐分別出使魯、湘主持鄉試時，對沿途山川所記甚詳，表現出一個輿地學者的訓練與趣味……後來，輿地學成了姚鼐修習的一個重點，他手定的《惜抱軒文集》卷二是《考》，共收文三篇，〈郡縣考〉、〈漢盧江九江二郡沿革考〉和〈項羽王九郡考〉，就全是輿地的題目。」詳見王達敏：《姚鼐與乾嘉學派》（北京：學苑出版社，2007 年 11 月），第一章，頁 19。

〔註40〕〔清〕姚鼐：〈郡縣考〉、〈漢盧江九江二郡沿革考〉、〈項羽王九郡考〉，《惜抱軒詩文集》，頁 12～26。

的輿地基礎，並在辭官歸鄉後完成的考據成果。後來的《九經說》中亦有大量的地形與古地名考釋，亦是源自於此時的紮根與興趣。

雖然姚鼐於京城期間轉移重心，但學術根柢與嚮往終究仍在程朱理學，與主張兼具、權衡學問三端。這樣的背景與堅持，或許在不需要有主張的官場環境中可以盡情徜徉，但反而令日後進入四庫全書館的姚鼐難以適應。乾隆三十八年詔開四庫全書館，選當時翰林為纂修官，姚鼐為非翰林入選纂修官之一。但這次任職卻成為姚鼐生涯的分水嶺。

身在「漢學大本營」的四庫館，雖然其意在「消融門戶之見而各取所長」〔註41〕，為漢學與宋學提供一個緩衝空間，但實際上任總纂官的紀昀卻認為「宋人學不逮古，而欲以識勝之」〔註42〕、「(《十一經問封》) 宋儒不過集眾說以求一是之歸」〔註43〕等以明說或暗諷的方式攻擊宋學的學術成果。

因此，處在不友善的環境、諸多的現實因素以及長期與姚鼐內心堅持的主張相左的情況下，自然使姚鼐不論在館中或辭官後，皆為一個異於流俗的存在。最終在四十四歲的那年，以羸弱多病為由辭去四庫館的職位。僅僅任職短短的一年。真實的處境則如姚瑩所言的：

> 纂修者競尚新奇，厭薄宋、元以來儒者，以為空疏，掊擊訕笑之不
>
> 遺餘力。先生往復辨論，諸公雖無以難，而莫能助也。〔註44〕

在體認孤立無援，又難一展懷抱、時代的主流與所授的基礎相違悖、人事的隔閡與自我學術的擁護後，使得姚鼐歸鄉而轉向書院教學，並回歸偏重文章與義理的學問三端為主要的治經理念，以此來教授門生，編織人才，致力於著書立說，直到終老〔註45〕。

〔註41〕 〔清〕紀昀、陸錫熊、孫士毅等撰：〈經部總序〉，《欽定四庫全書總目（整理本）》（上冊）（北京：中華書局，1997 年 1 月），頁 1。

〔註42〕 〔清〕紀昀、陸錫熊、孫士毅等撰：〈詩補傳三十卷〉，《欽定四庫全書總目（整理本）》（上冊）（北京：中華書局，1997 年 1 月），卷十五經部十五詩類一，頁 192。

〔註43〕 〔清〕紀昀、陸錫熊、孫士毅等撰：〈十一經問答五卷〉，《欽定四庫全書總目（整理本）》（上冊）（北京：中華書局，1997 年 1 月），卷三十三經部三十三五經總義類，頁 430。

〔註44〕 〔清〕姚瑩著，沈雲龍主編：〈朝議大夫刑部郎中加四品銜從祖惜抱先生行狀〉，《中復堂全集・東溟文外集》（新北：文海出版社，1974 年），頁 261。

〔註45〕 Tekhelet〈晚年書信中的姚鼐〉：「姚鼐的晚年，籠統概括地講，其實只集中做了兩件事，一，著書立說；二，裁成人才。而二者又是互為表裡的，最重目的又歸為姚氏一生之宗旨：溝通漢宋，發揚義理。」詳見 Tekhelet：〈晚年書信

　　在中晚年的《尺牘》中，時常可見姚鼐多次與對方怨懟以漢學為學術主流的氛圍，就可得知他並未因辭官而消弭心中的憤恨與不平：

> 大抵近世論學，喜抑宋而揚漢，吾大不以為然。正由自奈何不下腹
> 中數卷書邪？（〈與胡雒君〉，頁40）

許多的批評因尺牘的私密而顯得直白且激動。如在與姪孫姚瑩就表明與朝中的漢學諸家們道不同，不相為謀的立場：

> 吾孤立於世，與今日所云漢學諸賢異趣。（〈與石甫姪孫〉，頁137）

或是對乾嘉學者的治經方式與考據成果感到不滿：

> 覃谿先生勸人讀宋儒書，真有識之言。真漢儒之學，非不佳也，而今
> 之為漢學乃不佳：偏徇而不論理之是非，瑣碎而不識事之大小，嘵嘵
> 聒聒，道聽塗說，正使人厭惡耳。（〈與陳碩士〉第五十四篇，頁101）

以及批評學者只專注於生字難辭的考據而忽略經典義理：

> 近世人最輕經義之體，唯僕意尚重之，得先生與僕同心，豈勝喜也。
> （〈與唐陶山〉，頁158）

這些批評是姚鼐退出漢學大本營，以及多年來自身在書院的沉潛、觀察與反省所得來的深刻體悟。不單只是純粹的抱怨，反而因為站在對立面而能分析的更為清晰與客觀，深具指標意義。

　　通過以上概略的清代初期至中期的學術背景與發展脈絡，以及姚鼐的處境來看，身為以「儒者生程、朱之後，得程、朱而明孔、孟之旨，程、朱猶吾父師也」〔註46〕這般將宋學視為學術宗旨的使命，自然會對於掌握時代風氣的話語權的漢學以及乾嘉學者有諸多「悖逆」潮流的想法，並表現在經過長時間處於書院的平靜生活時的自我思緒之整理、反省且著重在與他人對話的《尺牘》之中。

二、《尺牘》對乾嘉學者的批評

　　《尺牘》中對乾嘉學者的批評可以區分為兩類。一類是不滿當時的乾嘉學

　　　中的姚鼐〉，此文未有紙本書籍，轉引自網路：https://book.douban.com/review/
　　　7892265/。檢索時間：2020年7月30。而蔡長林先生的《〈理論的實踐場域——
　　　——《春秋三傳補注》所見姚鼐的經學理念〉》曾引該文，並附於註釋23。但蔡
　　　先生見該作者名為劉愚，顯見作者的網路名稱可能有過更動。詳見蔡長林：
　　　〈理論的實踐場域——《春秋三傳補注》所見姚鼐的經學理念〉，《文章自可觀
　　　風色：文人說經與清代學術》（臺北：臺大出版中心，2019年12月），第三章，
　　　註釋23，頁103。
〔註46〕〔清〕姚鼐：〈再復簡齋書〉，《惜抱軒詩文集》，頁102。

者形成的學術氛圍以及提倡的治經方法；另一類則是批評當時知名的乾嘉學者如戴震、王引之、紀昀等人的學術內容、方法，以及批判假學術融合之名行「觝排異端」之實的作為。這兩類雖然看似相近，但若區分開來，便能從中看出姚鼐不同的批評方法，以及對乾嘉學者的細膩觀察。

以前者來說，雖然前者並不詳細指名，而是以一種類稱的方式來概括泛談之，但對於《尺牘》中的受信者而言，能快速且便於瞭解乾嘉學者的特性。而以後者來說，雖然指名道姓似有針對之嫌，但具體的提出其中可供實際討論的內容與行為，既是真實的批評，又能為《尺牘》中的受信者提供建議，以避免治經時的謬誤。

（一）時學批評

首先，當時乾嘉學者基於「理學反動、八股反動與經世致用」〔註47〕等等直接或間接的原因，放棄理學而轉向考據後，便以嚴整的態度，通過考證「釐清時代或觀念混雜的經籍，以了解古代文化制度的實狀」〔註48〕。而當學者一窩蜂爭相投入考據後，便使學術的研究方向與風氣漸漸偏向考據，進而忽略文章與義理。

但是，一種方法的出現與其命運，往往在變化窮極之處式微後走向極端。因此在考證成為風氣後，在乾嘉學者之間就出現所謂的「為考據而考據」這樣的發展變化之必然。

這樣的必然，雖然使得「考據學終於擺脫了理學的糾纏，開始尋求獨立自主的新天地」〔註49〕，不再追尋「道德修養、躬行實踐的『進德』之學」〔註50〕時，卻反倒與宋學家如姚鼐認為治經應該要有「上當於聖人之旨，下合乎天下之公心者」〔註51〕、「欲人人講明於聖人之傳不謬而已」〔註52〕，明確且完整地表達經典的內容，而不純粹追求文字遊戲，同時實踐經典義理

〔註47〕丁旭輝：〈清代考據學興起的原因與背景研究的時代意義〉，《國立中央圖書館臺灣分館館刊》第 10 卷第 3 期（2004 年 9 月），頁 111。
〔註48〕汪惠娟：〈從清代考據學談起——論戴震的義理思想〉，《哲學論集》第 35 期（2002 年 7 月），頁 213。
〔註49〕張維屏：《紀昀與乾嘉學派》（臺北：臺大出版中心，1998 年 6 月），頁 42。
〔註50〕張循：〈漢學的內在緊張：清代思想史上「漢宋之爭」的一個新解釋〉，《中央研究院近代史研究所集刊》第 63 期（2009 年 3 月），頁 72。
〔註51〕〔清〕姚鼐：〈程綿莊文集序〉，《惜抱軒詩文集》，頁 268。
〔註52〕〔清〕姚鼐：〈鄉黨文擇雅序〉，《惜抱軒詩文集》，頁 57。

而進德修業的理念互相衝突。

姚鼐遂意識到此現象的嚴重並感到擔憂與質疑：

> 弟一冬止讀宋儒書。近士大夫侈言漢學，只是考證一事耳。考證固
> 不可廢，然安得與宋大儒所得者並論？（〈與汪稼門〉，頁 18）

事實上，如前有言，姚鼐在學術路線中雖然選擇宋學這一條寂寞的道路，但其實並不主張「抑漢揚宋」或反對漢學等偏激的方式，也不否定漢學本身的內容與結構。相反的，姚鼐以為漢宋兩者是「異趨而同為不可廢」〔註53〕的存在，認同「考證固不可廢」，是治經必要的研究方法。

探其根本，姚鼐不滿的始終是乾嘉學者的偏頗失衡，只專注在「侈言漢學，只是考證」的學術態度與方法，忽略根本的義理與同樣重要的辭章，以及能將義理與辭章實踐的進德修業。因此質疑當時乾嘉學者只專注在考據的成果究竟是否能比得上「宋大儒所得者」的義理內涵。

是以批評乾嘉學者「為考據而考據」的行為為玩物喪志的代稱，嚴厲否定考據方法，認為得到的結果也只會是瑣碎無用，進而顯得「搜求瑣屑，徵引猥雜」〔註54〕：

> 覃谿先生（筆者按：翁方綱）勸人讀宋儒書，真有識之言。真漢儒
> 之學，非不佳也，而今之為漢學乃不佳：偏徇而不論理之是非，瑣
> 碎而不識事之大小，嘵嘵聒聒，道聽塗說，正使人厭惡耳。（〈與陳
> 碩士〉第五十四篇，頁 101）

> 且讀書者，欲有益於吾身心也，程子以記史書為玩物喪志。若今之
> 為漢學者，以搜殘舉碎，人所少見者為功，其為玩物不彌甚邪。（〈與
> 陳碩士〉第五十四篇，頁 101）

甚至特別舉出當時著名學者惠棟的著作作為考據過分失當的例子：

> 惠氏《左傳補注》，亦自見讀書精密處，特嫌其所舉太碎小。近世為
> 漢人學者，率有斯病，愚意不善之，覺殊不能逮顧亭林也。閱其書，
> 見為用力勞而受功寡。（〈與陳碩士〉第五篇，頁 77）

這三篇尺牘可以見得，「近世為漢人學者，率有斯病」，姚鼐認為乾嘉學者的病就是過度執著「博稽於名物制度之事」〔註55〕以及一字之來源與意義，因此勢

〔註53〕〔清〕姚鼐：〈復秦小峴書〉，《惜抱軒詩文集》，頁 104。
〔註54〕〔清〕姚鼐：〈復汪孟慈書〉，《惜抱軒詩文集》，頁 295。
〔註55〕〔清〕姚鼐：〈停雲堂遺文序〉，《惜抱軒詩文集》，頁 53。

必會在方法上走向「偏徇而不論理之是非」的極端，在引證的內容上也會有「道聽塗說」、「搜殘舉碎」之嫌，使得經典的解釋變得鑽牛角尖、「嘵嘵呫呫」，既「無研尋義理之味」〔註56〕，又有「不達古人之意者」〔註57〕的可能，更甚導致治經事倍功半，陷入詮釋與成果皆空的窘境。

這樣的風氣，姚鼐在《尺牘》曾檢討並歸因於二者。一是漢學的師法制度，二是學者追求功名與虛榮心作祟。以第一者來說，「師法」即弟子學習老師所傳授的學術的過程。這裡可借皮錫瑞《經學歷史》來理解：

> 漢人最重師法。師之所傳，弟之所受，一字毋敢出入；背師說即不用。師法之嚴如此。〔註58〕

從「一字毋敢出入」、「背師說即不用」之嚴格，可見師法的傳承一方面維護「聖人、經書之古義」〔註59〕、「經典詮釋授受之根源，無師法則不明古義，不明古義則代表其說無本」〔註60〕的經書解釋的權威，另一方面能避免自創新義，曲解聖人經書之說而造成「夫以意說而廢師法，此夫子之所謂『不知而作』也」〔註61〕的不從師法而錯解的情況。

但是這樣的傳統與學習過程，在清代走向極盛時，便在宋學家的眼中成為極端、愚守與不知變通的作法。姚鼐就在〈與錢獻之序〉中批評漢代儒生的師法：

> 孔子沒而大道微。漢儒承秦滅學之後，始立專門，各抱一經，師弟傳受，儕偶怨怒嫉妒，不相通曉，其於聖人之道，猶築牆垣而塞門巷也。〔註62〕

顯然姚鼐認為，乾嘉學者沿襲漢代學者這種墨守師說、「各抱一經」，一脈單傳的學術，最終會造成學者彼此之間「不相通曉」，各自閉門造車，導致只知曉

〔註56〕〔清〕姚鼐：〈復汪孟慈書〉，《惜抱軒詩文集》，頁295。

〔註57〕〔清〕姚鼐：〈復曹雲路書〉，《惜抱軒詩文集》，頁88。

〔註58〕〔清〕皮錫瑞著，周予同注釋：《經學歷史》（北京，中華書局，1981年8月），頁77。

〔註59〕洪博昇：《江聲與王鳴盛《尚書》學之比較研究》（臺北：世新大學中國文學系博士論文，2015年7月），頁92。

〔註60〕洪博昇：《江聲與王鳴盛《尚書》學之比較研究》（臺北：世新大學中國文學系博士論文，2015年7月），頁121。

〔註61〕〔清〕王鳴盛：《十七史商榷》（上）（上海：商務印書館，1937年6月），頁229。

〔註62〕〔清〕姚鼐：〈贈錢獻之序〉，《惜抱軒詩文集》，頁110。

片面的「聖人之道」，進而走向「守一家之言則狹，專執己見則陋」〔註63〕的窘境：學問內涵淺薄、學者偏執固陋，以及「稍增其說，師多則說愈多」、「歷師彌眾，故文愈繁」〔註64〕的繁蕪頹勢。遂在《尺牘》中勸戒弟子陳用光，避免受當時漢學與乾嘉學者的師法學風而影響自己的求學態度：

> 且漢人各守師法，不肯相通，固已拘滯矣。然彼受業於先師不敢背，猶有說也。吾生於後世，兼讀各家之書，本非受一先生之言，而不欲兼以從是，而執一家之言為斷，是辟之甚也。（〈題鹿源地圖〉第四篇，頁118）

同時在這篇尺牘中提出，要能解決師法所面臨的困境的方法，即是反其道而行：「兼讀各家之說」而不固守一師，旁徵博引，多聞多見，就可避免治經時「執一家之言為斷」的侷促。

　　而第二者原因，則是姚鼐認為乾嘉學者欲以藉考據來建立學術功名的虛榮心。以樹立功名而言，科舉考試始終是知識份子的首要選擇，但多數乾嘉學者並不熟稔時文與場屋之事。漆永祥先生的研究曾列出江藩《漢學師承記》中所記的著名的乾嘉學者多非官場顯赫之人〔註65〕，例如江永、惠棟、江聲與汪中，其中被譽為集考據之大成的戴震，則是因學術成就之高而受人推薦，才經乾隆帝的特許而賜同進士出身。僅有少數如紀昀、錢大昕與朱筠等人較為順利進入仕宦。因此乾嘉學者專注於考據之中，也勢必欲求其豐碩的成果，高遠的名聲，若能如戴震一樣受皇帝青睞而有「捷徑」則是一舉兩得。

〔註63〕〔清〕姚鼐：〈與吳子方〉，《惜抱軒尺牘》，頁48。
〔註64〕〔清〕姚鼐：〈與吳子方〉，《惜抱軒尺牘》，頁118。
〔註65〕漆永祥〈乾嘉考據學新論〉：「即以科舉功名而論，乾嘉時考據學家多功名黯然，屢敗科場，其求生之手段，或入幕府，或修志書，生活無助，常困衣食者，在在而有，比比皆是。乾嘉學者多不擅時文，以江藩《漢學師承記》中所列諸人而言，掇巍科者，以金榜為最，其為乾隆三十七年一甲第一名及第，其次則王鳴盛為乾隆十九年莊培因榜、江德量為乾隆四十五年恩科汪如洋榜、洪亮吉為乾隆五十五年恩科石韞玉榜一甲第二名及第，盧文弨為乾隆十七年恩科秦大士榜一甲第三名及第，餘則邵晉涵為乾隆三十六年恩科會試第一名，然殿試在二甲第三十名。他如錢大昕、王昶、朱筠、武億等中進士者，皆在二、三甲之列，若戴震之進士名，乃清高宗之所賜。即金榜、江德量、盧文弨，雖名在三甲，然或早退林下，或著述為業，仕宦皆不顯赫，更無財富利祿之可言。他若江永、惠棟、沈彤、余蕭客、江聲、汪中、江藩、臧庸等，則或屢敗科場，或絕意不為時文以終其身。」詳見漆永祥：〈乾嘉考據學新論〉，《北京大學學報（哲學社會科學版）》第50卷第3期（2013年5月），頁107。

　　這樣的心態與風氣，雖然能使考據這一研究方向的成果積羽沉舟，但是治經的工作卻不再是純粹深究古聖先賢之意，而是充斥功利、名聲與目的。姚鼐遂於《尺牘》中多次批評乾嘉學者：

> 世之君子，欲以該博取名，遂敢於輕蔑閩洛，此當今大患，是亦衣冠中之邪教也。（〈與汪稼門〉，頁 18）

> 近世為漢學者，初以人所尟聞而吾知之，以該博自喜；及久入其中，自喜之甚而堅據之。以至迂謬紛糺，不能自解。（〈題鹿源地圖〉第五篇，頁 119）

> 若今之為漢學者，以搜殘舉碎，人所少見者為功，其為玩物不彌甚邪。（〈與陳碩士〉第五十四篇，頁 101）

這種以「人所少見者為功」、「以該博取名」，建立龐大的考據知識庫，好來求取關注的目光，對冷僻的考據成果「自喜之甚而堅據之」、以此自炫炫人的虛榮心，姚鼐認為只會自我滿足於無價值的紙堆考據上。而所學無用於社會經濟，最終造成虛有其表的學術成果，甚至嚴厲評為學術中的「衣冠邪教」，用詞之強烈，可以見得姚鼐的憤恨。

　　因此，姚鼐於《尺牘》中認為，在「固執己陋的學術師法」，以及「『博稽於名物制度之事』[註66]來求功名的譁眾取寵」兩者原因互相影響與交融的情況下，「為考據而考據」的做法產生了兩種後果。一方面在成果上，乾嘉學者所考據出的成果猶如紙上遊戲，用功甚勞，但是不能夠回報或深具學術價值：

> 惠氏《左傳補注》，亦自見讀書精密處，特嫌其所舉太碎小。近世為漢人學者，率有斯病，愚意不善之，覺殊不能逮顧亭林也。閱其書，見為用力勞而受功寡。（〈與陳碩士〉第五篇，頁 77）

此篇尺牘姚鼐以惠棟的《左傳補注》為例。惠棟標舉「漢學」之大纛，錢穆先生有評曰：「此所謂守古訓，尊師傳，守家法，而漢學之壁壘遂定。其弟子同縣余蕭客、江聲諸人先後羽翼之，流風所被，海內人士無不重通經，通經無不知信古，其端自惠氏發之，於是有『蘇州學派』之稱。」[註67]可謂分別漢、宋學問的第一人，亦是吳派經學的開路先鋒，在學術貢獻上與戴震並

〔註66〕〔清〕姚鼐：〈停雲堂遺文序〉，《惜抱軒詩文集》，頁 53。
〔註67〕錢穆：《中國近三百年學術史》（上冊）（臺北：臺灣商務印書館，1995 年），頁 353。

稱，可謂是乾嘉學者中的代表人物。其著作《左傳補注》的用意為「每謂杜氏解經頗多違誤，因刺取經傳，附以先世遺聞，廣為《補注》六卷，用以博異說、祛俗議」〔註68〕。而其中「純采先儒之說，末乃下以己意，令讀者可以考得失而審異同」〔註69〕的作法使其書「詳於徵引，而大量徵引賈、服，特尊漢儒，尤其具有學術新義」〔註70〕。

其中的問題顯然出在「大量徵引」，姚鼐並不認同這種「廣泛輯引漢儒古訓」〔註71〕的方法。堆疊諸家之言，雖然可見「讀書精密處」，但是否真能幫助理解《左傳》的義理，仍有待疑問。是以他認為反而「所舉太碎小」、「不識事之大小，曉曉聒聒」〔註72〕。而最重要的學術價值的收益方面，對於惠棟自己而言是「用力勞」，讀者卻是「受功寡」。

而另一方面，瑣碎的考據結果無法用於日常生活以及社會實踐。姚鼐曾任山東鄉試考官時作〈乾隆戊子科山東鄉試策問五首〉向考生提問，在其中一段有言：

> 鄭康成於東漢之末，興於高密，為海內鉅儒。夫世言理學者宗閩、洛，而考證經義詳博者推漢儒。雖然，漢儒行事具在，將謂其第能博聞稽古，為有功於經乎？抑有躬修實踐，誠無媿於儒者也？〔註73〕

可見姚鼐肯定乾嘉學有「行事具在」的特性而能「博聞稽古」、「考證經義詳博」。但這裡卻特別強調，不論儒者是宗於閩洛的義理或乾嘉學的考據，皆必須「有功於經」且能有「躬修實踐」。反過來說，即在批評當時的乾嘉學者所缺乏的，在於無法實踐考據的成果，以及藉由考據的成果來修己立德。而只是「博稽而鮮功」〔註74〕，於象牙塔中閉門造車，勢必不能「無媿於儒

〔註68〕〔清〕惠棟撰；嚴一萍選輯：〈春秋左傳補註序〉，《春秋左傳補註》（卷一）（臺北：藝文印書館，1966 年），頁 1～2。

〔註69〕〔清〕惠棟撰；嚴一萍選輯：〈春秋左傳補註序〉，《春秋左傳補註》（卷一）（臺北：藝文印書館，1966 年），頁 1。

〔註70〕張素卿：〈惠棟的《春秋》學〉，《臺大文史哲學報》第 57 期（2002 年 12 月），頁 116。而關於惠棟在《左傳補注》中的訓解與介紹，可見張素卿先生的文章〈惠棟的《春秋》學〉頁 114 至 122。

〔註71〕張素卿：〈惠棟的《春秋》學〉，《臺大文史哲學報》第 57 期（2002 年 12 月），頁 121。

〔註72〕〔清〕姚鼐：〈與陳碩士〉第五十四篇，《惜抱軒尺牘》，頁 101。

〔註73〕〔清〕姚鼐：〈乾隆戊子科山東鄉試策問五首〉，《惜抱〔清〕姚鼐：〈醫方捷訣序〉，《惜抱軒詩文集》，頁 39。軒詩文集》，頁 130。

〔註74〕〔清〕姚鼐：〈醫方捷訣序〉，《惜抱軒詩文集》，頁 39。

者也」。

因此姚鼐在《尺牘》中，向門生胡虔主張他所理解的宋學認為的「小學」應該要具有實際面：

> 夫六藝自是古人以教小子之事，然計所教者亦淺，令犢知其概耳。
>
> 其一藝之精，自是專門，豈必人人能之，又學者豈必事事解了邪？
>
> 若宋儒所云小學，則是切於日用，學者必不可缺者。（〈與胡雒君〉，
> 頁 39～40）

這裡姚鼐說宋學所認識的「小學」是「切於日用」，顯然是聲明考據研究的成果，應該要能解決日常生活的問題，因此為學者的「必不可缺者」。這樣的理解也示意當時的考據成果無法「切於日用」，同時如上有言的，乾嘉學者自喜於考據成果而沉迷堅守之，忘卻更重要的「躬修實踐」，遂不能達到「功於經」的效果以及深探「經理性情之實」〔註75〕。

以上是姚鼐在《尺牘》中對乾嘉學者所帶起的學術氛圍的討論。透過上述的蒐羅與整理後，可以見得姚鼐對乾嘉學者的理解有著深刻且清晰的把握。且所批評的內容，是專注在治經本身的方法、態度、治經時關注的焦點的取捨以及成果上。整合來看，實是針對學術所做的純粹的批評，因而能成為對當時漢學的另一面的認識。

（二）對戴震與紀昀的批評

學術問題的討論，有時會因為個人偏好、身分地位的處境、學術根柢的不同或理解方式的差異，而有較不公正或偏頗的批評觀點，甚至會發生口誅筆伐、互相構陷的情況，這也使紛爭並不純然只是專注於學術的討論。因此，在《尺牘》中對乾嘉學者另一類的批評，在純粹的治經方式與內容的討論之外，最大的不同處，在於姚鼐實際指名某些乾嘉學者，揭櫫並反對他們對宋學的詆毀以及某些政治行為。

前述曾提及，清代初期至中期是考據學的高峰，亦是漢宋之爭最激烈的時刻。而乾嘉學者自身「強烈的排他性，以及欲從根本處推翻宋學的態度」〔註76〕，在形成一龐大群體，站穩風口並掌握話語權後，曾藉由影響力來攻

〔註75〕〔清〕姚鼐：〈稼門集序〉，《惜抱軒詩文集》，頁 274。

〔註76〕詳見蔡長林：《文章自可觀風色：文人說經與清代學術》（臺北：臺大出版中心，2019 年 12 月），導言，頁 14。

擊宋學。例如惠棟的《毛詩注疏》就曾言「宋儒之禍，甚於秦灰」〔註77〕。這樣的聲明在乾嘉學者的作品裡不計其數。後來響應並追隨的學者們，雖然未必如同惠棟般激進，但是仍舊打從心底對宋學與宋學家有許多偏見，並在自身的治經成果中表現。

姚鼐在《尺牘》中，就明顯表露出對兩位乾嘉學者的治經方式、抑宋揚漢以及他們的政治行為的不滿。分別是在考據學的研究方法與成果上立下模範的戴震，以及《四庫全書》的總纂官紀昀。而這兩位也同時是前述曾言的清代漢學興盛的兩大推手。

首先，姚鼐曾於《尺牘》中針對戴震的學術傾向有過批評：

> 前書所稱都中數賢，皆生平所未見。船山、蘭雪、伯申雖不識，而
> 嘗見所著作。吳、顧、二陳，均未觀其所作。衰病欲盡之年，固樂
> 聞海內之友賢俊耳。大抵所貴在有真踰人處，而不必其同途。詩佳
> 則取詩，文佳則取文，經學、史學、天文、數算、地理、小學，即四
> 六時文，皆可愛。但欲其精，不必其多。能兼者自佳，不能兼亦何
> 害……戴東原言考證豈不佳？而欲言義理，以奪洛、閩之席，可謂
> 愚妄不自量之甚矣。執此理以踰前人，即以是裁斷今時名士，當亦
> 不甚遠耳。（〈與陳碩士〉第六十篇，頁 104）

雖然《尺牘》中對戴震的討論僅存此篇，但明確指名與優缺點的判別之顯著，均可見姚鼐深諳戴震的學術內涵：一方面肯定戴震的學問與考據功力有卓越的表現，但另一方面認為戴震對義理的理解與討論，以及欲推翻程朱理學而建立自己的學說，是「愚妄不自量之甚」之舉。顯然戴震的義理之說與雄心未能受到姚鼐的肯認。

前述戴震曾批評宋學家在未理解字句之意的情況下「以己之見」錯解聖賢經典之言，並強調治經應經由「考核以通乎性與天道」〔註78〕，以及不滿程朱理學的「存天理，滅人欲」的抹殺人性之說而有「理欲之辯」，欲以經過考據的文字來重建經典義理好來反對程朱理學。

從這兩個影響面來看，前者屬於學術方法上的意見分歧，雖然乾嘉學者在

〔註77〕〔清〕李集敬堂：《鶴微錄》。轉引自錢穆：《中國近三百年學術史》（臺北：臺灣商務印書館，1995 年 9 月），上冊，頁 321。

〔註78〕〔清〕段玉裁：〈戴東原集序〉，詳見〔清〕戴震著：《戴震集》（上海：上海古籍出版社，2009 年 6 月），附錄二，頁 452。

考據的成果上的確存在「至繁碎繳繞，而語不可了當」〔註79〕的缺失，但當時的宋學家也同樣有著錯解經典的情況。更何況考據實為學問三端〔註80〕之一，「是三者苟善用之，則皆足以相濟」〔註81〕，是以宋學家在治經時也不能不深諳考據。故當時反對戴震的學者難以對此說法有所批判，於姚鼐的《尺牘》中也未見對此事的批評。但是若從後者來說，由於立場是「對儒學新義理的闡發，尤其反映在對傳統義理的批判上」〔註82〕，使得反對義理學說的乾嘉學者，或擁護程朱理學的宋學家，皆對此事找到見縫插針的機會。

實際上，戴震雖然以考據名家，但其追求的目標並不僅限於考據。早在姚鼐提出學問三端之前，戴震就有相近的見解：

> 古今學問之途，其大致有三：或事於理義，或事於制數，或事於文章。事於文章者，等而末者也。……足下好道而肆力古文，必將求其本。求其本，更有所謂大本。大本既得矣，然後曰是道也，非藝也。〔註83〕

雖然此段戴震將文章置於「等而末者」的地位，顯現出些許對文章的輕視，但仍是認為一位學者應兼求學問三端，並且缺一不可，而這三者終將匯通為道之「大本」。另將理義置於第一位，亦可見戴震最重視的為義理。但是這裡戴震所言的理義或義理，並非宋儒的「苟可以舍經而空憑胸臆」〔註84〕，而是「故訓明則古經明，古經明則賢人聖人之理義明」〔註85〕的藉訓詁求聖賢經典之道的方法。

但是「當時的人，所表現出來對戴氏的評價幾乎是一面倒向考證訓詁學

〔註79〕〔清〕姚鼐：〈述庵文鈔序〉，《惜抱軒詩文集》頁61。

〔註80〕〔清〕姚鼐〈述庵文鈔序〉：「鼐嘗論學問之事，有三端焉：曰義理也，考證也，文章也。是三者苟善用之，則皆足以相濟；苟不善用之，則或至於相害。」詳見〔清〕姚鼐：〈述庵文鈔序〉，《惜抱軒詩文集》，頁61。

〔註81〕〔清〕紀昀、陸錫熊、孫士毅等撰：〈詩補傳三十卷〉，卷十五經部十五詩類一，頁61。

〔註82〕汪惠娟：〈從清代考據學談起——論戴震的義理思想〉，《輔仁大學哲學論集》第35期（2002年7月），頁228。

〔註83〕〔清〕戴震撰；張岱年主編：〈與方希原書〉，《戴震全書》（第六冊）（合肥：黃山書社，1995年10月），頁375。

〔註84〕〔清〕戴震撰；張岱年主編：〈題惠定宇先生授經圖〉，《戴震全書》（第六冊）（合肥：黃山書社，1995年10月），頁505。

〔註85〕〔清〕戴震撰；張岱年主編：〈題惠定宇先生授經圖〉，《戴震全書》（第六冊）（合肥：黃山書社，1995年10月），頁505。

上，對於其義理學上的成就，多抱持觀望或者否定的態度」〔註86〕，例如章學誠就曾在《文史通義》中表述此況：

> 時人方貴博雅考訂，見其訓詁名物，有合時好，以謂戴之絕詣在此。
>
> 及戴著《原性》、《原善》諸篇，於天人理氣，實有發前人所未發者；
>
> 時人則謂空說義理，可以無作，是故不知戴學者。〔註87〕

可見雖然時學對戴震的《原性》、《原善》二作義理之說有不錯的評價，但認為無法與其「訓詁名物」之功相提並論。原因在於義理不契合學術整體的氛圍，「時人方貴博雅考訂」，乾嘉學者對義理本就不認同也不支持。而這樣的情形，就深刻地反映在戴震晚年所作的《孟子字義疏證》。

戴震的《孟子字義疏證》是晚年「用力最深，且為最滿意者」〔註88〕的「自身學問對經典（《孟子》）詮釋的」〔註89〕成熟的義理實踐之作。從他臨終前寄予學生段玉裁的信中可見對其書的完成非常得意且懷抱期許：

> 僕生平論述最大者為《孟子字義疏證》一書，此正人心之要。今人無論正邪，盡以意見誤名之曰理，而禍斯民，故《疏證》不得不作。
>
> 〔註90〕

〔註86〕 吳宛蓉：〈從《孟子字義疏證》的著書成因及內容剖析戴東原晚年思想〉，《語文學報》第十四期（2007 年 12 月），頁 47。

〔註87〕 〔清〕章學誠著；劉公純標點：〈書朱陸篇後〉，《文史通義》（北京：古籍出版社，1956 年 12 月），頁 57。

〔註88〕 詳見吳宛蓉：〈從《孟子字義疏證》的著書成因及內容剖析戴東原晚年思想〉，《語文學報》第十四期（2007 年 12 月），頁 45。

〔註89〕 這裡轉引並化用余英時之說。余英時〈清代學術思想史重要觀念通釋〉：「戴氏中年時期雖與一般考證學派沆瀣一氣，但是他的真正學術與興趣卻在義理方面，考證不過是通向義理的手段而已。早年時期他尚無自得的義理，因此他以義理屬之宋儒，訓詁屬之漢儒。中年受考證風氣的激盪，他一變而尊漢代考據而輕宋人義理。及至晚年，他撰成《原善》、《緒言》、《孟子字義疏證》諸篇，自以為已得孔、孟義理之真，於是又一變而回到早年的立場，即仍以義理為最尊，而置考據、詞章於從屬的地位……這時（晚年）他不但批評宋儒義理，也公然不滿漢、晉故訓了。他最尊義理，但不再依傍宋儒鑿空所得之義理；他仍然重視考據，但不再依傍漢、晉附會之故訓。」余英時認為戴震的晚年思想排斥漢儒尊崇的鄭玄、許慎等訓詁之說以及宋儒所推崇的程朱理學之說，在漢學與宋學之間走出自己的路，故所作《孟子字義疏證》是以戴震的訓詁方式創建戴震的義理學說。詳見余英時：〈清代學術思想史重要觀念通釋〉，《中國思想傳統的現代詮釋》（臺北：聯經出版，1987 年 3 月），頁 459～460。

〔註90〕 〔清〕戴震撰；張岱年主編：〈與段茂堂等十一札之十〉，《戴震全書》（第六冊）（合肥：黃山書社，1995 年 10 月），頁 543。

戴震認為後世註家對《孟子》一書的錯解謬誤之大,「相率趨之以為美言。其入人心深,禍斯民也大,而終莫之或寤,辯惡可已哉」,倘若知情這樣的情況卻「吾知之而不言」,則「是不忠也」〔註91〕的違背學術良心。因此信中用詞如「最大者」、「正人心之要」,均足以見戴震的宏願。

戴震的學說之一為反對程朱理學的「存天理,滅人欲」,認為極度壓抑人之本性。而這個主張可以在《孟子字義疏證》當中得見。例如〈卷上〉的理十五條中有言:

> 性,譬則水也;欲,譬則水之流也;節而不過,則為依乎天理,為相生養之道,譬則水由地中行也……而孟子曰「性也」,繼之曰「有命焉」。命者,限制之名,如命之東則不得而西,言性之欲之不可無節也。節而不過,則依乎天理;非以天理為正,人欲為邪也。天理者,節其欲而不窮人欲也。是故欲不可窮,非不可有;有而節之,使無過情,無不及情,可謂之非天理乎!〔註92〕

戴震將人的「性」與「欲」比擬為水與水流,認為水與水流的存在是「依乎天理」,可以節制但「不可窮」,有人欲也並非一件壞事。而且「欲」為人皆有之,無法不正視與逃避。從這段戴震的說法來看,顯然意在抗衡朱熹的理論:

> 人之一心,天理存,則人欲亡;人欲勝,則天理滅,未有天理人欲夾雜者。學者須要於此體認省察之。〔註93〕

而除了「存天理,滅人欲」的理欲之辯外,亦有許多對宋學的批評。例如批評宋學的質地不純然是儒家的繼承,而是雜有道家與佛教之嫌,使得經典的詮釋走向「顯背聖人,毀訾仁義」〔註94〕、「終昧於六經、孔、孟之言故也」〔註95〕的邪魔歪道:

> 宋儒出入於老、釋,故雜乎老、釋之言以為言。《詩》曰:「民之質,日用飲食。」《記》曰:「飲食男女,人之大欲存焉。」聖人治天下,

---

〔註91〕 以上三句引自〔清〕戴震著;何文光整理:〈孟子字義疏證序〉,《孟子字義疏證》(北京:中華書局,1982年5月2版),頁1~2。

〔註92〕 〔清〕戴震著;何文光整理:《孟子字義疏證》(北京:中華書局,1982年5月2版),卷上,頁10~11。

〔註93〕 〔南宋〕朱熹著;黎靖德編;王星賢點校:《朱子語類》(第一冊)(北京:中華書局,2011年3月重印),頁224。

〔註94〕 〔清〕戴震著;何文光整理:《孟子字義疏證》(北京:中華書局,1982年5月2版),卷中,頁26。

〔註95〕 〔清〕戴震著;何文光整理:《孟子字義疏證》,卷中,頁29。

體民之情，遂民之欲，而王道備。人知老、莊、釋氏異於聖人，聞

其無欲之說，猶未之信也；於宋儒，則信以為同於聖人；理欲之分，

人人能言之。〔註96〕

若是再包含前述曾言的「以意見為理，自宋以來莫敢致斥者，謂理在人心故也」〔註97〕，評宋儒以己意自解聖賢經典以致於曲解、錯解等等的問題，就更加顯見戴震作《孟子字義疏證》一書時序中所言「此正人心之要」、「辯惡可以哉」〔註98〕的目的，即是站在批評程朱理學與宋學家的立場，並以「就核心觀念的字義作界定的功夫」〔註99〕為方法（如上引對「性」、「欲」的解釋）來「辨析孟子思想的真義」〔註100〕，完成非「宋儒鑿空所得之義理」〔註101〕且兼具考證的理想。

　　《孟子字義疏證》這一戴震義理學的精華，其嚴謹的架構、體系與欲建設「戴氏哲學」的野心，獲得近當代清代學術研究的讚揚與關注。是以從此書的代表性與完成度來看戴震的義理學說，實有可信的價值。

　　但是如同章學誠所言的，在當時的環境下此書並沒有得到太多的讚賞，反而遭致一些責難與不認同。而這些批評分別來自兩派學者，一派是章學誠所言的「時人方貴博雅考訂」，本身就反對義理的乾嘉學者如朱筠、錢大昕〔註102〕，

〔註96〕〔清〕戴震著；何文光整理：《孟子字義疏證》，卷上，頁 9～10。

〔註97〕〔清〕戴震著；何文光整理：《孟子字義疏證》，卷上，頁 5。

〔註98〕〔清〕戴震著；何文光整理：《孟子字義疏證》，卷上，頁 1。

〔註99〕劉昌佳：〈戴震《孟子字義疏證》詮釋上的問題及其所涵蘊的價值〉，《逢甲人文社會學報》第十期（2005 年 6 月），頁 52。

〔註100〕劉昌佳：〈戴震《孟子字義疏證》詮釋上的問題及其所涵蘊的價值〉，頁 52。

〔註101〕余英時：〈清代學術思想始重要觀念通釋〉，《中國思想傳統的現代詮釋》（臺北：聯經出版，1987 年 3 月），頁 461。

〔註102〕余英時《論戴震與章學誠：清代中期學術思想史研究》：「大體言之，乾、嘉學人反對東原講義理者，可以分為兩派。一派是從傳統的程、朱觀點攻擊東原的「異端」，如姚鼐（1732～1815）、彭紹升（1740～1796）、以至翁方綱諸人皆是。這派人是用舊義理來對抗新義理。對於來自這一方面的挑戰，東原並不為所動；不但不為所動，而且他晚年還主動地要與程、朱義理劃清界線……另一派對東原的義理之學的攻擊則從訓詁考證的立場出發，朱筠和錢大昕是其中的最重要的人物。朱、錢等人雖無正式文字論及東原的義理著述，但口頭批評之見於章實齋及其他時流所記錄者，已頗可觀。這一派並不要維護任何傳統的義理，其中且不乏東原的反程、朱的同志。他們之所以不滿意東原的義理之學，主要是由於對義理之學本身持否定的看法。」詳見余英時：《論戴震與章學誠——清代中期學術思想史研究》（香港：龍門書店，1976 年9 月），頁 96。

另一派則是堅定宋學立場的學者反對其書批評理學，如姚鼐與方東樹。

以乾嘉學者朱筠為例，江藩於《國朝漢學師承記》當中記載戴震的學生洪榜就曾有一段與朱筠的事蹟，清楚可知當時學者對該書的態度：

> （洪榜）生平學問之道服膺戴氏，戴氏所作《孟子字義疏證》，當時讀者不能通其義，惟榜以為功不在禹下。撰〈東原氏行狀〉，載〈與彭進士（筆者按：彭紹升）尺木書〉，筠河（筆者按：朱筠）師見之，曰：「可不必載，戴氏可傳者不在此。」榜乃上書辨論。〔註103〕

顯然朱筠認為戴震可傳給後世的價值在考據而非《孟子字義疏證》。而在宋學家方面，例如姚鼐的弟子方東樹曾在《漢學商兌》言：

> 考戴氏生平著述之大，及諸人所推，在《孟子字義疏證》及〈原善〉。《孟子字義疏證》，戴氏自謂「正人心之書」，余嘗觀之，輆輵乖違，毫無當處。〈原善〉亦然。如篇首云云：取〈中庸〉論《孟》之字標舉古義，以刊正宋儒，徒使學者茫然昏然不得。〔註104〕

從引文可知，方東樹雖然肯定《孟子字義疏證》是一部「諸人所推」之作，但也認為如果戴震所謂的「正人心之書」，只是藉由古書詮解古字，亦如「據莊子以牛之膝理為天理，以攻宋儒說理之謬」〔註105〕，意圖達到「刊正宋儒」、「正人心」這種針對宋學的目的，反而會造成「不知膝理攻理之確解」〔註106〕的窘況，更是有違學者的準則與立場，只是徒然的盲目攻擊，致使「茫然昏然不得」，認為其書的負面影響對讀書人而言更是昭然若揭。

另一位當時同任四庫館的學者翁方綱也曾詰難戴震的立場：

> 近日休寧戴震，一生畢力於名物象數之學，博且勤矣，實亦考訂之一端耳。乃其人不甘以考訂為事，而欲談性道以立異於程朱。就其大要，則言理力詆宋儒，以謂理者是密察條析之謂，非性道統挈之

〔註103〕洪榜在寄予朱筠的信中將朱筠的口述記載的更詳細：「洪榜頓首筠河先生閣下：前者具狀戴先生行實，俾其遺孤中立稽首閣下之門，求誌其墓石。頃承麵諭以狀中所載《答彭進士書》可不必載，性與天道不可得聞，何圖更於程、朱之外復有論說乎，戴氏所可傳者不在此。」詳見〔清〕江藩著；鍾哲整理：《國朝漢學師承記》（北京：中華書局，1983 年 11 月），頁 98。

〔註104〕〔清〕方東樹纂；漆永詳點校：《漢學商兌》（南京：鳳凰出版社，2016 年 6 月），頁 73。

〔註105〕〔清〕方東樹纂；漆永詳點校：《漢學商兌》（南京：鳳凰出版社，2016 年 6 月），頁 21～22。

〔註106〕〔清〕方東樹纂；漆永詳點校：《漢學商兌》（南京：鳳凰出版社，2016 年 6 月），頁 22。

謂，反目朱子性即理也之訓，謂入於釋老真宰真空之說，竟敢列入
文集。說理字至一卷之多。〔註107〕

此處的「文集」，即是《孟子字義疏證》一書。翁方綱的批評與方東樹和姚
鼐在《尺牘》中的論述頗為相似。翁方綱同樣認可戴震在學術上「博且勤矣」、
「畢力於名物象數之學」的考證貢獻，而其著作《孟子字義疏證》也確實是
「說理字至一卷之多」，足見體大慮密。但認為因其理想「不甘以考訂為事」，
故為求在學術上有所突破而「以立異於程朱」、「則言理力詆宋儒」，這種將
自己的學說建立在攻擊、批判宋儒的立場上，反而不能使自己的學理發揚光
大。

　　將一系列的批評整合來看，顯然不論戴震的《孟子字義疏證》一書的成果
如何，當時的多數學者不滿的是戴震晚年朝向義理以及義理的處理方法。這也
證明姚鼐在《尺牘》中的批評：「欲言義理，以奪洛、閩之席，可謂愚妄不自
量之甚矣」〔註108〕並非唱獨角戲，反而明確且簡要的指正戴震的缺失，甚至
與翁方綱〔註109〕的論述不謀而合，亦見出姚鼐有著絕佳的批判慧眼。對宋學
家而言，足堪為一種指標意見。

　　另一位於《尺牘》中被詳細指名的乾嘉學者紀昀，姚鼐批評云：

去秋始得四庫全書目一部，閱之，其持論大不公平。鼐在京時，尚
未見紀曉嵐猖獗若此之甚，今觀此，則略無忌憚矣。豈不為世道憂
邪？鼐老矣，望海內諸賢，尚能捄其敝也。（〈與胡雒君〉，頁44）

〔註107〕〔清〕翁方綱：〈理說駁戴震作〉，《復初齋文集》（第一冊）（新北：文海出版
　　　　社，1969年），頁321。
〔註108〕〔清〕姚鼐：〈與陳碩士〉第六十篇，《惜抱軒尺牘》，頁104。
〔註109〕翁方綱的學術立場較為特殊，深諳經學，亦精通考據，但與時學不同，反
　　　　而強調衷於義理的考據學。《清史稿》：「方綱精研經術，嘗謂考訂之學，以
　　　　衷於義理為主，論語曰「多聞」、曰「闕疑」、曰「慎言」，三者備而考訂之
　　　　道盡。時錢載斥戴震為破碎大道，方綱謂：『詁訓名物，豈可目為破碎？考
　　　　訂訓詁，然後能講義理也；然震謂聖人之道，必由典制名物得之，則不盡
　　　　然。』」。王達敏《姚鼐與乾嘉學派》有研究翁方綱於四庫館時對漢宋之爭
　　　　的態度：「因此，嚴格說來，在四庫館內，就尊宋而言，姚鼐尚有程晉芳、
　　　　翁方綱等與之和鳴；尊宋而抑漢者，則不過姚鼐一人而已。」可見翁方綱
　　　　的立場較為中立而不偏頗任何一方。詳見趙爾巽等撰：《清史稿》（第四冊）
　　　　（北京：中華書局，1998年1月），卷四百八十五，列傳二百七十二，頁
　　　　3430。王達敏：《姚鼐與乾嘉學派》（北京：學苑出版社，2007年11月），
　　　　第二章，頁41。

姚鼐所指的,即是紀昀於四庫全書館主編的《欽定四庫全書總目》(以下簡稱《總目》)。首先,對於這段批評的理解,顯然有別於前面的戴震。前述《尺牘》中姚鼐對戴震的批評,雖然出於堅定的宋學立場,但仍力求客觀且明確地指出戴震學術的優缺點,而不致陷入激烈的指責。

但是姚鼐對紀昀的批評,從用字「猖獗若此之甚」、「則略無忌憚矣」來看,顯得情緒強烈、指責苛刻,而實際的內容卻僅言「其持論大不公平」,反倒呈現得隱晦且模糊,以至於難以瞭解「大不公平」處何在。因此,勢必要從姚鼐的立場以及紀昀編纂的內容來互相對照,才能辨析姚鼐所言的「持論」究竟為何,以及為何稱「大不公平」、「猖獗若此之甚」。

《總目》是對《四庫全書》中所收錄的書籍內容進行「要指隱括,總敘崖略」〔註110〕、「簡明開載,具摺奏聞」〔註111〕的摘要與評判:

> 每書先列作者之爵裡以論世知人,次考本書之得失,權眾說之異同,
>
> 以及文字增刪,篇帙分合,皆詳為訂辨,巨細不遺。〔註112〕

其中的內容經由每一位負責多本書籍的纂修官寫定,並上繳總纂官紀昀加以增改或刪去〔註113〕,遂完成如今看到的「漢學思想的結晶體」〔註114〕、「中國古典目錄學之大成」的《總目》一書。

雖然《總目》是集眾文人的思想與文筆而成的輝煌結晶,但是問題也在這

〔註110〕〔清〕乾隆撰:〈乾隆三十八年二月初六日奉旨〉,詳見〔清〕紀昀、陸錫熊、孫士毅等撰:《欽定四庫全書總目(整理本)》(上冊)(北京:中華書局,1997年1月),卷首一聖諭,頁2。

〔註111〕〔清〕乾隆撰:〈乾隆三十七年正月初四日奉上諭〉,詳見〔清〕紀昀、陸錫熊、孫士毅等撰:《欽定四庫全書總目(整理本)》(上冊)(北京:中華書局,1997年1月),卷首一聖諭,頁1。

〔註112〕〔清〕紀昀、陸錫熊、孫士毅等撰:〈凡例〉,《欽定四庫全書總目(整理本)》(上冊)(北京:中華書局,1997年1月),卷首三凡例,頁32。

〔註113〕王鵬凱〈紀昀撰《四庫全書總目》說之論析〉:「四庫館設有纂修官和總纂官,纂修官按照發下的校書單,完成校閱和擬定提要初稿後,即送交總纂官審閱核定,送交的提要初稿中,包含纂修官所撰提要、處理意見和記籤記錄。早有學者如葉昌熾、譚獻、黃雲眉、劉承幹、陳垣、尹炎武、郭伯恭、黃愛平等人從評騭意見、篇目內容到風格體例、語言文字提及提要稿和後來刊行的《四庫全書總目》相較,發現兩者之間有不同程度的改易,有的則幾乎另起爐灶,全篇改寫。」可以見得身為總纂官的紀昀有權將纂修官的提要內容依自己的學術見解做一定程度的修改。詳見王鵬凱:〈紀昀撰《四庫全書總目》說之論析〉,《東海大學圖書館館訊》第97期(2009年10月),頁66。

〔註114〕梁啟超:〈清代學術變遷與政治的影響(中)〉,《中國近三百年學術史(附《清代學術概論》)》(臺北:里仁書局,1995年),頁30。

撰寫、增刪與編纂的過程中產生。楊晉龍在〈「四庫學」研究的反思〉〔註115〕即提出三點歸納：首先，纂修官們的學術根柢與立場各不相同，又或是各有堅持，時常對於書籍的內容有所爭論；其次，紀昀身為總纂官，深受乾隆帝的信賴，任職時間最長，遂在修書的工程中佔據重要的位置，擁有增刪底下纂修官的內容的權力，同時又有自身對學術的見解與立場；最後，《總目》是由乾隆帝「欽定」、「官修」，由於乾隆帝對《四庫全書》的關心，因此在《四庫全書》與《總目》編纂的過程中多次「親加披閱，間予題評」〔註116〕，這樣的「干預」以及纂修官們對干預的壓力，加之文字獄與時代風氣的影響，自然有部分的自我意見無法盡興地表達，而為了揣測上意，纂修官們對《總目》的內容也有所取捨。

這樣來看，位於呈上令下的位子的紀昀，自然成為《總目》的編成中最重要的關鍵人物。他既是「另一種形式的皇帝代言人」〔註117〕，藉由皇帝來向下宣揚自己的觀點，另一方面以己意增刪纂修官們的書寫內容，好上呈給皇帝以迎合其喜好的學術見解。因此，紀昀的學術立場以及他對纂修官們的成品內容的選擇就決定《總目》一書的內容的學術方向。

而紀昀本身的整體思想與治學方向確實存在「尊漢抑宋」的傾向，「素不喜理學玄虛內向的思辨方式；對於諸多講學家陽奉陰違的虛偽醜態，尤其深惡不已」〔註118〕。這項特點正表現在他的作品中。例如在紀昀《閱微草堂筆記》就對「講學家空談高論、近名好勝、苛刻不近人情、假道學種種的醜態，刻劃得淋漓盡致」〔註119〕：

> 家奴宋遇，病革時忽張目曰：「汝兄弟輩來耶？限在何日？」既而自
> 語曰：「十八日亦可。」時一講學者館余家，聞之哂曰：「譫語也。」

〔註115〕楊晉龍先生將《總目》中的觀點的歷來說法歸類為三種，分別是紀昀的一人之私見、乾隆帝的「欽定」以及館臣集體之意志。詳見楊晉龍：〈「四庫學」研究的反思〉，《中國文哲研究集刊》第四期（1994年3月），頁368～370。

〔註116〕〔清〕乾隆撰：〈乾隆三十八年八月二十五日奉上諭〉，詳見〔清〕紀昀、陸錫熊、孫士毅等撰：《欽定四庫全書總目（整理本）》（上冊）（北京：中華書局，1997年1月），卷首一聖諭，頁3。

〔註117〕楊晉龍：〈「四庫學」研究的反思〉，《中國文哲研究集刊》第四期（1994年3月），頁371。

〔註118〕張麗珠：〈紀昀反宋學的思想意義──以《四庫提要》與《閱微草堂筆記》為觀察線索〉，《漢學研究》第20卷第1期（2002年6月），頁273。

〔註119〕王鵬凱：〈從《閱微草堂筆記》中之儒者形象看紀昀的治學趨向〉，《逢甲人文社會學報》第20期（2010年6月），頁76。

屆期果死。又哂曰:「偶然耳。」申鐵蟾方與共食,投箸太息曰:「公
可謂篤信程朱矣。」〔註120〕

以及在筆記記事的文末冷不防對當時宋儒談理的行為放一暗箭:

> 宋儒於理不可解者,皆臆斷以為無是事,毋乃膠柱鼓瑟乎?李又聃
> 先生曰:「宋儒據理談天,自謂窮造化陰陽之本。於日月五星,言之
> 鑿鑿,如指諸掌,然宋歷屢變而愈差。自郭守敬以後,驗以實測,
> 證以交食,始知濂洛關閩,於此事全然未解。」〔註121〕

又或是藉鬼魅妖怪之言對宋儒冷嘲熱諷,將宋朝的亡國之因歸咎於理學仕人
的朋黨陋習,達到「托狐鬼以抒己見」〔註122〕,借古諷今的方式來達到批評
宋學的學術弊端的目的:

> 其一（狐鬼）又曰:「豈但此輩癡,即彼建首善書院者,亦復大癡。
> 姦黨柄國,方陰伺君子之際,肆其詆排,而群聚清談,反予以鈎黨
> 之題目,一網打盡,亦復何尤。且三千弟子,惟孔子則可,孟子揣
> 不及孔子,所與講肄者,公孫丑、萬章等數人而已。洛閩諸儒,無
> 孔子之道德,而亦招聚生徒,盈千累萬,梟鸞並集,門戶交爭,遂
> 釀為朋黨,而國隨以亡……。」方相對嘆息,忽回顧見人,翳然而
> 滅。東村曰:「天下趨之如鶩,而世外之狐鬼,乃竊竊不滿也。人誤
> 耶?狐鬼誤耶?」〔註123〕

即便是將漢學與宋學兩相比較,互指摘出優、缺點,但仍能看出紀昀對宋學的
輕蔑、偏頗的理解與不認同其治學方法:

> 平心而論,《易》自王弼始變舊說,為宋學之萌芽,宋儒不攻;《孝
> 經》詞義明顯,宋儒所爭,只今文古字句,亦無關宏旨,均姑置勿

〔註120〕〔清〕紀昀:《閱微草堂筆記》（上海:上海古籍出版社,1980 年 9 月）,頁
161。

〔註121〕〔清〕紀昀:《閱微草堂筆記》（上海:上海古籍出版社,1980 年 9 月）,頁
77。

〔註122〕魯迅在《中國小說史略》有稱:「惟紀昀本長文筆,多見秘書,又襟懷夷曠,
故凡測鬼神之情狀,發人間之幽微,托狐鬼以抒己見者,雋思妙語,時足解
頤,間雜考辨,亦有灼見。敘述復雍容淡雅,天趣盎然,故後來無人能奪其
席,固非僅借位高望重以傳者矣。」詳見魯迅原著:〈清之擬晉唐小說及其支
流〉,《中國小說史略、漢文學史綱要》（新北:新潮社,2011 年 6 月）,第二
十二章,頁 213。

〔註123〕〔清〕紀昀:《閱微草堂筆記》（上海:上海古籍出版社,1980 年 9 月）,頁
218。

議；至《尚書》、三禮、三傳、《毛詩》、《爾雅》諸注疏，皆根據古
義，斷非宋儒所能；《論語》《孟子》，宋儒積一生精力，字斟句酌，
亦斷非漢儒所及。蓋漢儒重師傅，淵源有自；宋儒尚心悟，研索易
深。漢儒或執舊文，過於信傳；宋儒或憑臆斷，勇於改經。計其得
失，亦復相當。唯漢儒之學，非讀書稽古，不能下一語；宋儒之學，
則人人皆可以空談。其間蘭艾同生，誠有不盡愜人心者，是嗤點之
所自來。〔註124〕

雖然紀昀在《閱微草堂筆記》中仍有對宋學家、理學家的形象的肯定〔註125〕，
但那僅限於少數品德端正、束身自修的「真君子」，才能有正面、讚許的描寫。
大多數時候，紀昀對於宋學的冠冕堂皇、空談高論、朋黨陋習與治學方法頗不
以為然。而這樣對宋學的排斥反感就體現於以學術為主要表現的《總目》當中。

　　《總目》雖然標舉「以闡聖學明王道者為主」〔註126〕，並有意為漢宋之
爭作「消融門戶之見而各取所長」〔註127〕之舉，但實際上卻在書中的提要內
容睥睨宋學與宋學家。例如刻意強調漢學與宋學為兩種相斥互排的學問：

　　　　蓋欲尊宋學，故不得不抑漢儒。然宋儒解經惟《易》、《詩》、《春秋》
　　　　搘擊漢學，其《尚書》、三《禮》實不甚異同。〔註128〕

以及將既定的印象與缺點立於書中成說：

〔註124〕〔清〕紀昀：《閱微草堂筆記》（上海：上海古籍出版社，1980年9月），頁
　　　　10。
〔註125〕王鵬凱〈從《閱微草堂筆記》之儒者形象看紀昀的治學趨向〉：「……但是細
　　　　究《閱微草堂筆記》中所刻劃的儒者形象，有兩點值得注意之處，一是在《閱
　　　　微草堂筆記》中記載的真君子多是理學家，紀昀對真君子周姓老儒、魏環極
　　　　等人形象的描繪，並不會因他們講理學就醜詆他們，也是寫出鬼狐對他們的
　　　　欽敬，所以紀昀並不是全然仇視理學家，可見他對理學主敬立誠、躬行自修
　　　　的功夫還是相當地敬佩，因此才有這樣對講學家正面形象的描寫……。」顯
　　　　見紀昀並不全然敵視宋學與宋學家。詳見王鵬凱：〈從《閱微草堂筆記》中之
　　　　儒者形象看紀昀的治學趨向〉，《逢甲人文社會學報》第20期（2010年6月），
　　　　頁77。
〔註126〕〔清〕紀昀、陸錫熊、孫士毅等撰：〈凡例〉，《欽定四庫全書總目（整理本）》
　　　　（上冊）（北京：中華書局，1997年1月），卷首三凡例，頁34。
〔註127〕〔清〕紀昀、陸錫熊、孫士毅等撰：〈經部總序〉，《欽定四庫全書總目（整理
　　　　本）》（上冊）（北京：中華書局，1997年1月），頁1。
〔註128〕〔清〕紀昀、陸錫熊、孫士毅等撰：〈尚書集解二十卷〉，《欽定四庫全書總目
　　　　（整理本）》（上冊）（北京：中華書局，1997年1月），卷十四經部十四存目
　　　　二，頁177。

> 宋儒事事排漢儒,獨《三禮》注疏不敢輕詆,知禮不可以空言說也。
> 〔註129〕

或是從歷史的觀察與反省,將明朝與南宋的滅亡一概歸因於理學家的門戶之
見、朋黨之爭與泛談空論等事上,而無益助於國家社會,遂導致一系列的家國
災難:

> 考宋儒標榜門戶,以劫制天下之異端,誠所不免,至坐以誣誑聖賢,
> 則未免深文。且朱子《集注》補苴舊說,原恐後學之誤會,亦非主
> 於排斥孔門。〔註130〕

> 蓋宋、明人皆好議論,議論異則門戶分,門戶分則朋黨立,朋黨立
> 則恩怨結。恩怨既結,得志則排擠於朝廷,不得志則以筆墨相報複。
> 其中是非顛倒,頗亦熒聽。然雖有疑獄,合眾証而質之,必得其情。
> 雖有虛詞,參眾說而核之,亦必得其情。〔註131〕

> 總之,儒者明體達用,當務潛修,致遠通方,當求實濟。徒博衛道
> 之名,聚徒講學,未有不水火交爭,流毒及於宗社者。東漢不鑒戰
> 國之橫議,南北部分而東漢亡。北宋不鑒東漢之黨錮,洛蜀黨分而
> 北宋亡。南宋不鑒元佑之敗,道學派盛而南宋亡。明不鑒慶元之失,
> 東林勢盛而明又亡。皆務彼虛名,受其實禍。決裂潰覆之後,執門
> 戶之見者猶從而巧為之詞,非公論也。〔註132〕

因此,宋學的「講學」被視為「講學家門戶日堅,羽翼日眾,鏟除異已,惟恐
有一字之遺,遂無複稱引之者」〔註133〕,「議論」則被評為「議論多而是非起,

〔註129〕〔清〕紀昀、陸錫熊、孫士毅等撰:〈周禮質疑五卷〉,《欽定四庫全書總目(整理本)》(上冊)(北京:中華書局,1997年1月),卷二十三經部二十三存目一,頁295。

〔註130〕〔清〕紀昀、陸錫熊、孫士毅等撰:〈聖門釋非錄五卷〉,《欽定四庫全書總目(整理本)》(上冊)(北京:中華書局,1997年1月),卷三十七經部三十七四書類存目,頁494。

〔註131〕〔清〕紀昀、陸錫熊、孫士毅等撰:〈史部總敘〉,《欽定四庫全書總目(整理本)》(上冊)(北京:中華書局,1997年1月),卷四十五史部一,頁611。

〔註132〕〔清〕紀昀、陸錫熊、孫士毅等撰:〈慶元黨禁一卷〉,《欽定四庫全書總目(整理本)》(上冊)(北京:中華書局,1997年1月),卷五十七史部十三傳記類一,頁807。

〔註133〕〔清〕紀昀、陸錫熊、孫士毅等撰:〈論語義疏十卷〉,《欽定四庫全書總目(整理本)》(上冊)(北京:中華書局,1997年1月),卷三十五經部三十五四書類一,頁456。

是非起而朋黨立」〔註134〕，無辜地與「門戶」、「朋黨」掛上關係。種種的攻擊皆是因「當時館臣所自負以樹異於宋儒者」〔註135〕，遂在紀昀授意與修改的《總目》中層出不窮。

余嘉錫認為雖然《總目》考詳核實，博取且精，但是其中對宋儒的偏見，仍是出自紀昀的態度：

> 今庫本所附《提要》，雖不及定本之善，以視《崇文總目》，固已過之。其後奉旨編刻頒行，乃由紀氏一手修改，考據益臻詳贍，文體亦復暢達，然以數十萬卷之書，二百卷之總目，成之一人，欲其每篇覆檢原書，無一字無來歷，此勢之所不能也。紀氏恃其博洽，往往奮筆直書，而其謬誤乃益多，有並不如原作之矜甚者。且自名漢學，深惡性理，遂峻詞醜詆，攻擊宋儒，而不肯細讀書。〔註136〕

紀昀在學術上自負的態度導致「其謬誤乃益多」，例如余嘉錫在《四庫提要辨證》中提到：「如謂朱子有意抑劉安世，於《名臣言行錄》不登一字，而不知原書採安世言行多至二十二條。」〔註137〕此句所指的是紀昀在《總目》中對劉安世的《盡言集》的提要中補充的內容：

> 至朱子作《名臣言行錄》，於王安石、呂惠卿皆有所採錄，獨以安世嘗劾程子之故，遂不載其一字，則似乎有意抑之矣。要其於朝廷得失，知無不言，言無不盡，嚴氣正性，凜凜如生。其精神自足以千古，固非人力所能磨滅也。〔註138〕

紀昀稱朱熹曾與劉安世有私人過節，故在著作《名臣言行錄》中不載劉安世的行跡，並指朱熹有意貶抑劉安世。但實際上朱熹在《宋名臣言行錄》的後集卷

〔註134〕〔清〕紀昀、陸錫熊、孫士毅等撰：〈明儒學案六十二卷〉，《欽定四庫全書總目（整理本）》（上冊）（北京：中華書局，1997年1月），卷五十八史部十四傳記類二，頁815。

〔註135〕錢穆：〈四庫提要與漢宋門戶〉，《中國學術思想史論叢（八）》（臺北：素書樓文教基金會，2000年11月），頁471。

〔註136〕余嘉錫：〈四庫提要辨證序錄〉，《四庫提要辨證》（上冊）（昆明：雲南人民出版社，2004年10月），頁47。

〔註137〕余嘉錫：〈四庫提要辨證序錄〉，《四庫提要辨證》（上冊）（昆明：雲南人民出版社，2004年10月），頁47。

〔註138〕〔清〕紀昀、陸錫熊、孫士毅等撰：〈盡言集十三卷〉，《欽定四庫全書總目（整理本）》（上冊）（北京：中華書局，1997年1月），卷五十五史部十一詔令奏議類，頁769。

十二確實收有劉安世的言行〔註139〕。雖然已無從得知紀昀的指責究竟是有意
為之或無心之過，但埋首於「數十萬卷之書，二百卷之總目」〔註140〕，即便
是「學問淵通」〔註141〕的紀昀，對於《總目》中有些許的謬誤似乎也是在所
難免的。其中最根本的問題，在於即使紀昀「恃其博洽」，編纂的工作勞務甚
大，但在使用的詞句上卻是以「似乎有意抑之矣」的「峻詞醜詆」的責問，而
非立於中立、客觀意見的疑問。這樣無根據的個人猜測多少顯現出紀昀對於朱
熹學術的偏頗與厭惡立場。

　　而姚鼐與紀昀之間確實存在些許的恩怨。前述姚鼐曾短暫任職過四庫館
約一年，但因「纂修官競尚新奇，厭薄宋、元以來儒者，以為空疏，掊擊訕笑
之不遺餘力」〔註142〕，不甘心在學術之爭下屈服而自願請辭離開。於此期間
所完成的提要稿，在後來刊刻成《惜抱軒書錄》。

　　但是經後人的觀察與比較，發現《書錄》中所寫的內容與編入《總目》中
的內容相去甚遠，有多處修改之跡。首先發現的是仰慕桐城文派的李兆洛，就
於《惜抱軒書錄》中有序言：

> 右書錄四卷，姬傳先生分纂《四庫書總目》時所屬稿也。校頒刊之
> 本，時有差異。蓋進呈乙覽時，總裁官稍潤色之，令與他篇體裁畫
> 一焉。〔註143〕

現代學者熊偉華與張其凡將《惜抱軒書錄》與《總目》所收進《書錄》的內容

〔註139〕 余嘉錫《四庫提要辨證》：「案閣本後集劉安世在卷十二，凡二十二條，宋本
　　　　則多至三十七條，記其嘉言懿行甚詳，安得謂不登一字？」詳見余嘉錫：《四
　　　　庫提要辨證》（上冊）（昆明：雲南人民出版社，2004 年 10 月），卷六史部四，
　　　　頁 280～281。而朱熹的《宋名臣言行錄》確實有詳錄劉安世。詳見〔南宋〕
　　　　朱熹撰；李偉國校點：〈諫議劉公〉，《三朝名臣言行錄》，詳見《朱子全書》
　　　　（第十二冊）（上海：上海古籍出版社，2010 年 9 月），卷第十二之三，頁 778
　　　　～800。

〔註140〕 余嘉錫：〈四庫提要辨證序錄〉，《四庫提要辨證》（上冊）（昆明：雲南人民出
　　　　版社，2004 年 10 月），頁 47。

〔註141〕 趙爾巽等撰：《清史稿》（第三冊）（北京：中華書局，1998 年 1 月），卷三百
　　　　二十，列傳一百七，頁 2769。

〔註142〕 〔清〕姚瑩著，沈雲龍主編：〈朝議大夫刑部郎中加四品銜從祖惜抱先生
　　　　行狀〉，《中復堂全集・東溟文外集》（新北：文海出版社，1974 年），頁
　　　　261。

〔註143〕 〔清〕李兆洛撰：〈惜抱軒書錄序〉，《養一齋文集》，詳見清代詩文集彙編
　　　　纂委員會編輯：《清代詩文集彙編》（第四百九十三冊）（上海：上海古籍出版
　　　　社，2010 年），頁 29。

兩相對照過後，就有發現明確的斧鑿痕跡：

> 《惜抱軒書錄》有 88 篇，其中有兩種書是《總目》本身就沒有收入
> 的，其餘 86 篇都有涉及。對於這 86 篇題要被收入到《總目》中的
> 情況，筆者進行了粗略地對比，發現兩方完全相同者（僅有個別字
> 詞改動的也視為有完全相同）有 4 篇，乃《西巡類稿》、《泉志》、《靖
> 難記》、《宋季三朝政要》四書；基本相同者（指主體相同，兩者文
> 字或有增減）約 21 篇；部分相同者（指相似度在 50% 以下，但能看
> 出《總目》稿是在原稿基礎上改動的）約 17 篇，而完全不同者（主
> 要指對內容的介紹、版本的流傳乙級作者的評價等方面有所不同，
> 人物小傳部分相同可忽略不計）約 44 篇，由此可見，《總目》對姚
> 鼐撰寫的提要稿選用或修改的與完全棄用的各佔一半左右。詳細考
> 察兩者的文字，能夠發現，姚稿是否被採用很大程度上是由學術觀
> 點決定的。〔註144〕

當然，由於四庫館內有多達上百位的纂修官，每一位官員學者都各自有不同的
學術背景與論述能力，因此勢必要將提要稿上交總纂官，由紀昀、陸錫熊與孫
士毅三人決定統一的體例、修改的程度與內容，為求全書的整齊〔註145〕。因
此真正的問題顯然出在文章是否能被採用，在很大程度上是由學術觀點決定
的。

　　例如季秋華曾引《惜抱軒書錄》中的觀點與修改之後的《總目》內容之比
較：

> 《姚錄》云：「《易通》六卷，宋趙以夫著……其所解止於《未濟》，
> 不及《繫辭傳》以下，與程子《易傳》同。然以夫好言卦象、卦氣、
> 互體、納甲諸事，與宋儒之言《易》殊不類，其中亦無一字及程朱

〔註144〕熊偉華、張其凡：〈《惜抱軒書錄》與姚鼐的學術傾向〉，《史學月刊》第 5 期
　　　　（2007 年），頁 100。

〔註145〕王鵬凱〈紀昀撰《四庫全書總目》說之論析〉：「四庫館設有纂修官和總纂官，
　　　　纂修官按照發下的校書單，完成校閱和擬定提要初稿後，即送交總纂官審閱
　　　　核定，送交的提要初稿中，包含纂修官所撰提要、處理意見和記簽記錄。」
　　　　詳見王鵬凱：〈紀昀撰《四庫全書總目》說之論析〉，《東海大學圖書館館訊》
　　　　新 97 期，2009 年 10 月，頁 66。另外，總纂官雖然有三人，但孫士毅任職短
　　　　暫，陸錫熊入館較晚又早逝，因此決定權較大的成分仍然在紀昀的手上。王
　　　　鵬凱：〈紀昀撰《四庫全書總目》說之論析〉，《東海大學圖書館館訊》新 97
　　　　期（2009 年 10 月），頁 70～73。

諸賢。昔漢魏言《易》者至為煩碎，王弼掃除廓清，惟陳名理，後
世貴之。而孫盛顧譏其於六爻變化、群象所效、日時歲月、五氣相
推皆擯落多所不關，以為泥夫大道。人之議論不同如此。以夫之意
殆與盛略同。蓋《易》之道廣矣，無所不具，程朱之學通天人之本
原，發前聖之蘊奧，舉可措諸事業。如以夫之流著書，各以所見為
量，就所尋研，非無義意，所謂志其小者，取備一說焉可也。〔註146〕

從姚鼐的提要稿可知，書中的立場與自學以來的立場一致，均以程朱理學為準
則。但是在《總目》中卻將姚鼐的提要稿幾近全刪，而改為：

宋趙以夫撰……是書前有以夫《自序》，皆自稱「臣未有不敢自秘，
將以進於上，庶幾仰裨聖學緝熙之萬一」，則經進之本也……其書大
旨在以不易、變易二義明人事動靜之准。故其說曰：「奇偶七八也，
交重九六也。卦畫七八不易也，爻畫九六變易也卦。雖不易，而中
有變易，是謂之亨。爻雖變易，而中有不易，是謂之貞。《洪範》占
用二貞悔，貞即靜也，悔即動也。故靜吉動凶則勿用，動吉靜凶則
不處，動靜皆吉則隨遇而皆可，動靜皆凶則無所逃於天地之間。」
於聖人作《易》之旨，可謂深切著明，至其真出於誰手，則傳疑可
矣。〔註147〕

可以顯見《總目》的版本的立場偏重在「聖人作《易》之旨」，意圖返回遠古
聖人作《易》的本心，而不以程朱之理為本。又例如在提要張栻的《孟子說》
一書，姚鼐的《書錄》原稿是：

宋張栻撰。首有自序，云「成於乾道九年」，題曰《癸巳孟子說》。
蓋其由左司員外郎出，知袁州，退而家居時也。栻之出也，以諫除
張說，為執政之故，是編於臧倉沮孟子及王驩為輔行。兩章皆微有
觸於時事之辭，至於解交鄰章云「所謂畏天者，亦豈但事，大國而
無所為也，蓋未嘗委於命而已」。故修德行政，光啟王業者，太王也。
養民訓兵，卒殄寇仇者，勾踐也。末及周平王，惟不怒驪山之事，
故東周卒以不振，其辭感慨激昂，皆為南渡而發。王應麟嘗論朱子

〔註146〕 轉引自季秋華：〈從《惜抱軒書錄》看纂前提要與纂後提要之差異〉，《圖書館
　　　　工作與研究》第 5 期，1999 年，頁 42。
〔註147〕 〔清〕紀昀、陸錫熊、孫士毅等撰：〈易通六卷〉，《欽定四庫全書總目（整理
　　　　本）》（上冊）（北京：中華書局，1997 年 1 月），卷三經部三詔令易類三，頁
　　　　27。

《詩》傳，至秦風諸章，辭氣憤發，有異常體，若栻之心，蓋亦猶之朱子之志而已。〔註148〕

但是在《總目》中，卻被修改成：

> 宋張栻撰。是書亦成於乾道癸巳。於王霸之辨、義利之分，言之最明。《自序》稱：「歲在戊子，綴所見為《孟子說》……栻之出也，以諫除張說為執政，故是編於「臧倉沮孟子」及「王驩為輔行」兩章，皆微有寄托於時事。至於解「交鄰」章云：「所謂畏天者，亦豈但事大國而無所為也，蓋未嘗委於命而已。故修德行政、光啟王業者，太王也。養民訓兵、卒殄寇讎者，句踐也。末及周平王，惟不怒驪山之事，故東周卒以不振。」其辭感憤，亦為南渡而發。然皆推闡經義之所有，與胡安國《春秋傳》務於借事抒議而多失筆削之旨者，固有殊焉。〔註149〕

此則在《書錄》與《總目》的內容大抵相同，但《總目》卻將姚鼐原稿中的最後一句對朱熹的讚許之語刪去，若回顧本文前面對《總目》中的立場的論述，即可見紀昀於此中的「用心」程度。

從以上的例子可知，《總目》中對《書錄》的刪減比比皆是〔註150〕，一方面「姚鼐的尊宋思想受到徹底否定」〔註151〕，不容於學術主流之中；另一方

〔註148〕 〔清〕姚鼐撰：〈南軒孟子說七卷〉，《惜抱軒書錄》，詳見張昇編：《四庫全書提要稿輯存》（第五冊）（北京：北京圖書館出版社，2006年10月），頁24～25。

〔註149〕 〔清〕紀昀、陸錫熊、孫士毅等撰：〈癸巳孟子說六卷〉，《欽定四庫全書總目（整理本）》（上冊）（北京：中華書局，1997年1月），卷三十五經部三十五四書類一，頁464。

〔註150〕 關於紀昀在《總目》中如何刪減姚鼐的《惜抱軒書錄》，近代學者多有研究。詳見李國慶：〈紀曉嵐潤飾《四庫全書總目提要》舉例〉，《山東圖書館季刊》第3期，2008年。王鵬凱：〈紀昀撰《四庫全書總目》說之論析〉，《東海大學圖書館館訊》第97期，2009年10月，頁65～70。李秋華：〈從《惜抱軒書錄》看纂前提要與纂後提要之差異〉，《圖書館工作與研究》第5期（1999年）。熊偉華、張其凡：〈《惜抱軒書錄》與姚鼐的學術傾向〉，《史學月刊》第5期（2007年）。王達敏先生的《姚鼐與乾嘉學派》於第二章也特別討論此事。筆者推測，原因在於姚鼐是四庫館中極少數尊宋抑漢的學者，不符以漢學、考據學為主的學術主流，又因《惜抱軒書錄》與《總目》中對比後相去甚遠，明顯有過多的刪減，遂於其中留有很大的研究空間。但本節並非姚鼐與紀昀的學術比較，故以此待日後有心學者開發。詳見王達敏：《姚鼐與乾嘉學派》（北京：學苑出版社，2007年11月），第二章，31～58。

〔註151〕 王達敏：《姚鼐與乾嘉學派》（北京：學苑出版社，2007年11月），第二章，頁39。

面「此前述十年間精神上賴以托足之基，就這樣被徹底挖空」〔註152〕，盡受人情冷暖，遂成為姚鼐辭官的原因之一。而姚鼐的為人也實為厚道，對於紀昀的個人喜好而以政治地位影響學術工作的行為僅有此篇尺牘的批評，在文集中未曾有過更深刻的指責。

雖然紀昀在《總目》中有斧鑿之痕並非一件機密〔註153〕，但是將姚鼐的工作成果的《書錄》大幅刪減，使其面目全非，是以站在姚鼐的心情與立場來說，《尺牘》中對紀昀的「持論大不公平」、「猖獗若此之甚」以及「則略無忌憚矣」，如此嚴厲的批評也就無可厚非了。

通過以上在《尺牘》中對乾嘉學者的各種批評，可以得知姚鼐始終以堅定的宋學並站在學術與時代潮流的對立面。就價值而言，《尺牘》中的學術批評為清代學術史提供了一條乾嘉考據主流之外的思考理路，有助於瞭解宋學與宋學家的處境。另一方面，就樹立典範來說，姚鼐的批評均有其原因與道理，並未以自身的立場做為反對而反對的評論，反而站在一個能觀覽學術之爭的清晰全貌的位子，向對方提出實際且細微的見解。這樣行為或許多少亦如在〈贈程魚門序〉中所表現的意志：

> 夫士處世難矣！群所退而獨進，其進罪也；群所進而獨退，其退亦
> 罪也。〔註154〕

這般的進退維谷，亦同與所自述「吾孤立於世，與今日所云漢學諸賢異趣」〔註155〕的艱難窘境。但即便如此，姚鼐卻仍有保持清醒且兼具客觀的精神，挖掘出每一件批評事項或人物的優、缺點。因此在論述學術眼光與批判之外，表現出堅定且昂然的學術良知。

第二節　治學態度的建立

經過第一節瞭解清代的漢宋之爭與乾嘉學者的作為之後，便可知悉如姚鼐等宋學家在當時是面對甚麼樣艱難的學術處境。但這樣的處境，非但沒有使

〔註152〕 王達敏：《姚鼐與乾嘉學派》（北京：學苑出版社，2007年11月），第二章，頁39。

〔註153〕 紀昀對《總目》的修改有許多方面，例如增訂、修正、潤色等等。詳見李國慶：〈紀曉嵐潤飾《四庫全書總目提要》舉例〉，《山東圖書館季刊》第3期（2008年），頁75～77。

〔註154〕 〔清〕姚鼐：〈贈程魚門序〉，《惜抱軒詩文集》，頁112。

〔註155〕 〔清〕姚鼐：〈與石甫姪孫〉，《惜抱軒尺牘》，頁137。

姚鼐退卻，反而促使姚鼐在辭官後投入書院教育與著書立說，並藉由這兩者來
實現自己的治經理想。

　　姚鼐於《尺牘》中多次向對方宣揚自己的治經態度，主要可以分為兩種取
向，同時亦可視為先後的承接關係——建構基本態度與理念的實踐。前者主張
學者從事學術志業前應要有「閎通明澈，不受障蔽」的心態，多納群說，不固
守一方，以開放的心態與明辨的眼光作為理想的學術基底，並以此為當時的學
術紛爭作「漢宋調和，擇善而從」的折衝；後者強調「著書立說，務求精當」，
以審慎的態度來成一家之言，實踐學說的理念。

　　以下將依這兩個方向，三個脈絡，試從中探究《尺牘》的治學方法。

一、閎通明澈，不受障蔽

　　第一節的引文曾有提過，在姚鼐的眼中，乾嘉學者「各守師法，不肯相
通」〔註156〕、「師弟傳受，儕偶怨怒嫉妒，不相通曉」〔註157〕的師承與家法
體系所導致「學者頗厭功令所載為習聞，又惡陋儒不考古而蔽於近」〔註158〕
的情形，造成當時經學與學術發展的阻礙。一方面漢學家堆疊瑣碎無用的名
目追求學術功名，另一方面有走火入魔的乾嘉學者「欲盡舍程、朱而宗漢之
士」〔註159〕，為考據而考據，摒棄義理，使得治經與學術環境似只容許考據
一途。這樣固執、偏激或單一的方向限制士大夫的思考模式，而學術成果又
無關乎聖賢經典、經世濟民，徒為紙上遊戲。

　　欲解決漢學帶來的種種惡果，姚鼐在《尺牘》中認為，唯有從最初且最為
基本的態度做起，才能有效並根本地克服此一困境。而這態度，就是要求學者
建立「閎通明澈，不受障蔽」的開放心態。

　　「閎通明澈，不受障蔽」的主張，始見於姚鼐在與陳用光的尺牘中：

> 《易》學自當程、朱為主。若言兼采人長，則豈獨學荀虞。凡說《易》
> 有一言之當，皆不可棄。若執漢學為主，則大非矣。漢、魏、晉人
> 言取象之理，寧無是處？然推之而不可通處極多。故朱子言聖人取
> 象，必非無故，而非後儒所可知，故闕之不言，此理固無可易也。
> 夫漢儒所言《易》學，推衍取象之故，非精心窮之，不能得其解也。

〔註156〕〔清〕姚鼐：〈題鹿源地圖〉第四篇，《惜抱軒尺牘》，頁118。
〔註157〕〔清〕姚鼐：〈贈錢獻之序〉，《惜抱軒詩文集》，頁110。
〔註158〕〔清〕姚鼐：〈贈錢獻之序〉，《惜抱軒詩文集》，頁111。
〔註159〕〔清〕姚鼐：〈贈錢獻之序〉，《惜抱軒詩文集》，頁111。

班固所云「少窮一經，白首始能言」也。及能言而卻於聖人之旨未
當，不若讀程、朱之書。用功之勞同，而所得者大且多也。近世為
漢學者，初以人所慭聞而吾知之，以該博自喜；及久入其中，自喜
之甚而堅據之。以至迂謬紛糾，不能自解。即如孔擻約，豈可謂非
通人，而所說《公羊》有甚無理者。祭仲衛輒以謬說為正論。至「滕
侯襄稱」一條乃絕可笑。無論魯侯未甚足言，即使文王復生，一子
爵者朝之，亦未必當驟與進爵二等，且追贈及其父也。此等若杜元
凱以滕本侯爵，桓公時，時王降之之說為明通哉？**凡為經學者，所
貴此心闓通明澈，不受障蔽**。近時為漢學者，不深則不能入；深則
障蔽生矣。（〈題鹿源地圖〉第五篇，頁 118～119）

在此篇尺牘中可見姚鼐分別批評乾嘉學者治《易》學與《公羊》學的方法與態
度。針對《易》學來說，姚鼐認為乾嘉學者摒棄程朱之說而採謬誤甚多的「漢、
魏、晉人言取象之理」，反而是用功勞卻收穫少。針對《公羊》學，則是專門
批評孔廣森的《公羊春秋經傳通義》堆疊過多「人所慭聞而吾知之」，以至於
「以謬說為正論」，反倒使某些解釋「迂謬紛糾，不能自解」，雖然作者為通人，
但著作卻「有甚無理者」。姚鼐以這兩個路線的缺失，提醒陳用光從事學術治
經時應保持「所貴此心闓通明澈，不受障蔽」的前提的心態，才能避免「不深
則不能入，深則障蔽生矣」的窘境。

　　在指出此心態前，姚鼐以孔廣森《公羊春秋經傳通義》的「祭仲衛輒」、
「滕侯襄稱」以及杜預的「滕本侯爵」為三個注解失敗的例子。

　　由於「滕侯襄稱」與「滕本侯爵」關係密切，指涉較為明確，因此本段以
這兩者的內容為發展論題。「滕侯襄稱」是指孔廣森在《公羊春秋經傳通義》
中解釋隱公七年的《公羊傳》注《春秋》經文「滕侯卒」〔註160〕的注文「滕
侯卒。何以不名？微國也。微國則其稱侯何？不嫌也」〔註161〕：

　　《解詁》曰：「据大國稱侯，小國稱伯、子、男。」《解詁》曰：「滕
　　侯卒，不名，下常稱子，不嫌稱侯，為大國。」謹案：所傳聞之世未
　　卒，小國獨卒，滕侯、宿男、邾婁子、薛伯，是四國皆當隱之篇來

〔註160〕　〔春秋〕左丘明著；郁賢皓，周福昌，姚曼波注譯；傅武光校閱：《新譯左傳
　　　　　讀本（上）》（臺北：三民書局，二版三刷，2017 年 1 月），頁 49。

〔註161〕　〔戰國〕公羊高撰；顧馨、徐明點校：《春秋公羊傳》（瀋陽：遼寧教育出版
　　　　　社，2000 年 3 月重印），頁 7。

接於我者，其為慕賢親內，褒錄甚明……周初滕、薛皆侯，時降在
伯、子，《春秋》與其來朝賢君褒稱，故爵。但滕侯後旋事桓，慕賢
不終，不足書，卒故還從其父加錄。若然薛伯以使子也，自桓公以
後，滕遂稱子，歷莊、閔、僖、文之篇不復見卒，所以深著此。滕侯
卒為褒文，使與大國無嫌矣。〔註162〕

另外，孔廣森在《公羊》文「《春秋》貴賤不嫌同號，美惡不嫌同辭」〔註163〕
亦解釋：

貴賤易辨不相嫌者，則可以同號。若大國稱侯，褒亦稱侯。微者稱
人，貶亦稱人。各有起文，號同實異。〔註164〕

若再往下看孔廣森於桓公二年的「滕子來朝」下所作的注：

即隱十一年滕侯也。朝桓公不足褒，故還從本爵爾。〔註165〕

這段所說的「隱十一年滕侯」，是指《春秋》在隱公十一年所記的「十有一年，
春，滕侯、薛侯，來朝」〔註166〕。《左傳》雖然對桓公二年的「滕子來朝」沒
有多做解釋，但對隱公十一年的事蹟有比較詳細的記載：

十一年春，滕侯、薛侯來朝，爭長。薛侯曰：「我先封。」滕侯曰：
「我，周之卜正也。薛，庶姓也，我不可以後之。」公使羽父請於
薛侯曰：「君與滕君辱在寡人。周諺有之曰：『山有木，工則度之；
賓有禮，主則擇之。』周之宗盟，異姓為後。寡人若朝于薛，不敢
與諸任齒。君若辱貺寡人，則願以滕君為請，薛侯許之，乃長滕侯。

〔註167〕

孔廣森以為桓公二年的滕子即是隱公十一年的滕侯，而隱公十一年的滕侯為

〔註162〕〔清〕孔廣森著；崔冠華點校：《春秋公羊經傳通義》（北京：北京大學出版
　　　　社，2012年6月），頁22。
〔註163〕〔戰國〕公羊高撰；顧馨、徐明點校：《春秋公羊傳》（瀋陽：遼寧教育出版
　　　　社，2000年3月重印），頁7。
〔註164〕〔清〕孔廣森著；崔冠華點校：《春秋公羊經傳通義》（北京：北京大學出版
　　　　社，2012年6月），頁22。
〔註165〕〔清〕孔廣森著；崔冠華點校：《春秋公羊經傳通義》（北京：北京大學出版
　　　　社，2012年6月），頁32。
〔註166〕〔春秋〕左丘明著；郁賢皓，周福昌，姚曼波注譯；傅武光校閱：《新譯左傳
　　　　讀本（上）》（臺北：三民書局，二版三刷，2017年1月），頁65。
〔註167〕〔春秋〕左丘明著；郁賢皓，周福昌，姚曼波注譯；傅武光校閱：《新譯左傳
　　　　讀本（上）》（臺北：三民書局，二版三刷，2017年1月），頁66。

隱公七年的滕侯之子。因此整合來看，孔廣森認為隱公七年的滕侯雖然為小國之君，本應以爵位稱伯、子或男，但因其「慕賢親內」，朝晉賢君隱公，而《春秋》又「不嫌同辭同號」，因此褒稱為侯爵。但之後又由於桓公二年的滕侯因朝見「弒賢君，篡慈兄，無仁義之心」〔註168〕而繼位的魯桓公，遂「不足褒」，「還從本爵」而降爵稱為滕子，以至於之後的《春秋》三傳凡有紀錄「滕侯」者一律還原為「滕子」。

姚鼐在尺牘中就相當懷疑這種說法，他認為「即使文王復生，一子爵者朝之，亦未必當驟與進爵二等」，甚至在這段批評中，直截否定孔廣森的滕侯即滕子之說。且不論隱公七年的滕侯的本爵位是否為子爵，實在不可能因為「《春秋》與其來朝賢君褒稱」，而能在史書的春秋筆削中「進爵二等」。

繼而姚鼐將孔廣森的說法與杜預的注解相提並論。姚鼐所言的：「此等若杜元凱以滕本侯爵，桓公時，時王降之之說為明通哉？」是指杜預《春秋經傳集解》在「滕子來朝」下的注：

> 無傳，隱十一年稱侯，今稱子者，蓋時王所黜。〔註169〕

這裡可見孔廣森之說與杜預之說相近，兩人皆認為桓公二年的滕子即是隱公十一年的滕侯，不同處在於孔廣森以為「朝桓公不足褒」，而杜預則是以為滕侯是因為犯了某種過錯而被周王降爵為滕子。但姚鼐也對杜預的說法充滿懷疑，雖然他沒有明說原因，不過就從杜預的注釋來看，問題明顯在於他完全沒有解釋時王黜爵〔註170〕的理由與根據，造成此段的注釋猶如個人的臆測。

但是杜預之說在晉代以降的春秋學就不曾被懷疑，例如東晉的范寧與唐代的孔穎達都相當確信此說，各自在《春秋穀梁傳注疏》與《春秋左傳正義》沿用杜預的看法。

〔註168〕〔清〕孔廣森《公羊春秋經傳通義》：「《解詁》曰：『桓公會皆月者，危之也。桓弒賢君，篡慈兄，無仁義之心，與人交接，則有危也。』」詳見〔清〕孔廣森著；崔冠華點校：《春秋公羊經傳通義》（北京：北京大學出版社，2012年6月），頁30。

〔註169〕〔西晉〕杜預集解：《春秋經傳集解》（上冊）（上海：上海古籍出版社，1978年3月），頁68。

〔註170〕杜預在《春秋經傳集解》提到「時王所黜」有兩處，一是前面說過的「滕子來朝」，二是「杞伯來朝」，杜預在其注曰：「無傳，杞稱伯者，蓋為時王所黜……。」參見〔西晉〕杜預集解：《春秋經傳集解》（上冊）（上海：上海古籍出版社，1978年3月），頁195。

直到南宋的朱熹才在《朱子語類》中提出質疑：

> 觀《春秋》所書，初稱侯，已而稱伯，已而稱子，蓋其朝覲貢賦之
> 屬，率以子、男之禮從事。聖人因其實而書之，非貶之也。如滕國
> 亦小，隱十一年來朝書侯，桓二年來朝書子。解者以為桓公弒君之
> 賊，滕不合朝之，故貶稱子……故今解《春秋》者，某不敢信，正
> 以此耳。〔註171〕

> 隱十一年方書「滕侯薛侯」來朝，如何桓二年便書「滕子來朝」？
> 先輩為說甚多：或以為時王所黜，故降而書「子」，不知是時時王已
> 不能行黜陟之典；就使能黜陟諸侯，當時亦不止一滕之可黜。或以
> 《春秋》惡其朝桓，特削而書「子」；自此之後，滕一向書「子」，豈
> 《春秋》惡其朝桓，而并後代子孫削之乎！或以為當喪未君；前又
> 不見滕侯卒。皆不通之論。〔註172〕

朱熹的駁斥就顯得有理且通順，他認為春秋時期的周天子已經沒有權力罷黜
小國諸侯的爵位，即便能罷黜降爵，也沒能在經文中明說僅針對滕侯一人的理
由。同時「聖人因實而書」，在《春秋》三傳中也不曾記錄滕侯有犯錯之嫌，
何況《春秋》中惡人極多，卻為何針對平白之軀的滕侯降爵。因此朱熹認為，
「時王所黜」以至於降爵的說法是「不通之論」，純粹是將滕侯與滕子兩人相
混而自圓其說的謬論。這樣的說法亦間接否定杜預、范寧與孔穎達等人的注
釋。

而姚鼐在批評杜預的「時王降之之說明通哉」時雖然並沒有引某家之說、
提出一項有力的論述或是藉由他的理學父師來反駁。但從姚鼐對理學的崇拜、
視為己任的態度與對理學的熟稔，多少可以認同姚鼐批評杜預的理由有部分
是藉朱熹之說來理解的。

是以從上述的整理來看姚鼐所說的「所貴此心閎通明澈，不受障蔽」，其
中的要領，顯然就在「閎通明澈」。

就閎通來說，意指學者治經時要能廣納群說，避免如孔廣森在治經時的單
薄依據，造成「以謬說為正論」的治經結果。姚鼐曾言：「凡人學問千岐萬派，

〔註171〕 〔南宋〕朱熹著；黎靖德編；王星賢點校：《朱子語類》（第二冊）（北京；中
　　　　 華書局，2011年3月重印），頁614~615。
〔註172〕 〔南宋〕朱熹著；黎靖德編；王星賢點校：《朱子語類》（第六冊）（北京：中
　　　　 華書局，2011年3月重印），頁2154。

但貴有成，不須一轍。實有自得，非從人取。斯為豪傑矣。」〔註173〕他認為學問本就是千態萬狀，不必依循一時風尚，能從治經中獲得成就才是更為重要。因此姚鼐評孔廣森的《公羊春秋經傳通義》「守公羊家之說太過」〔註174〕，遂從孔廣森之說可以清楚看出，他對杜預、何休等前代經學家的繼承。雖然善守經學大家之言，但這就如同姚鼐所說的「漢人各守師法，不肯相通，固已拘滯矣。然彼受業於先師不敢背」〔註175〕，既不敢質疑前輩學者而陷入他們的錯誤之中，重蹈覆轍。更甚者是，即使孔廣森生於朱熹之後，卻摒棄與忽略朱熹之解，堅持乾嘉學者的治經方式，「夫士誦習先儒，謹守成說者，固必未盡賢也」〔註176〕，因此姚鼐批評他「執一家之言為斷，是辟之甚也」〔註177〕，缺少理學的學問渠道來相輔相成。

而明澈之意，則是要求學者的眼光。意指能辨識自己治經的內容是否脈絡貫通，以及所依據的經典注釋是否前後同理。從例子來看，杜預之說，其問題在於論述屬於個人猜想，無憑無據。而孔廣森的問題在於對前人的盲目相信，無能挖掘出其中的可疑處，混淆兩者，即便引何休的《春秋公羊經傳解詁》為佐證，也無法消除臆測之嫌。

另外，姚鼐提醒的「不受障蔽」，或是「不深則不能入，深則障蔽生」，兩句之中特別重複強調的障蔽，則是指引據過多，紛亂繁瑣。例如孔廣森在《公羊春秋經傳通義》解釋《公羊傳·隱公十一年》的「十有一年，春，滕侯薛侯來朝。其言朝何？諸侯來曰朝，大夫來曰聘」〔註178〕當中的「其言朝何？諸侯來曰朝，大夫來曰聘」三句：

> 《解詁》曰：「內適外言如，外適內言朝聘，所以別外尊內也。不言朝公者，禮，朝受之於大廟，與聘同義。」謹案《周禮》曰：「凡諸侯之邦交，歲相問也，殷相聘也，世相朝也。」《大戴禮記》曰：「諸侯各執其圭瑞，服其服，乘其輅，建其旌旗，施其樊纓，從其貳車，委積之以其牢禮之數」、「君使大夫迎於境，卿勞於道，君親郊勞致

〔註173〕〔清〕姚鼐：〈與陳碩士〉第七篇，《惜抱軒尺牘》，頁78。
〔註174〕〔清〕姚鼐：〈題鹿源地圖〉第四篇，《惜抱軒尺牘》，頁118。
〔註175〕〔清〕姚鼐：〈題鹿源地圖〉第四篇，《惜抱軒尺牘》，頁118。
〔註176〕〔清〕姚鼐：〈與陳鍾粲〉，《惜抱軒尺牘》，頁74。
〔註177〕〔清〕姚鼐：〈題鹿源地圖〉第四篇，《惜抱軒尺牘》，頁118。
〔註178〕〔戰國〕公羊高撰；顧馨、徐明點校：《春秋公羊傳》（瀋陽：遼寧教育出版社，2000年3月重印），頁9。

館」、「及將幣，拜迎於大門外而廟受。北面拜貺」、「君親致饗既還
主，饗食，致贈，郊送，所以相與習禮樂也」、「諸侯相與習禮樂，
則德行修而不流也」，朝例，時。〔註179〕

實際上《公羊傳》已經清楚解釋朝與聘的不同在於來朝見者的身分有異，而
有不同的字詞使用。雖然從孔廣森援引可見其「好學深思」〔註180〕，但是堆
疊三家之說，尤其是《大戴禮記》之後的經文過於瑣碎，多而無用，不但沒
有使讀者順利瞭解本意，反而至於「迂謬紛亂，不能自解」、「違失傳旨甚多」
〔註181〕的苦境。

因此整合來看，姚鼐言「閎通明澈，不受障蔽」之所「貴」就在於為當時
的治經風氣指出最容易忽視與犯錯的錯誤觀念，同時亦提醒的是，不論所依據
的為乾嘉學或宋學，開放而暢通的管道才是不可更移的治經基礎，並為下一步
治經態度的建立立下良好的根柢。

二、漢宋調和，擇善而從

「漢宋調和，擇善而從」是姚鼐在《尺牘》中給予對方的第二項學問態度
的建立之建議，即期望學者能在當時的漢宋路線之爭中不恪守一方，調和兩邊
的衝突，各取其中的優勢，揉合並藉此探詢適合學者自己的治經方法。

在本章的第一節所援引的《尺牘》中的原文與例子可以得知，姚鼐不滿
當時乾嘉學者所帶領的為考據而考據的風氣，進而對乾嘉學者有許多的批
判。但實際上，從其它篇的尺牘以及文集中的考察可以得知，姚鼐並不全然
反對漢學與考據，即便他多次怨懟「近世所重，祇考證詞章之事，無有精求
義理者」〔註182〕、「近士大夫侈言漢學，只是考證一事耳」〔註183〕，但仍是
主張乾嘉學的考據應與理學的義理同行駢進，並以文章為義理與考據的載
體，藉此呈現出經學的理想樣態。遂於文集中多次提出義理、考據與文章這

〔註179〕 〔清〕孔廣森著；崔冠華點校：《春秋公羊經傳通義》（北京：北京大學出版
社，2012年6月），頁27～28。

〔註180〕 〔清〕姚鼐：〈題鹿源地圖〉第四篇，《惜抱軒尺牘》，頁118。

〔註181〕 梁啟超《中國近三百年學術史》：「清儒頭一位治《公羊傳》者為孔巽軒（廣
森），著有《公羊通義》，當時稱為絕學，但巽軒不通《公羊》家法，其書違
失傳旨甚多。」詳見梁啟超：《中國近三百年學術史（清代學術概論合刊）》
（臺北：里仁書局，1995年2月），第十二章，頁270。

〔註182〕 〔清〕姚鼐：〈題鹿源地圖〉第十六篇，《惜抱軒尺牘》，頁125。

〔註183〕 〔清〕姚鼐：〈與汪稼門〉，《惜抱軒尺牘》，頁18。

融會學問三端的治經方法，亦是姚鼐「在漢、宋經學衝突語境下的學術折中思想」〔註 184〕與用盡一生想達成的目標。

「漢宋調和，擇善而從」〔註 185〕是姚鼐與陳用光的尺牘中提起：

> 近人才衰耗，吾鄉張阮林，好學之士而不壽，真可惜也。夫為學不可執漢、宋疆域之見，但須擇善而從。此心澂空，自得恬適。鼐時以此語學者，亦頗有信向吾說者。但其人，才力不能宏大。又多以境遇艱窘，不能專肆力於學，故人才不見振起，茲為可悵耳。（〈題鹿源地圖〉第十五篇，頁 124）

姚鼐在此篇感嘆張聰咸的離世與當時的人才凋敝，藉以提醒陳用光不可以漢宋之爭來限制自己的視域，選擇良善的路線努力進取，無愧於心，後再次感嘆學者受限於自身的才力與環境困難，無法致力於學問，導致治經人才匱乏。而此篇的重點，顯然就在「夫為學不可執漢、宋疆域之見，但須擇善而從。此心澂空，自得恬適」一句。

這一句的理解，可以依理路分為二個階段。第一階段是學問的領域無別，不能固執而只遵守某一派的治經方法。第二階段是在認識學問內涵後選擇適合的方法，並以產生「恬適」的深層的心理狀態。

首先，從「夫為學不可執漢、宋疆域之見」來看，意指漢、宋學兩者學問實有各自的眼界與侷限，治學時僅遵守一門學問是不夠充實自身的內涵，固要求學者不能只拘泥於其中一門的方法。

以漢學來說，姚鼐認為「真漢儒之學，非不佳也」〔註 186〕，但當時的乾嘉學者是「矜考據者每窒於文詞」〔註 187〕、「偏徇而不論理之是非，瑣碎而不

〔註 184〕 蔡長林：〈理論的實踐場域——《春秋三傳補注》所見姚鼐的經學理念〉，《文章自可觀風色：文人說經與清代學術》（臺北：臺大出版中心，2019 年 12 月），第三章，頁 116。

〔註 185〕 「漢宋調和」一句是筆者借自張循先生〈漢學內部的「漢宋之爭」——從陳澧的「漢宋調和」看清代思想史上「漢宋之爭」的深層意義〉當中的部分標題。筆者認為此句適合代表姚鼐在《尺牘》中的學術立場，而非盧坡先生所主張的「抑漢揚宋的學術取向」。詳見張循：〈漢學內部的「漢宋之爭」——從陳澧的「漢宋調和」看清代思想史上「漢宋之爭」的深層意義〉，《漢學研究》第 27 卷第 4 期（2009 年 12 月），頁 295。以及盧坡：《桐城派尺牘研究——以姚鼐與弟子交往為中心》（蕪湖：安徽師範大學中文系博士學位論文，2015 年 4 月），第三章第二節，頁 73。

〔註 186〕 〔清〕姚鼐：〈與陳碩士〉第五十四篇，《惜抱軒尺牘》，頁 101。

〔註 187〕 〔清〕姚鼐：〈謝蘊山詩集序〉，《惜抱軒詩文集》，頁 55。

識事之大小」〔註188〕，往往過度考據而不視經典之大體。對於此論題，在第一節中已多有討論，這裡暫且省略。

　　另以宋學來說，姚鼐雖然以程朱理學為學術根柢，卻並非完全將其奉為宗教，而對缺點視而不見或容不得時學批評。首先，姚鼐認為即便是「繼孔、孟之統」〔註189〕的理學大儒朱熹，在治經注疏時也不可能全然無誤。他在與陳用光的尺牘中，就這樣述說：

> 夫經說有數條之善，足補前賢所未逮，則易；專講一經，首尾無可憾，則甚難。胡侍御今所為者，古今所難也。竊謂生朱子後，朱子已注之經，但當為之疏；而朱子誤處，不妨正之。（〈題鹿源地圖〉第二十一篇，頁127）

姚鼐在這裡討論的是，補足前人注疏的缺漏容易，完整注疏一部經典較難。因此姚鼐曾言「吾亦非謂宋賢言之盡是〔註190〕，就算是朱熹的注疏，其中有「誤處」也無可厚非，後世學者對其「不妨正之」即可，不必全然且徹底相信。是以學者應該抱持的態度是，對每一本經典與後代的注疏都仔細檢閱與存疑。

　　這樣審慎明辨的態度亦見於文集之中而能佐證之：

> 儒者生程、朱之後，得程、朱而明孔、孟之旨，程、朱猶吾父師也。然程、朱言或有失，吾豈必曲從之哉？程、朱亦豈不欲後人為論而正之哉？正之可也，正之而詆毀之，訕笑之，是詆訕父師也。且其人生平不能為程、朱之行，而其意乃欲與程、朱爭名，安得不為天之所惡。〔註191〕

可見姚鼐雖然視朱熹為「吾父師也」，並希望能「為程、朱之行」，但並非盲目相信經學大師的著書與論述，而是對其中的「或有失」能「為論而正之」，避免蹈襲前人的錯誤。

　　另一方面，如果姚鼐認為當時乾嘉學者的考據確實存在「以搜殘舉碎，人所少見者為功」〔註192〕，這瑣碎又無濟於經典詮釋的缺點，是以同理來說，義理的過分解釋也會存在同樣問題。因此姚鼐就曾在文集中言：

> 今夫博學強識而善言德行者，固文之貴也；寡聞而淺識者，固文之

〔註188〕 〔清〕姚鼐：〈與陳碩士〉第五十四篇，《惜抱軒尺牘》，頁101。
〔註189〕 〔清〕姚鼐：〈程綿莊文集序〉，《惜抱軒詩文集，頁268。
〔註190〕 〔清〕姚鼐：〈與胡雒君〉，《惜抱軒尺牘》，頁39。
〔註191〕 〔清〕姚鼐：〈再復簡齋書〉，《惜抱軒詩文集，頁102。
〔註192〕 〔清〕姚鼐：〈與陳碩士〉第五十四篇，《惜抱軒尺牘》，頁101。

陋也。然而，世有言義理之過者，其辭蕪雜俚近，如語錄而不文；

　為攷證之過者，至繁碎繳繞，而語不可了當，以為文之至美，而反

　以為病者，何哉？其故由於自喜之太過而智昧於所當擇也。〔註193〕

這一段同時舉出過分的義理與考據之言會造成的困境：學者堆疊考據有過於詳細之弊；過分強調義理，評論太甚，如與人滔滔不絕，缺乏文章美感。

　因此可以見得，姚鼐所言的「夫為學不可執漢、宋疆域之見」，是在經過漢宋之爭的體悟，以及認知漢學與宋學各有其限制與眼光的侷限後的心得。故亦在提醒陳用光，學者若在治經時僅偏重其中一方，勢必會因為該學術的領域範圍的限制，而無法完整且全面地詮釋經典的內容。

　而從第二階段來看，「擇善而從」顯然是在以「閎通明澈」的眼光清楚辨識兩派領域的優勢與不足，認清學問不該以漢或宋來區別後，從各種學問中選擇「善」的方法，並在實現學問的目標與過程中達到「此心澂空，自得恬適」的境界。是以對「善」與其心境的探討就成為其中的關鍵所在。

　姚鼐所言的「擇善而從」語出《論語・述而》的「子曰：『三人行，必有我師焉。擇其善者而從之，其不善者而改之。』」〔註194〕以及「子曰：『蓋有不知而作之者，我無是也。多聞，擇其善者而從之，多見而識之，知之次也。』」〔註195〕二則。後則可見孔子對「擇善而從」立下一個前提是「多聞」，意即見多識廣，才能有基礎辨識眼中所見之物。而前則的「三人行，必有我師焉」可說是「多聞」的實例，誠如朱熹所言的「如今見人行事，聽人言語，便須著分別箇是非」〔註196〕，當見多識廣、閱歷豐富時，自然能藉由過往的經驗來辨別眼前事物的善惡美醜，亦才能在辨別後從中做出選擇。

　因此姚鼐在《尺牘》中沿襲《論語》之意，將「擇善而從」的前提也立為「多聞」來勸告對方：

　書內言鼐闢漢，此差失鼐意。鄙見惡近世言漢學者多淺狹，以道聽

　塗說為學，非學之正，故非之耳，而非有關於漢也。夫言學何時代

〔註193〕〔清〕姚鼐：〈述庵文鈔序〉，《惜抱軒詩文集》，頁61。

〔註194〕〔南宋〕朱熹著：《四書章句集註》（臺北：鵝湖月刊社，1984年9月），頁98。

〔註195〕〔南宋〕朱熹著：《四書章句集註》（新北：鵝湖月刊社，1984年9月），頁99。

〔註196〕〔宋〕朱熹著；黎靖德編；王星賢點校：《朱子語類》（第三冊）（北京：中華書局，2011年3月重印），頁769。

> 之別，「多聞，擇善而從」，此孔子善法也，豈以時代定乎？（〈與吳
> 子方〉，頁 48）

這裡可以得知，實際上「夫為學不可執漢、宋疆域之見」的隱含意即是祈望學
者能「多聞」，不受限於漢學或宋學本身的領域眼見，如他自己所說也做到的
「吾生於後世，兼讀各家之書，本非受一先生之言，而不欲兼以從是，而執一
家之言為斷，是辟之甚也」〔註197〕，透過多看多讀，來避免謹守一家之成說，
並以此培養學者自身的基礎，才有能力調和漢宋。

　　雖然姚鼐並未於《尺牘》中詳說他所認為學問的「善」為何物，但藉由上
述的引文，仍可以試圖歸納出姚鼐認為的「善」的特點。

　　第一，「善」顯然有著跨越漢宋兩派學問，超越時代限制，而無法被一人、
一時或一學問所規範與拘束的特質，所以姚鼐言「何時代之別」、「豈以時代定
乎」。

　　第二，姚鼐在〈與胡雒君〉所言的：

> 大抵近世論學，喜抑宋而揚漢，吾大不以為然。正由自奈何不下腹
> 中數卷書邪？吾亦非謂宋賢言之盡是，但「擇善而從」，當自有道耳。
> 雒君以為然乎？（〈與胡雒君〉，頁 49）

這裡提到，雖然宋儒所堅持的並非全然正確，但是當一朝之中的學者以漢儒為
多數時，他們所提倡「抑宋揚漢」的排擠心態反而更傷害學風。如在本章第一
節中所提過的「欲以該博取名，遂敢於輕蔑閩洛」〔註198〕、「偏徇而不論理之
是非，瑣碎而不識事之大小」〔註199〕等等的學問方法的偏差。因此，「善」要
能遏抑姚鼐所提過的治經的紕謬，才能從學海中尋出「道」。

　　第三，擇善而從之後，學者在用功治經時能夠「潛心玩索，令胷中有浸潤
深厚之味」〔註200〕，玩味經文的同時亦能「具見古人學之根柢」〔註201〕。因
此心境上將會呈現了無罣礙的「此心瀓空」，以及沒有眼界限制後的「自得恬
適」，或是如在〈與吳子方〉中言「多聞，擇善而從」之後所說的：

> 博聞彊識，而「用心寬平，不自矜尚」，斯為善學。守一家之言則狹，
> 專執己見則陋，鄙意弟若此而已。（〈與吳子方〉，頁 48）

〔註197〕〔清〕姚鼐：〈題鹿源地圖〉第四篇，《惜抱軒尺牘》，頁 118。
〔註198〕〔清〕姚鼐：〈與汪稼門〉，《惜抱軒尺牘》，頁 18。
〔註199〕〔清〕姚鼐：〈與陳碩士〉第五十四篇，《惜抱軒尺牘》，頁 101。
〔註200〕〔清〕姚鼐：〈題鹿源地圖〉第九篇，《惜抱軒尺牘》，頁 122。
〔註201〕〔清〕姚鼐：〈與張翰宣〉，《惜抱軒尺牘》，頁 160。

而不論是澂空、恬適、寬平或不自矜尚，均指向學問的擇善能帶給學者沉穩踏實的心理狀態。

以上三點，是為《尺牘》中姚鼐提出對於選擇學問之善一事的特質。雖然僅能藉《尺牘》之言來對「善」這類泛稱的形容詞作基本概念上的分類與歸納，而無法詳析在姚鼐提出時究竟代表甚麼更細微的意義。但也正因為如此，若是姚鼐主張某一種更詳嚴縝密的治經規範，反而會與先前的「闊通明澈，不受障蔽」見解矛盾，更失去提醒治經時避免「執疆域之見」的意義。

綜上所述，「漢宋調和，擇善而從」是姚鼐欲解決清代中期治經方向的紛爭，而在《尺牘》中提出的學術觀念，因此有著濃厚的反抗時代潮流之意味，如他所言的「古今自有真是非，勿循一時人之好尚」〔註202〕。同時以「多聞」與見多識廣、「博聞疆識」為前提，為克服紛爭之前立下良好的基礎，並以此來提醒尺牘的受信者。可視為姚鼐論學術之建立的根柢的第二步驟。

但以當時漢學、考據為主流的學術環境來看，甚少知音能識得其中之大體，頂多是少數友人以及忠心的門生能理解姚鼐的苦心孤詣。即便如此，也未能於《尺牘》中見得姚鼐放棄此論。而這樣的堅持，多少為日後「道、咸以降的清代思想界，『漢宋調和』論盛行一時」〔註203〕作了鋪墊，誠如陳澧所推崇道：「夫姬傳傳方望溪、劉海峰之流派，而嘗痛詆漢學家者也，何以所著之書乃類於漢學家之體，而不學方望溪說經之體乎？可見著書說經，當學漢學家乃為雅正，各有所長，不可偏而詆之也。」〔註204〕是以此可知姚鼐是漢宋調和這主張的先驅者。

三、著書立說，成一家言

自從司馬遷揭示偉大的作品大多為「大抵賢聖發憤之所為作也」〔註205〕後，不論後人創作的目的是否在於「述往事，思來者」，終不脫「究天人之際，

〔註202〕〔清〕姚鼐：〈與陳碩士〉第四十九篇，《惜抱軒尺牘》，頁99。

〔註203〕詳見張循：〈漢學內部的「漢宋之爭」──從陳澧的「漢宋調和」看清代思想史上「漢宋之爭」的深層意義〉，《漢學研究》第27卷第4期（2009年12月），頁297。

〔註204〕〔清〕陳澧著，呂永光點校：《東塾雜俎》，詳見〔清〕陳澧著；黃國聲主編：《陳澧集》（第二冊）（上海：上海古籍出版社，2008年），卷11，頁664。

〔註205〕〔西漢〕司馬遷：〈報任少卿書〉，詳見〔清〕嚴可均校輯：《全上古三代秦漢三國六朝》（第一冊）（北京：中華書局，1958年12月），卷二十六，頁272。

通古今之變，成一家之言」的理想。因此「著書立說」就成為中國傳統文人在政治方面不得志後的另一種抱負——追求個人精神的永恆流傳。一方面能為當時宣揚自己的「意有鬱結」是有意義的，另一方面希望這種情緒能以文字的形式傳播後世。

中晚年的姚鼐除了致力於書院教書，培養桐城學問的後人之外，另一項生活重心，即是投入「著書立說」。而姚鼐著書的用意，在姚瑩為姚鼐所作的行狀裡曾很好的掌握：「思所以正之，則必破門戶，敦實踐，倡明道義，維持雅正。」〔註206〕是以不論是前述的「闇通明澈，不受障蔽」或是「漢宋調和，擇善而從」，這些學說若沒有文字的支持與流傳，則容易陷入弟子之間的眾說紛紜，莫衷一是。

因此姚鼐在《尺牘》中對「著書立說」一事表現出兩個面向。第一是對於著書的嚴正態度，強調先充實自身的學問內涵，審慎要求其中的文字品質，不急於著書；第二是對於自己的治經著作抱有深遠的理想，期望《九經說》與《三傳補注》能為漢宋調和的主張作一範例。

以前者來說，姚鼐認為著書是一項嚴肅的事，畢竟書籍乘載的不只是墨水文字，不可過於倉促急躁。從姚鼐與張聰咸的尺牘中可以得知，在他閱覽過張的詩作之後，認為其詩因用功不斷而已學到古人精隨，但仍無超詣之境界，因此在尺牘結尾勸「不須急迫求」〔註207〕於著述：

> 大抵著一好書，非數十年之功不能成，不可倉卒也。(〈與張阮林〉，頁 186)

雖然此處是言詩作，但在精神上是與治學態度相通的。因而姚鼐主張，在著書前應先作足充分準備。在與陳用光的尺牘中有言：

> 當今時事艱難，士大夫惟有痛自刻苦而已。經學用功，誠為要務。
> 竊謂學者，以潛心玩索，令胷中有浸潤深厚之味，不須急急於著述，
> 斯為最善學也。(〈題鹿源地圖〉第九篇，頁 122)

可以見得，姚鼐仍是看重學者自身的學問基礎，比起「急急於著述」，更應先追求「潛心玩索」，用功於經文之中，使個人「浸潤深厚之味」，才是「善學」，也才是著述的先決條件。

〔註206〕〔清〕姚瑩著，沈雲龍主編；〈朝議大大刑部郎中加四品銜從祖惜抱先生行狀〉，《中復堂全集・東溟文外集》(新北：文海出版社，1974 年)，頁 262。
〔註207〕〔清〕姚鼐：〈與張阮林〉，《惜抱軒尺牘》，頁 185。

　　而著書並不一定只出版自己的學術成果或詩文作品，有時會幫人刊刻、校正或註釋。而這些目的不論是出於甚麼理想，著書最終仍是要供人閱讀的。因此姚鼐也相當重視一本書籍呈現的面貌。例如當對方向姚鼐徵詢書本的內容與版面的意見時，姚鼐也不吝於提供書本的見解。他認為今人若要刊刻古書，「其圈點必不可入刻，刻是時文陋體也」〔註208〕。在與陳用光的尺牘中言：

　　　　魯君將刻本《莊子》送來，其款式及書內去取，俱不洽人意。然已
　　　　成不可改矣。大抵刻古書必不可有圈點，又其雜取人說，要歸一路
　　　　乃佳。糅雜則無謂矣。（〈題鹿源地圖〉第三篇，頁 117）

圈點雖然是識讀古文的重要方法，但實際上每位文人對文句圈點的判別不一定相同，若將個人的圈點刻入書內並出版，反而會影響後人閱讀古書中的文句，而有可能錯解古人的原意。因此姚鼐的本意，顯然是希望還原古書的面貌，並將圈點判讀的權力交還給讀者，使其努力多聞、多方參閱，互相比較，才能培養文人的閱讀能力。

　　又如姚瑩曾刊刻曾祖父姚範的《援鶉堂筆記》。由於姚範「生平不為論著，止是記所得於簡端，不能成書」〔註209〕，其隨手筆記散入於所讀過的經史子集之中，因此姚瑩在刊刻之前必須逐本蒐羅，將筆記一一鈔錄，確立版面與體例。姚鼐就對此事給予建議：

　　　　所鈔《援鶉堂筆記》，略有款識，今以寄汝。蓋從書頭鈔所記，若但
　　　　鈔而已，不能成一條說者頗多。其間必須自考論略有增添，使其說
　　　　周密乃佳，不可草草。所取欲少而精，不欲多而蕪。（〈與石甫姪孫〉，
　　　　頁 135）

雖然筆記這一文體是「有得於一時之誦覽者，隨而錄之」〔註210〕，其瑣碎與自由揮灑的體例容易造成「不能成一條說者」。但若是要將其刊刻成書，勢必要在蒐羅鈔錄後整理條列，去蕪存菁，按內容分門別類，使其「整齊首尾，標疊章句」〔註211〕，相當注重刊刻者的文辭章法之功力。同樣的例子也出現在陳用光，他曾希望刻姚鼐的《莊子章義》一書，但因其內容本為隨手札記，姚

〔註208〕〔清〕姚鼐：〈與陳碩士〉第八十六篇，《惜抱軒尺牘》，頁 115。
〔註209〕〔清〕姚鼐：〈與陳碩士〉第六十一篇，《惜抱軒尺牘》，頁 105。
〔註210〕〔南宋〕劉董撰：〈芥隱筆記跋〉，詳見〔南宋〕龔頤正著：《芥隱筆記》（北京：中華書局，1985 年），頁 33。
〔註211〕〔清〕方東樹：〈援鶉堂筆記序〉，詳見〔清〕姚範撰；〔清〕姚瑩編：《援鶉堂筆記》（臺北：廣文書局，1971 年），頁 6。

鼐就特別提醒書本要能成一體例的重要：

> 《莊子章義》，如鈔本來卻不妥帖。蓋鼐本是隨意記於書上，未為著
> 書計，不欲草略矣。而石士又以己意所取者，雜入鼐記之間，則不
> 成體例。（〈與陳碩士〉第八十六篇，頁 114）

是以知道體例與版面的重要後，再來接續看姚鼐與姚瑩的尺牘：

> 鈔輯《援鶉堂筆記》，此非一時所能成就。細心為之，欲精不欲速，
> 不欲多也。近時人著書，以多為貴，此但取欺俗人耳。吾閱之，乃
> 無有也。（〈與石甫姪孫〉，頁 137）

這裡可再次證明姚鼐對著書的要求：不應以速成為考量，而是要用長時間來細
心追求其中的文字品質，建構清晰的版面與體例，內容欲精而不欲多也不欲
速，方才能「即與刊刻，以遺學者」〔註212〕，達到一本書之所以傳世的價值。

另一個「著書立說」的面向，在於姚鼐多次在《尺牘》中提起《九經說》
與《三傳補注》。這二本書分別是針對《易經》、《尚書》、《詩經》、《周禮》、《儀
禮》、《禮記》、《春秋》、《論語》與《孟子》這九本經書，以及《左傳》、《公羊
傳》與《穀梁傳》這春秋三傳所作的專題式治經著作，亦是姚鼐中晚年用力最
深，最有自信的經學著作。

在《尺牘》中時常可見姚鼐對這二本書的愛護。例如他在完成之際喜不自
禁地告知胡虔，並將其鈔本寄給對方：

> 夏初一札，從孫藩臺處寄來，不審達不？鼐秋初瘳下數日，又遭賊
> 偷，今病雖癒，猶未復元，而貧乃甚矣。《九經說》及《三傳補注》
> 則先後成，此蓋為可喜，今各以一部奉寄。（〈與胡雒君〉，頁 39）

或是得知對方正研讀經學時，將鈔本贈予對方拜讀，希望給予一些學術啟發：

> 聞近用力於經學，甚善甚善。鄙著《九經說》、《三傳補注》，今各以
> 一部承教，或於高明亦少有啟發處不？（〈與王惕甫〉，頁 33）

又或是即便已經刊刻，仍能於反覆研讀、檢查中發現錯字而積極改正，而不只
是著述完成後的置之高閣：

> 鼐《九經說》誤字甚多，今寄一硃筆校過本子，望依之校改，並取
> 束浦先生處本子改正之。此寄本與郭頻伽可也。（〈與馬雨耕〉，頁
> 174）

從這些急於推銷的內容以及其中虔誠的喜悅都顯示出姚鼐對這二本書的重視。

〔註212〕〔清〕姚鼐：〈與孔撝約〉，《惜抱軒尺牘》，頁 52。

相較於經學著作，姚鼐反而在《尺牘》中較少提及文學類作品，如詩文集、《五七言今體詩鈔》以及大名鼎鼎的《古文辭類纂》。或是對這些作品沒有太多的把握能有助於當時的文壇而傳譽古今。例如他在〈與鮑雙五〉中就如此言：

> 今年刻《試帖》一卷，又《法帖題跋》一卷，同裝奉寄覽之。又鼐時藝有內外兩編，今亦奉寄，其外編尚可為今時學者用也。詩古文亦間作，然鼐不欲增刻，待死後論定，當有人為刻一全部。若死後無人為刻，必是其文不足傳，生前縱刻，亦何貴之有哉？（〈與鮑雙五〉，頁61）

姚鼐認為新作的詩與古文不必刻入集中，留待後人來考核與審定其價值。如果後人將新作刻入集中，則代表後人認為其中有益於後世社會之處，反之亦然。從這樣明顯的對比可以得知，姚鼐「對自身經說的重視，超過對詩文的重視」〔註213〕。不過，這並非表示姚鼐認為經學比文學更有價值，而是在關注的比例上，他更重視經學大於文學，亦如他所說的「經義之體，其高出詞賦箋疏之上，倍蓰十百，豈待言哉」〔註214〕。

因此，姚鼐重視《九經說》與《三傳補注》的原因，除了本身就強調並注重經學以及是治經功力的呈現之外，最主要在於這二本書是姚鼐的經學理想之實現：漢宋調和以及鎔鑄義理、辭章與考據三者並行的這二個面向。

以漢宋調和來說，姚鼐曾在寄給王念孫的尺牘中附上並推銷《九經說》與《三傳補注》，同時說道：

> 鼐《九經說》、《三傳補注》刻本新就，即坿呈教。鼐欲破門戶偏黨之見，遂不免以臆為斷，恐當獲罪於海內學者。先生試評論其謬妄，鼐必不敢專執自是也。（〈與王懷祖〉，頁26）

姚鼐在這裡明確表達這二本書的用意在「破門戶偏黨之見」，繼而撰寫這二本書，欲溝通漢學與宋學，打破之間的藩籬，而門戶之見即是在第一節裡提到的乾嘉學者的弊病之一：「漢儒承秦滅學之後，始立專門，各抱一經，師弟傳受，儕偶怨怒嫉妒，不相通曉，其於聖人之道，猶築牆垣而塞門巷也。」〔註215〕

〔註213〕 蔡長林：〈理論的實踐場域——《春秋三傳補注》所見姚鼐的經學理念〉，《文章自可觀風色：文人說經與清代學術》（臺北：臺大出版中心，2019年12月），第三章，頁102。

〔註214〕 〔清〕姚鼐：〈停雲堂遺文序〉，《惜抱軒詩文集》，頁53。

〔註215〕 〔清〕姚鼐：〈贈孔搙約假歸序〉，《惜抱軒詩文集》，頁109。

兩方學問不相通曉，互相排擠的境況。

　　這裡特別注意的是，王念孫也同為乾嘉學者之一，而姚鼐將《九經說》與《三傳補注》寄給王念孫，其用意頗值得玩味。雖然沒有其它文獻可以瞭解王念孫與姚鼐之間的情感關係是否融洽，但從這篇尺牘可以發覺姚鼐自覺為學者的兩種意志，一方面是對自己的作品的自我期許與自信，期望溝通兩方學問，進而從中得到乾嘉學者的認可。這比起獲得宋學家的注目，受不同立場的學者的肯認還要來得更有成就。另一方面，「信中辭卑而婉」〔註216〕的語氣，以及「必不敢專執自是也」的謙虛，實是姚鼐瞭解自己的極限所在，而不作過分的經學「超譯」。一來避免如他評戴震時的「愚妄不自量之甚矣」〔註217〕的缺陷，二來也成功實踐自己所說的主張。

　　而以結合義理、辭章與考據三者的書寫方法，則是為解決漢宋之爭提出一實際的範例。前述有提到，《九經說》與《三傳補注》是為主題式的治經著作，這與傳統宋、元學者治經方式有很大的不同。姚鼐曾在與翁方綱的尺牘中道：

　　　　鼐昔在館中，見宋元人所注經，卷帙甚大，而其間足存之解，或僅
　　一二條而已，意以為何須為是繁邪。（〈與翁覃谿〉，頁26）

雖然姚鼐並未指名在館中是見哪些類型的注經之書，但是宋、元學者常見的注書體例，尤以「宋人從朱熹集注《四書》經籍之後，逐漸發展出來的」〔註218〕「集說」、「集注」為主。而「集說」、「集注」的內容「包羅了對文物的說明、版本的校訂、乃至於對闡釋本文諸家說法的引據」〔註219〕。這種傳統的方法在姚鼐的看法裡，不但是「其間足存之解，或僅一二條而已」，研讀起來大而無當，更是「搜求瑣屑，徵引猥雜」〔註220〕的表現。

　　因此姚鼐的治經方法，則是改以「擷取經典之篇題或內容，列為專題，辨析其意，闡發其理，所取屬某經某條，即在條目之下加一『說』字，成為以文

〔註216〕 蔡長林：〈理論的實踐場域——《春秋三傳補注》所見姚鼐的經學理念〉，《文章自可觀風色：文人說經與清代學術》（臺北：臺大出版中心，2019年12月），第三章，頁101。

〔註217〕 〔清〕姚鼐：〈與陳碩士〉第六十篇，《惜抱軒尺牘》，頁104。

〔註218〕 程克雅：〈敖繼公《儀禮集說》駁議鄭注《儀禮》之研究〉，《東華人文學報》第二期（2000年7月），頁295。

〔註219〕 程克雅：〈敖繼公《儀禮集說》駁議鄭注《儀禮》之研究〉，《東華人文學報》第二期（2000年7月），頁295。

〔註220〕 〔清〕姚鼐：〈復江孟慈書〉，《惜抱軒詩文集》，頁295。

章形式表現之經解」〔註221〕的條理分明，並以程朱理學為其本的義理，加之「尋究其所疑，或考而辯之，擴吾一說」〔註222〕的考證，完成《九經說》與《三傳補注》的體例。這在〈與翁覃谿〉後續有完整說明：

> 故愚見有所論，但專記之，如是歷年所記，每經多者數十條，少則數條而已，謂之私說，不敢謂之注。至於《三傳》校諸經稍輕，乃名曰『補注』，分成兩書。今年諸門徒遂取以刊版，鼐固知其不免謬妄，今各以一部上呈几下，不知亦堪以一二條之當見取者乎？（〈與翁覃谿〉，頁 26）

這裡亦如他對姚瑩刊刻《援鶉堂筆記》時的建議一樣，姚鼐的經說，也本為筆記的形式，而書寫在書頭處並散在每一部經書當中。又姚鼐有時不時翻閱經書閱讀的習慣，心中時常有新的心得，則會「增添數十則」〔註223〕。因此將這些書頭筆記，附以經書中的某一命題，或是重要的思想關鍵用以解釋之，「使其說周密乃佳」〔註224〕。

所以可以說，姚鼐的《九經說》與《三傳補注》，在「方法是考據的，其形式是文章的，其體製是論說的短文」〔註225〕的首尾貫徹，認為成功解決他所批評乾嘉學者在考據上的「瑣碎而不識事之大小」〔註226〕、「至繁碎繳繞，而語不可了當」〔註227〕，在論理上的「偏徇而不論理之是非」〔註228〕，以及其瑣碎形式造成的「嘵嘵聒聒，道聽塗說」〔註229〕。

綜合來看，姚鼐於四十四歲時辭官，至八十五歲辭世這四十一年的時間，「著書立說」雖然僅完成《九經說》與《三傳補注》這二部經學著作，但這二

〔註221〕 詳見蔡長林：〈理論的實踐場域——《春秋三傳補注》所見姚鼐的經學理念〉，《文章自可觀風色：文人說經與清代學術》（臺北：臺大出版中心，2019 年 12 月），第三章，頁 112。

〔註222〕 〔清〕姚鼐：〈惜抱軒九經說序〉，《惜抱軒九經說》。網路資料：https://archive.org/details/02075629.cn/page/n2/mode/2up。（檢索時間：2021/06/01）

〔註223〕 〔清〕姚鼐：〈與鮑雙五〉，《惜抱軒尺牘》，頁 63。

〔註224〕 〔清〕姚鼐：〈與石甫姪孫〉，《惜抱軒尺牘》，頁 135。

〔註225〕 詳見蔡長林：〈理論的實踐場域——《春秋三傳補注》所見姚鼐的經學理念〉，《文章自可觀風色：文人說經與清代學術》（臺北：臺大出版中心，2019 年 12 月），第三章，頁 112。

〔註226〕 〔清〕姚鼐：〈與陳碩士〉第五十四篇，《惜抱軒尺牘》，頁 101。

〔註227〕 〔清〕姚鼐：〈述庵文鈔序〉，《惜抱軒詩文集》，頁 61。

〔註228〕 〔清〕姚鼐：〈與陳碩士〉第五十四篇，《惜抱軒尺牘》，頁 101。

〔註229〕 〔清〕姚鼐：〈與陳碩士〉第五十四篇，《惜抱軒尺牘》，頁 101。

本書實是姚鼐集學術之心血與創新立意之作。尤其自古文人無不重視自己的著作，而書籍能藉由文字承載文化與思想，個人的研究成果才得以流傳。在時學以乾嘉學者以及考據為主的經學思潮當中，姚鼐仍能注意到學風的弊病，自我對注經的堅持與質量的要求，而做出實際的作為，試圖解決漢宋之爭的困境。即便謙虛言「大家自當力為所當為者，書成以待天下後世之公論，何必競之於此一時哉」〔註230〕，但從《尺牘》中表現出對《九經說》與《三傳補注》的自信，並且以具體的行動來完成著書主張的行為來看，姚鼐可謂是行動派的學者。

第三節　讀書方法的分享

在《尺牘》裡，姚鼐時常於分享生活之餘向對方透露許多讀書的方法，來幫助提升個人的學養知識與經學內涵。一來希望對方避免走冤枉路而浪費時間，另一方面是濃縮自身的生命經驗而來的體悟。就姚鼐所提出的方法，主要有二：讀書前應「選擇經典」以及讀書時「用功專注」的態度。

一、選擇經典

自從《文心雕龍》言「經也者，恒久之至道，不刊之鴻教也」〔註231〕，表明經書是聖人以直指或隱喻人性與萬事萬物皆存有某些亙古不變的道理，繼而在長時間裏醞釀而成的文化結晶體。是以雖然經書是「往者雖舊」〔註232〕，卻總能「餘味日新」〔註233〕，帶給每一個時代不同的閱讀況味。

姚鼐也主張讀者應從經書入手，在給次子姚師古的尺牘中就提起閱讀經書的重要：

> 汝身子不健，不必銳意作時文，卻不可不讀經書。蓋人元不必斷要舉人、進士，但聖賢道理不可不明。讀書以明理，則非如做時文有口氣。枯索等題使天資魯鈍之人無從著手，以致勞心生病。且心既

〔註230〕　〔清〕姚鼐：〈與石甫姪孫〉，《惜抱軒尺牘》，頁137。

〔註231〕　〔南朝梁〕劉勰著；王更生注譯：《文心雕龍讀本‧宗經》（上冊）（臺北：文史哲出版社，2004年10月），頁33。

〔註232〕　〔南朝梁〕劉勰著；王更生注譯：《文心雕龍讀本‧宗經》（上冊）（臺北：文史哲出版社，2004年10月），頁35。

〔註233〕　〔南朝梁〕劉勰著；王更生注譯：《文心雕龍讀本‧宗經》（上冊）（臺北：文史哲出版社，2004年10月），頁35。

> 明理則寡欲少嗔貪，清淨空明則為知道之人。其可尊可貴不遠出於
> 舉人、進士之上乎？汝但宜時以此意以讀書，向道為養病之法則，
> 於汝父亦無不足之恨。如應考等事不去何害？若強所必不能，徒自
> 苦，又何益哉？（〈與師古兒〉，頁 192～193）

這裡姚鼐認為，姚師古的「身子不健」，因此可以不必勉強學習作詩文來求
取功名利祿。但即使身子不健，仍不可放棄讀經。學詩作文是心境、理念與
想法的輸出，除了必須「觀覽不可以不汎博」〔註234〕、「用功勤而用心精密」
〔註235〕之外，天分也佔據創作很大的成分。

　　但是讀經是一種接受與自我提升的過程，不需講求天分，亦不像創作時要
「枯索等題」，思考文學形式與心境或思緒的結合，甚至以此投入科舉仕宦，
以至於「勞心生病」。在與陳用光的尺牘中就提過：

> 當今時事艱難，士大夫惟有痛自刻苦而已。經學用功，誠為要務。
> 竊謂學者，以潛心玩索，令胷中有浸潤深厚之味，不須急急於著述，
> 斯為最善學也。（〈題鹿源地圖〉第九篇，頁 122）

姚鼐認為，讀經是讀書的首要步驟，專注於「趣於經義明而已，而不必為己名」
〔註236〕，理解經書中聖人傳承的道理，則能「寡欲少嗔貪」、心靈「清淨空明」
以及「令胷中有浸潤深厚之味」，更優先於立功與立言，創作反倒是其次。而
藉由經書來作時文，求取功名利祿，「期異於人以為己名者」，是「皆陋儒也」
〔註237〕。讀經書的重要，可遠出「舉人、進士之上乎」。

　　經書雖然能「洞性靈之奧區，極文章之骨髓者也」〔註238〕，但畢竟去聖
久遠，日後「儒者論經之說，紛然未衷於一」〔註239〕，解釋經書的傳注又是
汗牛充棟。因此慎擇經書的傳注，就是另一項讀經書的重點。

　　姚鼐認為，宋儒的經傳注疏是歷代注經的榜樣，對於文人從事學問有很大
的幫助。他在〈復賈良山〉中對宋儒的注經有很高的評價：

> 近時文體，壞敝日甚，士習詭陂因之。如閣下讀宋賢之書，融洽貫

〔註234〕〔清〕姚鼐：〈題鹿源地圖〉第八篇，《惜抱軒尺牘》，頁 121。
〔註235〕〔清〕姚鼐：〈與陳碩士〉第八十七篇，《惜抱軒尺牘》，頁 115。
〔註236〕〔清〕姚鼐：〈復孔撝約論禘祭文〉，《惜抱軒詩文集》，頁 93。
〔註237〕此兩句出自〔清〕姚鼐：〈復孔撝約論禘祭文〉，《惜抱軒詩文集》，頁 93。
〔註238〕〔南朝梁〕劉勰著；王更生注譯：《文心雕龍讀本‧宗經》（上冊）（臺北：文
　　　　史哲出版社，2004 年 10 月），頁 33。
〔註239〕〔清〕姚鼐：〈復孔撝約論禘祭文〉，《惜抱軒詩文集》，頁 91。

穿，以施於文，殆孔子所云「辭達」者。以當衡士之任，必能釐正
偽體，有俾於教化，惜尚未見任也。閣下亦自信所執待之，終有光
於斯世而已。僕何能為益於閣下哉？聊識所見於所著前，未知當不？
（〈復賈良山〉，頁 30）

此處的「文體」，指的是乾嘉學者以考據經書的形式作的八股文章。乾嘉學者
在形式上作「瑣碎而不識事之大小」〔註240〕之文，導致內容「無有精求義理
者」〔註241〕的弊病，總歸原因，在於乾嘉學者的師法傳承與摒棄宋儒學說。
姚鼐之所以看重而選擇宋儒所注之書，是因其「有益於吾身心也」〔註242〕。
專注於聖賢義理，能夠使讀者「釐正偽體，有俾於教化」，進而「融洽貫穿」
文字考據，若再結合文學藝術，就接近「辭達而已矣」〔註243〕的理想。這方
面是乾嘉學者「以搜殘舉碎，人所少見者為功，其為玩物不彌甚邪」〔註244〕
考據為主的文章作法，反而造成玩物喪志的後果所達不到的。因此在姚鼐的理
想中，宋儒所注之書，可謂是必讀經典的一種，可在聖賢與自身之間構建橋梁。

　　除了讀經與注疏，姚鼐也認為不可忽略領域內的重要著作。在〈與管異之〉
云：

《古文尚書》之偽，此已是天下定論。望谿雖學者，而其人敦厚而
識滯，又似未見閻百詩之《古文疏證》，故執其誤而不知返。大抵在
前儒不敢輕棄古文，乃慎重遺經，其理非謬。若生此時，經閻百詩
及鼐等考論大明之後，仍尊古文者，乃愚而謬矣。賢所見自是，然
亦未見閻書，故所言猶多舛失。大抵年少讀書之時，非著書時耳。
（〈與管異之〉，頁 67）

姚鼐反駁方苞〈讀《古文尚書》〉的說法。方苞認為《偽古文尚書》所多出
來的二十五篇是由於「古文既不可知，僅就伏生之書以證而得之，則其本文
缺漫及字體為伏生之書所不具者，不得不稍為增損，以足其辭，暢其指意」
〔註245〕的衍生，因此主張「此增多二十五篇所以獨為易曉，而與伏生之書

〔註240〕〔清〕姚鼐：〈與陳碩士〉第五十四篇，《惜抱軒尺牘》，頁 101。
〔註241〕〔清〕姚鼐：〈題鹿源地圖〉第十六篇，《惜抱軒尺牘》，頁 125。
〔註242〕〔清〕姚鼐：〈與陳碩士〉第五十四篇，《惜抱軒尺牘》，頁 101。
〔註243〕〔南宋〕朱熹著；曹美秀校對：《論語集注》，《四書章句集注》（臺北：大安
　　　　出版社，2014 年 12 月第十六刷），頁 236。
〔註244〕〔清〕姚鼐：〈與陳碩士〉第五十四篇，《惜抱軒尺牘》，頁 101。
〔註245〕〔清〕方苞著；劉季高校點：〈讀古文尚書〉，《方苞集》（上冊）（上海：上海
　　　　古籍出版社，1983 年 5 月），頁 2。

異與」〔註246〕，遂將梅賾的偽作視為《尚書》的一部分。姚鼐認為，「經閣百詩及鼐等考論大明之後，仍尊古文者，乃愚而謬矣」。而閻若璩的書能有如此的結果，可歸功於他「其事愈明，其灼然可據者」〔註247〕的努力鑽研，遂在《尚書》研究的領域裡成為不可遺漏的必讀「經典」，並以此來提醒管同。

同時，姚鼐提起研讀時，必須注意閱讀書籍的先後順序。在與陳用光的尺牘中就針對此項表述：

> 石士前書中云，近讀《晉書》，鼐以謂非也，謂史惟兩漢最要，次當
> 便及《資治通鑑》，《晉書》當又在所緩。韓子曰「非三代兩漢之書
> 不敢觀」，此語於初學要為有益，不可反嫌其隘也。(〈與陳碩士〉第
> 九篇，頁79）

這裡姚鼐得知陳用光正鑽研史學，卻選擇先從次要的《晉書》入手時，給予「謂史惟兩漢最要」的為學建議。此所謂兩漢，即是《史記》與《漢書》。姚鼐對這二部史學作品推崇備至，曾在鄉試的策問裡言：

> 史家之體多矣，而紀傳之敘載為詳。為紀傳者亦多矣，而司馬遷、
> 班固為首。故言史法者，宗《史》、《漢》而已。〔註248〕

姚鼐認為，在史學的領域中，司馬遷與班固以良史之才完成的《史記》與《漢書》無疑是史家「經典」。因此姚鼐藉韓愈「非三代兩漢之書不敢觀」之言來闡述，比起《晉書》，研讀史學應先從《史記》與《漢書》入手，學習其中「善敘史事若太史公、班固」〔註249〕的春秋大義與筆法，才是學史的正確順序。

整合來看，姚鼐這種不限於傳統的儒家經書的「經典」為學習之始的方法，強調兼讀後人注疏，廣納其他學者的意見，才能增進自身的眼界，而不至於受限在自我解釋經書內容的桎梏。

二、用功精專

姚鼐認為學習者亦應「用功精專」。雖然看似老生常談，卻容易在讀書的過程中忽略，導致讀書的效果欠佳。

〔註246〕〔清〕方苞著；劉季高校點：〈讀古文尚書〉，《方苞集》（上冊）（上海：上海古籍出版社，1983年5月），頁2。

〔註247〕〔清〕紀昀、陸錫熊、孫士毅等撰：〈尚書正義二十卷〉，《欽定四庫全書總目（整理本）》（上冊）（北京：中華書局，1997年1月），卷十一經部十一書類一，頁139。

〔註248〕〔清〕姚鼐：〈乾隆庚寅科湖南鄉試策問五首〉，《惜抱軒詩文集》，頁136。

〔註249〕〔清〕姚鼐：〈翰林論〉，《惜抱軒詩文集》，頁5。

　　姚鼐在書院授徒時，理解到學習者的資質有兩種，一種是「天資卓絕」，另一種是「用功精專」：

> 在里中，在江寧，總不得一異才崛起者，天資卓絕固難，而用功精專亦難也。（〈與鮑雙五〉，頁62）

當然，學習者最理想的狀態便是兼具這兩種。但姚鼐在《尺牘》中多次感嘆天賦人才匱乏的失望：

> 侍近狀如故，頃已至書院，居此三年，略無人才之望，豈所謂「魯雞不能伏鵠卵」者呼。（〈與既堂〉，頁21）

> 海內日下，人材極乏。後來或有起者，人自勉之。（〈與石甫姪孫〉，頁136）

又或是他所寄望的天賦之人，如方東樹、汪兆虹或張聰咸等，要不是生活艱難，難以自立而必須分神在維持經濟上，要不就是天妒英才，華年早逝〔註250〕。在與陳用光的尺牘中就張聰咸的早夭而怨嘆：

> 近人才衰耗，吾鄉張阮林好學之士而不壽，真可惜也。夫為學不可執漢、宋疆域之見，但須擇善而從。此心澂空，自得恬適。鼐時以此語學者，亦頗有信向吾說者。但其人，才力不能宏大。又多以境遇艱窘，不能專肆力於學，故人才不見振起，茲為可恨耳。（〈題鹿源地圖〉第十五篇，頁124）

雖然無法考證「其人」究竟為誰，向姚鼐說了甚麼。但從文字中，可以看出姚鼐無法扭轉門生們生活苦境的哀嘆。因此，與其寄望「天資卓絕」，姚鼐強調「用功精專」、「肆力於學」，克服天賦欠佳的困境。在與管同的尺牘中，就提到以「塗轍正」且「用功久」以濟天資：

> 今人詩文不能追企古人，亦是天資遜之，亦是塗轍誤而用功不深也。若塗轍既正，用功深久，於古人最上一等文字，諒不可到，其中下之作，非不可到也。（〈與管異之〉，頁69）

姚鼐在〈與陳碩士〉中也說過類似的觀念：「才力高下，必由天授」〔註251〕，

〔註250〕 汪兆虹，字玉飛，生於乾隆21年，卒於乾隆57年，年36歲。姚鼐〈與陳碩士〉：「鼐今春不免復至江寧，老病厭看時文。又居此不能成就人才，所最望者一汪兆虹，而正月內天死矣。尤令人不樂。兒輩就此下場後，明年欲另謀託居處耳。」詳見〔清〕姚鼐：〈與陳碩士〉第八篇，《惜抱軒尺牘》，頁78。

〔註251〕 〔清〕姚鼐：〈與陳碩士〉第十篇，《惜抱軒尺牘》，頁80。

同時他也以自己為例，認為自己並無天分：「鼐所自歉者，正在才薄耳」〔註252〕。這說明天賦的存在是命中注定，雖然天賦的有無使得今人無法在詩文成就上追趕古人，但姚鼐主張「為學非難非易，只在肯用功耳」〔註253〕，學習者若透過刻苦耐勞，「用功深久」，達到「用功精專」之境，也仍能趨近古人的上等文字。

姚鼐認為「用功精專」時，「用功」是強調應注意讀書的環境與心境，而「精專」則是將精神與心力聚焦在個人所選擇的領域上，心無旁鶩。這兩種應相輔相成，否則影響讀書的效率。

以外在環境來說，生活瑣事容易使人心煩氣躁，不能靜下心來做事。例如姚鼐曾抱怨生活被許多瑣事攪亂而難以專心：

> 自七月來，為鄉試人所嬲，疲敝欲死。今始寧靜，得作此書。(〈與陳碩士〉第二十六篇，頁88)

這使得他建議陳用光在京城為官時，於讀書寫字之際應先去除身邊的公務小事，才能專心致志：

> 久未得消息，懸念之至。使至乃甚慰。然念石士方欲以文字自適，而當摒擋官舍諸煩瑣之事，可謂違才易務矣。然處之正須細心寧耐，此中即是學問也。(〈與陳碩士〉第二十一篇，頁86)

而最簡單又直接的處理方法，則是閉門讀書，拒絕一切不必要又煩人的應酬與公務：

> 京師豈能免酬應之繁，當自不廢閉門誦讀之趣。(〈與陳碩士〉第三十九篇，頁95)

而門生劉開是這個方法的代表實踐者。姚鼐在〈與劉明東〉中，得知劉開決心閉關讀書，準備一年的時間以赴科考，就稱讚其決定：

> 得前月書，知佳好。不欲就館，閉戶勤學，計無善於此者。(〈與劉明東〉，頁65)

閉關讀書，代表斷絕所有浪費時間又幫助不大的社交寒暄，以最低要求的生活水平度過讀書這一時期。姚鼐特別宣揚劉開閉戶讀書之決心：

> 劉明東決意閉戶一年，用功讀書，此其意可謂善矣。(〈題鹿源地圖〉第八篇，頁122)

〔註252〕〔清〕姚鼐：〈與陳碩士〉第十篇，《惜抱軒尺牘》，頁80。
〔註253〕〔清〕姚鼐：〈與方植之〉，《惜抱軒尺牘》，頁183。

劉明東閉戶讀書，今年決不出作館，可謂有志。此間亦有一二欲讀
書之人，才皆不逮明東，然亦視其後來究竟何如，今不能定也。(〈與
石甫姪孫〉，頁 138)

這樣的宣揚，除了表面上稱讚其「善矣」與「有志」，與門生之間分享彼此近
況之外，更有一種期許大家以劉開的決心為榜樣的暗示。

不過，雖然姚鼐如此贊同閉關讀書，但閉關只是一種解決環境干擾的手
段。而當一切外在因素已無法造成干擾後，在手段之後，學習者要面對的，即
是身體的調適與內在心境的沙汰，確保身體無病無痛，篩除不必要的情思愁
緒，才能使精神專注在書本或思考上。姚鼐就曾以此建議方東樹：

努力進攻亦須愛嗇精神，令此身無病乃堪著力苦勵也。大概每日定
養此心，令一念不起，如此常自強，久當有自得處耳。(〈與方植之〉，
頁 184)

在本文的第三章曾經提過，中晚年的姚鼐由於百病叢生，情況好時勉強可起身
作文寫字，嚴重時只能「終日默坐」。因此勸門生身體健康，「令此身無病」，
無疑是所以行動之前，包含讀書的必備條件。而心理調適的方法，就是使心中
「一念不起」，排去雜念，定養心神。在其它尺牘中，姚鼐就首推靜坐閉語來
達成此效果。靜坐的好處在於能止住煩惱與愁思，使人安養精神，姚鼐曾向正
在讀書準備科考的外甥推薦：

汝臨場每日讀書外，須靜坐一時。使神凝氣定，最為有益，切忌多
與人談白也。(〈與馬魯成甥〉，頁 139)

或是得知陳用光排擯工作事務而使心靈淨空時，給予鼓勵：

石士於應務紛冗中，嘗使此心澂空，甚佳甚佳。久久純熟，古賢何
不可到也。(〈題鹿源地圖〉第十九篇，頁 126)

可以見得，姚鼐否定無意義並會造成心煩神亂的社交應酬，因而勸門生靜坐養
神，藉由靜坐來摒除妄想雜念，訓練集中注意力。

用功的另一項要點是持之以恆。姚鼐在與董桂敷和管同的尺牘中，就對他
們的才能此鼓勵道：

齊庶常至，得示書，所論讀書「多義理明，充養其氣，慎擇其辭」，
此數言本末兼該，足盡文章之理。雖古之為學善論文者，蔑以加此
矣。鄙見亦何以更益之哉。願勉副其言，功之深而志不懈者，必能
矯然獨立於千載矣(〈與董筱槎〉，頁 31)

寄來文十篇，閱之極令人欣快。若以才氣論，此時殆未有出賢右者。

勉力績學，成就為國一人物也。(〈與管異之〉，頁 67)

在當時「文風衰極」〔註254〕，而文人「最輕經義之體」〔註255〕之際，能功於文章與宋學的人是在少數。而董桂敷和管同皆是姚鼐眼中的人才，尤其管同是姚鼐少數稱其「老夫放一頭地」〔註256〕、「智過於師，乃堪傳法，須立志跨過老夫，乃為豪傑耳」〔註257〕這般敬佩之讚美的門生，因此姚鼐並不擔心他們無能力達成學習目標。對這樣的人才而言，需要注意的反而是看似簡單卻又難達成的「勉力績學」與「志不懈」而已。

而以「精專」來說。在本章的第二節曾提過姚鼐建議姚瑩刊刻《援鶉堂筆記》時「所取欲少而精，不欲多而蕪」〔註258〕與「細心為之，欲精不欲速，不欲多也」〔註259〕，而這對著書惟精惟一的態度，也同樣適用於學術、文章與讀書。在〈與陳碩士〉：

衰病欲盡之年，固樂聞海內之友賢俊耳。大抵所貴在有真踰人處，而不必其同途。詩佳則取詩，文佳則取文，經學、史學、天文、數算、地理、小學，即四六時文，皆可愛。但欲其精，不必其多。能兼者自佳，不能兼亦何害？(〈與陳碩士〉第六十篇，頁 104)

姚鼐對學術與文章均抱持著開放的態度。即便是他相當厭惡的四六時文，也仍將批評焦距在作者身上而非怪罪於文體：「且士最陋者，所謂時文而已，固不足道也。」〔註260〕而只要學者作文章的心態是求精而不為名，或研究學術能「不可執漢、宋疆域之見，但須擇善而從」〔註261〕，不論鑽研何者，均是佳事。

但這並非易事。因為姚鼐認為，能兼具學術與文章的，必定是天資卓絕與用功精專之人。姚鼐亦曾自陳：「其一藝之精，自有專門，豈必人人能之，又學者豈必事事解了邪？」〔註262〕因此從〈與陳碩士〉第六十篇來看，姚鼐的

〔註254〕〔清〕姚鼐：〈題鹿源地圖〉第十二篇，《惜抱軒尺牘》，頁123。

〔註255〕〔清〕姚鼐：〈與唐陶山〉，《惜抱軒尺牘》，頁158。

〔註256〕〔清〕姚鼐：〈與管異之〉，《惜抱軒尺牘》，頁66。同樣的稱讚亦見於本文第二章的註81。

〔註257〕〔清〕姚鼐：〈與管異之〉，《惜抱軒尺牘》，頁67。

〔註258〕〔清〕姚鼐：〈與石甫姪孫〉，《惜抱軒尺牘》，頁135。

〔註259〕〔清〕姚鼐：〈與石甫姪孫〉，《惜抱軒尺牘》，頁137。

〔註260〕〔清〕姚鼐：〈與陳鍾谿〉，《惜抱軒尺牘》，頁74。

〔註261〕〔清〕姚鼐：〈題鹿源地圖〉第十五篇，《惜抱軒尺牘》，頁124。

〔註262〕〔清〕姚鼐：〈與胡雛君〉，《惜抱軒尺牘》，頁39。

用意在於建議一種學術步驟，先鼓勵陳用光嘗試各種不同的學術可能，平等看待之，後選擇與其性情相近、才力適合的學問，繼而用心專治其中一門，勉力積學，達到精專的層次：

> 詩古文舉業，當以性情所近，專治一途。一時欲其兼善，安有是理
> 邪？（〈與陳碩士〉第七篇，頁78）

詩與古文如此，讀書之道亦同。

　　姚鼐所謂的「精專」，必須排除當時經學家從事漢學而有「佻言漢學」、「輕蔑閩洛」或「偏徇而不論理之是非，瑣碎而不識事之大小」等等的缺陷。「精專」著重在精而不在多，不同於「為攷證之過者，至繁碎繳繞」〔註263〕。而「專治一途」也並未與「不可執漢、宋疆域之見」、「佻言漢學」的道理相矛盾。姚鼐強調學習者的性情與才能，先閱覽多方學術內容後「擇善而從」，「勿循一時人之好尚」〔註264〕，也不作不自量力的評論。例如翁方剛「守公羊家之說太過」〔註265〕、「不可謂非好學，然謂其中之閎通明澈，則未能許耳」〔註266〕，以及戴震「言考證豈不佳？而欲言義理，以奪洛、閩之席，可謂愚妄不自量之甚矣」〔註267〕均是活生生的反例。

　　整合來看，「用功精專」看似尋常普通的書院條規，卻是姚鼐畢生領悟到的讀書經驗，並且貫徹在學術與文章的理念。同時，也因「用功精專」的普遍與簡單，學子易於忽略。姚鼐如此鄭重強調，也代表著讀書不能放棄此一基本讀書之道。

結語

　　綜合本章的內容可知，《尺牘》中的學術觀點除了是姚鼐自身的宋學根基，亦有許多部份來自受漢學風氣的刺激而成的。一方面挑出漢學與考據的謬論並批評與宣傳來作為攻擊，另一方面傳授姚鼐以為正確的觀念與讀書步驟作為防守。在這一來一往間，不僅論述堅實精確，發揮宋學之大道，更從中見得姚鼐深厚的學問。

〔註263〕〔清〕姚鼐：〈述菴文鈔序〉，《惜抱軒詩文集》，頁61。
〔註264〕〔清〕姚鼐：〈與陳碩士〉第四十九篇，《惜抱軒尺牘》，頁99。
〔註265〕〔清〕姚鼐：〈題鹿源地圖〉第五篇，《惜抱軒尺牘》，頁118。
〔註266〕〔清〕姚鼐：〈題鹿源地圖〉第五篇，《惜抱軒尺牘》，頁119。
〔註267〕〔清〕姚鼐：〈與陳碩士〉第六十篇，《惜抱軒尺牘》，頁104。

　　最後，提出與時代風氣相左的論述與觀點，多少需要能承受逆風與遭受詬罵的忍耐。如同蔡長林先生所言的：「姚鼐的許多看法，以今日視野論之，看似平平無奇，但是在當時，能逆時代浪潮而行，除了學者個人的學術良知之外，也需要勇氣與智慧的鋪墊。」〔註268〕但也因其具有足夠的勇氣，立於時代風氣的對立面，才能以宋學家的清晰之眼，一一辨別漢學與考據的弊病。顯示在論述之外，其精神也足以給予後世的文人莫大的啟發。

〔註268〕 蔡長林：〈理論的實踐場域──《春秋三傳補注》所見姚鼐的經學理念〉，《文章自可觀風色：文人說經與清代學術》（臺北：臺大出版中心，2019 年 12 月），第三章，頁 104。